設 _ 이야기

說 _이야기

ⓒ번역 정연우 Printed in Seoul
2014년 10월 10일 초판 발행

펴냄 정연우
제작 | 박찬우
펴낸곳 | 파랑새미디어

등록번호 | 제313-2006-000085호
서울특별시 마포구 서교동 357-1 서교프라자 318
전화 | 02-333-8311
팩스 | 02-333-8326
메일 | adam3838@naver.com

가격 10,000원
ISBN 979-11-5721-010-7 03810

수백 년 전 옛 어른들의 이야기 모음집_설

한국의 유산

• 정연우 編 •

뿌리 깊은 나무 한 그루

하늘 아래 여기 동방의 나라에서 하늘과 땅의 상서^{祥瑞}로운 기운을 받아

올곧바르고, 크고, 무성하게 자리를 잡았다.

저 큰 한 뿌리에서 새순이 돋아 세대^{世代}를 이어오기를 천만 년,

후래^{後來} 자손의 줄기와 가지가 어찌 다른 변종^{變種}이 되었으리오.

외형^{外形}은 무상^{無常}이라 바뀔지라도, 심성^{心性}은 변하지 아니하는 것임에,

백의^{白衣}의 순박한 선민^{先民}의 자취를 더듬어 돌아보고,

이제 우리들의 서 있는 자리를 한번 확인해보는 것이 어찌 쓸데 없는 짓이라 하리오.

지금 정신문화 유산인 수많은 고전전적이 모두 한자^{漢字}, 한문^{漢文}으로 돼 있습니다. 그리하여 한글세대에게는 그것이 마치 자물쇠로 잠겨 열지 못하는 금고와 같은 것인지라, 매우 안타까운 현실입니다.

이런 상황에서 한국고전번역원^{韓國古典飜譯院}이 이 고전에 대한 번역사업에 팔 걷고 나서게 된 것은 참으로 반가운 일이 아닐 수 없습니다. 한국고전번역원은 2007년 11월 교육부 산하 학술 연구기관으로 출범한 이래, 특히 고전 번역사업에 집중, 힘을 기울여 오는 동안 많은 번역서를 출간하였습니다.

국민의 한 사람으로서 이보다 흔쾌한 일이 없고, 목말라 갈구하던 대지에 모처럼 단비가 내리는 듯 이보다 더 경하, 경축할 일이 다시 없습니다.

선민^{先民}에 대한 우리 후손들은 그 각 가문^{家門}마다, 모두 그 선조가 끼쳐준 문집들을 간직, 수장하고 있습니다. 이것을 보면 우리 선조들은 예부터 문^文을 얼마나 숭상하였는지 알 수 있고, 대를 이어 찬란한 정신문화를 자양^{滋養}하여 왔음을 알 수 있습니다. 이것이 오늘에 이르러 이런 부강한 나라를 만들게 했던 정신적 바탕이 된 것이 아닐는지요.

〈한국고전번역원^{韓國古典飜譯院}〉에서 운영하는〈한국문집총간^{韓國文集總刊}〉이라는 싸이트에는 우리 조선^{祖先}들의 문집이 몇백 권 몇천 권이나 되는지 총망라

되어 실려 있습니다. 국립도서관에 가서도 열람할 수 없는 것을 앉은 자리에서 몽땅 다 볼 수 있게 해놓았으니, 참으로 신기하고 고마운 생각을 금할 수 없었습니다. 하지만 아직 번역이 안된 한문본漢文本이므로, 한글 세대로서는 근접하기 오려운 것이 현실이라, 장차 더 서둘러 번역본으로 대체할 날을 앞당겨야 할 일이 남았습니다.

세상을 밝히는 밝은 지혜, 사람이 세상을 살아가는 바른 도리 등, 배워서 이어받을 것이 많고, 올바른 정신을 함양하는데 있어 우리의 전통성과 풍부한 정신적 양식이 될만한 문적文籍들을 우리가 가지고 있다는 것은 장차 세계에 내놓을 어느 것보다 큰 자산입니다.

내가 이번에 여러 옛 어른들의 문집에서 우선 설문說文만 발췌하여 감히 제 능력 밖의 일인데도, 어설프게나마 번역을 해본 것은 선인들이 끼쳐주신 문적에 대한 애틋한 심정을 억제하지 못하고 그만, 만용이 앞서 일을 내고 만 것입니다.

고려조의 문호文豪라 알려진 백운선생白雲先生(이규보李奎報)의 경설鏡說이나 슬견설蝨犬說만이 명문名文이 아니라. 모든 문집의 모든 설문說文이 지혜와 도리를 가르쳐주는 점에서는 모두 명문인 것입니다.

설說은 한문漢文에서 취택하는 여러가지 문체 중의 하나입니다. 사실을 기록한 것도 있지만 비유적인 이야기도 있고, 가공적인 이야기도 있습니다만, 대개 주관을 강조합니다.

내 나이 금년 82세에 이 좁쌀만한 발심發心이 우리 한국고전번역원漢國古典飜譯院의 높은 취지에 추호만큼라도 일조가 되기는커녕 저해가 안 되기를 바랄 뿐입니다.

원문原文을 제공받은 〈한국문집총간韓國文集總刊〉에 대해서는 차차 무엇으로라도 은혜를 갚을 방도를 찾아보리라 다짐합니다.

이 책을 내는데 편집하시느라 애써주신 박사장님께 재삼 감사드리며, 마음으로 응원해주신 모든 이에게 고맙습니다라고 인사올립니다.

2014.9.15 역자, 운파 올림

5

아름다운 글, 설이란 무엇인가?

우리 선인들이 남긴 문집에서 여러가지 문체^{文體}의 글을 볼 수 있습니다. 지금 우리들이 시^詩, 소설^{小說}, 수필^{隨筆}, 논문^{論文} 등으로 분간하듯이 옛날 한문에도 다양한 형식의 문체가 있어서 글에 담고자 하는 내용에 따라 문체 형식을 달리 하였던 것을 알 수 있습니다.

내충 들어보면, 논論, 서書, 시詩, 기記, 표表, 송頌, 찬贊, 게偈, 명銘, 소疏, 장狀, 책策, 차箚, 잠箴, 계啓, 록錄, 설說 등…
아마 여기에 빠뜨린 것도 있을지 모르지만, 이렇게 다양합니다.

이렇게 많은 형식의 문체 가운데 내가 특히 '설說'에 관심을 둔 것은 이규보의 경설^{鏡說}, 슬견설^{蝨犬說}을 읽어보게 된 뒤인 것 같습니다.

설說의 매력은 창의^{創意}, 창작성^{創作性}에 있다고 봅니다. 이미 있는 사실의 법주에 매이지 않으니 자유를 느끼게 합니다.

그리하여, 여러 옛 어른들의 문집을 두루 열람하면서 설문만을 발췌 수집하게 되었고, 감히 번역을 해보겠다고 덤벼든 것이, 마치 불나비가 저 타 죽을 줄 모르는 형국이 되고 말았습니다.

아다시피 설說은 '이야기'입니다. 실제 생활에서 겪은 것이거나, 가상해서 만든 이야기입니다. 다 이야기이기 때문에, 설문에는 글쓴이의 애환이 묻어나게 마련입니다. 글을 쓰신 분들이 대개, 학문이 높은 학사學士이거나, 지위 높은 관작官爵의 어른들이라 엄격하시기 때문에, 우리가 어려워할만도 하지만, 글을 읽다보면 뜻밖에 너무 자상하게 다가옵니다. 우리가 수백 년 전 옛 어른들의 희로애락에 공감할 수 있다는 것은 우리가 시공을 초월하여 그 어른들을 가까이 모실 수 있게 되는 것이기도 합니다.

"뿌리 없는 나무가 없다"는 말이 있습니다. 현대 물질세계가 밖으로는 복잡다단하지만, 마음으로 들어오면 단순합니다. 복잡성에 휘말리면 속까지 시끄러워지는 것이므로, 발길을 잠시나마 안으로 돌이켜서 우리 선인들의 단순, 소박한 마음에 젖어보면 어떻는지 생각해봅니다.

- 운파 -

7

목차

동국이상국집은 고려 시대 백운거사(白雲居士) 이규보<李奎報. 1168년 (고려 의종22)~1241년(고종 28)>의 문집이다.

저자의 시문은 저자 생존시에 아들 이함(李涵)이 초고(草稿)를 수합하여 편집하고 1241년 8월 최우(崔瑀)의 지시에 따라 목판으로 간행에 착수하였다. 그러나 간행 도중 저자가 죽자 이함은 빠진 시문을 다시 모아 동년(同年) 12월에 후집(後集)을 추보·편집하고, 이어 연보 및 뇌서(誄書)와 묘지명을 첨부하여 총 53권 14책으로 간행하였다.

흐린 거울을 비추어 보는 이유에 관한 이야기

居士有鏡一枚。塵埃侵蝕掩掩。如月之翳雲。然朝夕覽觀。似若飾容貌者。客見而問曰。

거사유경일매 진애침식엄엄 여월지예운 연조석람관 사약식용모자 객견이문왈

鏡所以鑑形。不則君子對之。以取其淸。今吾子之鏡。濛如霧如。旣不可鑑其形。又無所取其。

경소이감형 부즉군자대지 이취기청 금오자지경 몽여무여 기불가감기형 우무소취기

淸。然吾子尙炤不已。豈有理乎。居士曰。鏡之明也。姸者喜之。醜者忌之。然姸者少醜者多。

청 연오자상소불이 기유리호 거사왈 경지명야 연자희지 추자기지 연연자소추자다

若一見。必破碎後已。不若爲塵所昏。塵之昏。寧蝕其外。未喪其淸。萬一遇姸者而後磨拭之。

약일견 필파쇄후이 불약위진소혼 진지혼 녕식기외 미상기청 만일우연자이후마식지

亦未晩也。噫。古之對鏡。所以取其淸。吾之對鏡。所以取其昏。子何怪哉。客無以對。

역미만야 희 고지대경 소이취기청 오지대경 소이취기혼 자하괴 재 객무이대

<東國李相國全集卷二十一>

어떤 거사居士가 거울 하나를 갖고 있었는데 먼지가 끼어서 마치 딜빛이 구름에 가려 흐릿한 것 같았다.

그러나 거사는 아침 저녁으로 거울을 보는 것이 마치 용모를 꾸미는 것 같이 하였다.

손[客]이 거사를 보고 물어 말하기를,

"거울이란 얼굴을 비추어 보는 물건입니다. 또, 군자가 거울을 대하고 그 거울의 맑음을 취택하는 것인데, 지금 우리 거사의 거울은 때가 낀 듯, 안개가 낀 듯해서 이미 어떤 형상을 비추어 볼 수 없습니다. 또 그 맑음을 취할 것도 없는데도 거사는 아직도 거울 보기를 그치지 않으시니, 무슨 이유가 있는 것입니까"하고 물었다. 거사가 말하기를,

"거울이 밝으면, 얼굴이 고운 사람은 기뻐하고, 얼굴이 추한 사람은 꺼려합니다. 그런데 고운 사람은 적고, 추한 사람은 많습니다. 만약 추한 사람이 거울을 한 번 본다면 반드시 거울을 깨뜨려버리고야 말 것이니, 먼지가 끼어 있는 대로 온전히 두는 것만 못합니다. 거울에 먼지가 끼어 겉이 탁해졌을망정. 먼지 속의 맑음은 잃지 아니 하였으니, 만일에 고운 사람을 만나고 나서 후에 깨끗하게 닦아내도 늦지 않을 것입니다. 아 ! 옛 사람들이 거울을 대함은 그 맑음을 취하려는 까닭이었으나, 내가 거울을 대함은 그 어둠을 취하려는 까닭입니다, 그대는 무엇이 괴이하다는 것입니까" 하자 손님은 대답이 없었다.

이를 개에 견주어 말한 이야기

客有謂予曰。昨晚見一不逞男子以大棒子椎遊犬而殺者。勢甚可哀。不能無痛心。自
객유위여왈 작만견일붕령남자이대봉자추유견이살자 세심가애 불능무통심 자

是誓不食犬豕之肉矣。予應之曰。昨見有人擁熾爐捫蝨而烘者。予不能無痛心。自誓
시서불식견치지육의 여응지왈 작견유인옹치로문슬이홍자 어불능무통심 자서

不復捫蝨矣。客憮然曰。蝨微物也。吾見厖然大物之死。有可哀者故言之。子以此爲
불부문슬의 객무연왈 슬미물야 오견방연대물지사 유가애자고언지 자이차위

對。豈欺我耶。予曰。凡有血氣者。自黔首至于牛馬猪羊昆蟲螻蟻。其貪生惡死之
대 기기아야 여왈 범유혈기자 자금수지우우마저양곤충루의 기탐생오사지

心。未始不同。豈大者獨惡死。而小則不爾耶。然則犬與蝨之死一也。故擧以爲的
심 미시부동 기대자독오사 이소즉불이야 연즉견여슬지사일야 고거이위적

對。豈故相欺耶。子不信之。盍齕爾之十指乎。獨拇指痛。而餘則否
乎。在一體之
대 기고상기야 자불신지 합흘이지십지호 독무지통 이여즉부호 재일
체지

中。無大小支節。均有血肉。故其痛則同。況各受氣息者。安有彼之惡
死而此之樂
중 무대소지절 균유혈육 고기통즉동 황각수기식자 안유피지오사이차
지락

乎。子退焉。冥心靜慮。視蝸角如牛角。齊斥鷃爲大鵬。然後吾方與之
語道矣。
호 자퇴언 명심정려 시와각여우각 제척안위대붕 연후오방여지어도의
<東國李相國全集卷二十一>

어떤 손[客] 나에게 와서 말하기를,

"어제 저녁에 함부로 구는 남자가 큰 몽둥이를 가지고, 밖에 나다
니는 개를 때려 잡는 것을 보았습니다. 그 모양이 매우 비참해서 마음
아파하지 않을 수 없었습니다. 이로부터 이후로는 개고기는 먹지 않
겠다고 다짐을 하였습니다"고 하였다. 내가 응대하여 말하기를,

"어저께는 어떤 사람이 벌건 화로 앞에 앉아서 이를 잡아서는 화로
불에 던저 태워 죽이는 걸 보았습니다. 그걸 보노라니 마음이 아픔을
금할 수 없던 걸요. 이후로는 다시는 이를 잡지 않을 것이라고 다짐을
하였습니다."하고 말하니, 손이 이해가 안 간다는 듯이 말하기를,

"이[蝨]는 미물입니다. 제가 본 것은 몸집이 둥그런 큰 동물이 그렇
게 맞아 죽는 것이 가히 애련해서 말 한 것인데, 그대는 이렇게 대답하

시니, 어찌 나를 기만하는 것입니까" 하였다. 내가 말하기를,

"무릇, 혈기血氣를 지닌 것은 사람을 비롯해서, 소, 말, 돼지, 염소, 곤충, 벌레에 이르기까지 다 살기를 원하고 죽기를 싫어하는 마음이 처음부터 꼭 같지 않은 것이 없습니다. 어찌 큰 것이라고 홀로 죽기를 싫어하며, 작은 것이라 하여 그렇지 않은 것이겠습니까. 그러니 개나, 이나 죽는 것은 매일반입니다. 그래서 대소를 들어서 바르게 대답한 것이지, 어찌 그대를 속이려 한 것이겠습니까. 그대가 믿지 않는다면, 왜 그대의 열 손가락을 깨물어 보지 않습니까. 엄지 손가락만 아프고 나머지 손가락은 아프지 않을까요? 한 몸에 달린 것은 크고 작은 지절肢節이 피와 살로 된 것이 균일합니다. 그러므로, 그 아픈 것도 같은 것입니다. 하물며, 각각 기식氣息을 받았는데 어찌 저것은 죽음을 싫어하는데 이것은 슬거워함이 있겠습니까. 그대는 물러가시거든 마음을 그윽히 하고 조용히 사려하여보십시오. 달팽이 뿔을 쇠뿔과 같은 것으로 보고, 매추리를 대붕과 가지런히 볼 수 있게 된 후에, 내가 그대와 더불어 도道를 말할 것입니다" 하였다.

여말 선초 양촌(陽村) 권근(權近 1352년(고려 공민왕1)~1409년(조선 태종 9))의 문집이다. 저자의 아들 권도(權蹈)에 의해 처음 문집이 편찬되었으나 전해지지 않는다.

《한국문집총간(韓國文集叢刊)》의 저본은 1674년 10세손 권주(權儔)가 진주(晉州)에서 40권 10책으로 간행한 중간본이다.

배에서 사는 노인 이야기

客有問舟翁曰。子之居舟也。以爲漁也則無鉤。以爲商也則無貨。以爲
津之吏也則中
객유문주옹왈 자지거주야 이위어야즉무구 이위상야즉무화 이위진지이
야즉중

流而無所往來。泛一葉於不測。凌萬頃之無涯。風狂浪駭。檣傾楫摧。
神魂飄慄。命在咫尺之
류이무소왕래 범일엽어불측 능만경지무애 풍광랑해 장경즙최 신혼표
율 명재지척지

間。蹈至險而冒至危。子乃樂是。長往而不回。何說歟。翁曰。噫噫。
客不之思耶。夫人之
간 도지험이모지위 자내락시 장왕이불회 하설여 옹왈 희희 객부지사
야 부인지

心。操舍無常。履平陸則泰以肆。處險境則慄以惶。慄以惶。可儆而固
存也。泰以肆。必蕩而
심 조사무상 이평륙즉태이사 처험경즉율이황 율이황 가경이고존야
태이사 필탕이

危亡也。吾寧蹈險而常儆。不欲居泰以自荒。況吾舟也浮游無定形。苟
有偏重。其勢必傾。不
위망야 오녕도험이상경 불욕거태이자황 황오주야부유무정형 구유편중
기세필경 부

左不右。無重無輕。吾守其滿。中持其衡。然後不敧不側。以守吾舟之
平。縱風浪之震蕩。詎

좌불우 무중무경 오수기만 중지기형 연후불의불측 이수오주지평 종
풍랑지진탕 거

能撩吾心之獨寧者乎。且夫人世一巨浸也。人心一大風也。而吾一身之
微。渺然漂溺於其中。

능료오심지독녕자호 차부인세일거침야 인심일대풍야 이오일신지미 묘
연표익어기중

猶一葉之扁舟。泛萬里之空濛。盖自吾之居于舟也。祇見一世之人恃其
安而不思其患。肆其欲

유일엽지편주 범만리지공몽 개자오지거우주야 지견일세지인시기안이
불사기환 사기욕

而不圖其終。以至胥淪而覆沒者多矣。客何不是之爲懼。而反以危吾也
耶。翁扣舷而歌之曰。

이부도기종 이지서륜이복몰자다의 객하불시지위구 이반이위오야야 옹
구현이가지왈

渺江海兮悠悠。泛虗舟兮中流。載明月兮獨往。聊卒歲以優游。謝客而
去。不復與言。

묘강해혜유유 범허주혜중류 재명월혜독왕 료졸세이우유 사객이가 불
부여언

<陽村先生文集卷二十一>

　　손[客]이 주옹(舟翁)에게 물었다,

　　"그대가 배에서 지내면서, 고기를 잡자니, 낚시가 없고, 장사를 하
자니 돈이 없고, 진리(津吏) 노릇을 하자니 물 가운데만 있어 왕래하
는 바가 없구려. 물에 뜬 한 잎 조각배가 위태로움을 예측하지 못하는

상황에 만경(萬頃)의 끝없는 파도를 넘나들다가, 바람과 파도가 휘몰아쳐 불고 파도가 일어나면, 돛은 기울고 노마저 부러진다면, 정신과 혼백이 흩어져서 두려움에 떨고 있는 중에 목숨이 지척의 순간에 달려 있는데도 가장 위험한 상황을 디디고, 가장 위태로운 상황을 무릅쓰고 있으면서도 그대는 이것을 즐기고, 긴 세월을 보내고서도 돌아오지 않으니, 어떻게 설명하겠는가”하고 물으니 옹이 말하기를,

“희噫 라! 손님은 사량思量 해보지 않으셨습니까? 대저, 사람의 마음은 당김[繁張]과 풀림이[解弛]이 때에 따라 변하여 항상함(無常)이 없습니다. 평평한 땅을 밟으면, 마음이 태평해져서 제멋대로 건방지게 되고, 삼엄한 경계에 처하면, 두려워서 서두르게 됩니다. 두려워서 서둘러야 가히 일을 잡도리하여 생존을 굳힐 수 있는 것입니다.

태평하여 건방시게 제넛대로 하게 되면, 반드시 방탕해져서 패망이 위태로워지는 것입니다. 나는 차라리 험로를 밟으며, 항상 조심할지언정, 태평한 데서 지내면서 스스로 해이한 사람이 되고 싶지 않은 것입니다. 하물며 내 배는 물 위에 떠 다님에 일정한 형국이 없어서, 진실로 무게가 한 쪽으로 치우침이 있으면, 그 형세는 반드시 기울어지지만 배의 좌, 우편을 무겁게도 가볍게도 하지 아니하여, 내가 배를 가득 채우더라도 중심에 평형을 잡고 난 후에는 엎어지지도 기울어지지도 않게 하여 내가 배의 평형을 지키는데, 제멋대로 일어나는 바람과 파도가 진탕震蕩을 친들 어찌 능히 내 마음이 홀로 편안한 것을 흔들 수 있겠습니까.

또, 무릇 인간 세상이란 한 거대한 물결이요, 인심이란 한바탕 큰 바람이니, 하잘 것 없는 내 한 몸이 아득한 그 가운데 떴다 잠겼다 하는 것보다는, 오히려 한 잎 조각배로 만 리의 부슬비 속에 떠 있는 것이 낫지 않겠습니까? 내가 배에서 사는 것으로 사람 한 세상 사는 것

을 보건대, 안전할 때는 후환을 생각지 못하고, 욕심을 부리느라 나중을 돌보지 못하다가, 마침내는 빠지고 뒤집혀 죽는 자가 많더이다. 손은 어찌 이로써 두려움을 삼지 않고, 도리어 나를 위태롭다 하는 것입니까?" 하고는

주옹은 뱃전을 두들이며 노래하기를,

"아득한 강 바다여 느긋하도다
빈 배 띄웠네 물 한가운데
밝은달 싣고 혼자 가노라
한가로이 지내다 세월 마치리…"
하고는 손과 작별하고 가면서, 더는 말이 없었다.

이곡(李穀, 1298년~1351년) 고려 말기의 학자. 자는 중부, 호는 가정, 본 관은 한산이다. 1344년 충목왕이 왕위에 올랐을 때, 연복사 종에 새기는 글을 지었으며 검열관·성당문학 등을 지냈다. 이제현 등과 함께 <편년강 목>을 증수했고 충렬왕·충선왕·충숙왕에 대한 실록 편찬에도 참여하였다. 저서로 <가정집> 등이 있다.

차마설(借馬說) / 이곡(李穀)

사물을 빌려 가지고 있는데 대한 이야기

余家貧無馬。或借而乘之。得駑且瘦者。事雖急。不敢加策。兢兢然若
將蹶躓。値溝塹則下。故
여가빈무마 혹차이승지 득노차수자 사수급 불감가책 경경연약장궐지
치구참즉하 고

鮮有悔。得蹄高耳銳駿且駛者。陽陽然肆志。着鞭縱靶。平視陵谷。甚
可快也。然或未免危墜之
선유회 득제고이예준차사자 양양연사지 차편종파 평시능곡 심가쾌야
연혹미면위추지

患。噫。人情之移易一至此邪。借物以備一朝之用。尚猶如此。況其眞
有者乎。然人之所有。孰
환 희 인정지이역일지차야 차물이비일조지용 상유여차 황기진유자호
연인지소유 숙

爲不借者。
위불석자

　　우리 집이 가난해서, 타고 다닐 말이 없어서, 더러 남의 말을 빌려
타게 되는데, 빌린 말이 둔하고 야윈 것이라, 일이 급할 때라도,감히
채찍을 날릴　수가 없었다. 조심스럽게 다루어도 어쩌다가 넘어질 것
같아서, 개울이나 언덕을 만나면, 말에서 내렸다. 그러므로, 잘못되어
뉘우치는 일은 드물었다. 말굽이 높고 귀가 민첩해서 잘 달리는 말을

타게 될 때는 기분이 썩 내키어 마음대로 함부로 채찍을 하거나, 고삐를 놓아도 언덕이나 골짜기가 평지같이 보이니, 매우 흔쾌하였지만, 그러나, 더러는 말에서 위태롭게 떨어지는 근심을 면하지는 못하였었다. 희라! 사람의 마음이 여기서 저기로 옮아가기가 쉬워서 한번 여기에 이르러 물건을 빌려 잠깐 사용함에 대비하는 데도 이와 같은데, 하물며 그것이 진짜 자기 소유라면 어떻겠는가. 그런데, 사람이 소유한 것이 무엇이 빌리지 않은 것이 있는가.

君借力於民以尊富。臣借勢於君以寵貴。子之於父。婦之於夫。婢僕之
於主。其所借
군차력어민이존부　신차세어군이총귀　자지어부　부지어부　비복지어주
기소차

亦深且多。率以爲己有。而終莫之省。豈非惑也。苟或須臾之頃。還其
所借。則萬邦之君爲獨
역심차대　솔이위기유　이종막지성　기비혹야　구혹수유지경　환기소차
즉만방지군위독

夫。百乘之家爲孤臣。況微者邪。孟子曰。久假而不歸。烏知其非有
也。余於此有感焉。作借馬
부　백승지가위고신　황미자야　맹자왈　구가이불귀　오지기비유야　여어
차유감언　작차마

說以廣其意云。
설이광기의운

<稼亭集七卷>

28

임금은 백성에게서 힘을 빌려서 존귀 부유하게 되었고, 신하는 임금에게서 권세를 빌려 총애를 받는 고귀한 신분이 되었고, 아들은 아버지에게서, 부인은 남편에게서, 여종이나 남자 종은 주인에게서 그 빌린 것이 역시 깊고 또 많은 것인데. 대체로, 자기가 원래 가진 것이라 여겨서 끝내 성찰하지 못하니 어찌 미혹된 것이 아니랴. 진실로 가령 잠깐 사이에 그 빌린 것을 돌려 준다면 만방의 임금도 고독한 필부가 되는 것이며, 백승의 가호를 가진 신하도 고립무원의 신하가 되고 마는 것인데, 하물며 미약한 사람이랴. 맹자께서 이르시되,

　"오랫동안 빌려 쓰면서도 되돌려주지 않으니, 어찌 그것이 자기의 소유가 아닌 줄을 알겠는가"하였다.

　내가 여기에 감회가 있어서 차마설借馬說을 지어 그 뜻을 널리 펴게 하는 것이다.

토실을 허물게 한 이야기

十月初吉。李子自外還。兒子輩鑿土作廬。其形如墳。李子佯愚曰。何
故作墳於家。兒
시월초길 이자자외환 아자배착토작려 기형여분 이자양우왈 하고작분
어가 아

輩曰。此不是墳。乃土室也。曰。奚爲是耶。曰。冬月。宜藏花草瓜
苽。又宜婦女紡績
배왈 자불시분 내토실야 왈 해위시야 왈 동월 의장화초과라 우의부
녀방적

者。雖盛寒之月。溫然若春氣。手不凍裂。是可快也。李子益怒曰。夏
熱冬寒。四時之常
자 수성한지월 온연약춘기 수불동렬 시가쾌야 이자익노왈 하열동한
사시지상

數也。苟反是則爲怪異。古聖人所制。寒而裘。暑而褐。其備亦足矣。
又更營土室。反寒
수야 구반시즉위괴이 고성인소제 한이구 서이갈 기비역족의 우갱영
토실 반한

爲燠。是謂逆天令也。人非蛇蟮。冬伏窟穴。不祥莫大焉。紡績自有
時。何必於冬歟又
위욱 시위역천령야 인비사섬 동복굴혈 불상막대언 방적자유시 하필
어동여 우

春榮冬悴。草木之常性。苟反是。亦乖物也。養乖物爲不時之翫。是奪
天權也。此皆非予
춘영동췌 초목지상성 구반시 역괴물야 양괴물위불시지완 시탈천권야
차개비여

之志。汝不速壞。吾笞汝不赦也。兒子等懼亟撤之。以其材備炊薪。然
後心方安也。
지지 여불속괴 오태여불서야 아자등 쌍 구극철지 이기재비취신 연후
심방안야

<東國李相國全集 제21권>

　　10월 초하루에 이자^{李子}가 밖에서 돌아와서 보니, 종들이 흙을 이개
어 집안에 움집을 만들었는데, 그 모양이 봉분과 같았다. 이자^{李子}는
시치미를 떼고 말하기를,

　　"무엇 때문에 집 안에다 무덤을 만들었느냐?"

　　하니, 종들이 말하기를,

　　"이것은 무덤이 아니라 토실입니다." 하였다,

　　"어찌 이런 것을 만들었느냐?" 하니,

　　"겨울에 화초나 과일을 저장하기에 좋고, 또 길쌈하는 부인들에게
편리하니, 아무리 추울 때라도 온화한 봄날씨와 같아서 손이 얼어 터
지지 않으므로 좋은 것입니다." 하기에,

　　이자^{李子}는 더욱 화를 내며 말하기를,

　　"여름은 덥고 겨울이 추운 것이 사시^{四時}의 당연한 이치이니, 만일
이와 반대가 된다면 곧 괴이한 것이다. 옛적 성인이, 겨울에는 털옷을
입고 여름에는 베옷을 입도록 마련하였으니, 그만한 준비가 있으면
족할 것인데, 다시 토실을 만들어서 추위를 더위로 바꿔 놓는다면 이

는 하늘의 섭리를 거역하는 것이다. 사람은 뱀이나 두꺼비가 아닌데, 겨울에 굴 속에 엎드려 있는 것은 너무 상서롭지 못한 일이다. 길쌈이란 할 시기가 있는 것인데, 하필 겨울에 할 것이 무엇이냐? 또 봄에 꽃이 피었다가 겨울에 시드는 것은 초목의 떳떳한 성품인데, 만일 이와 반대가 되다면 이것은 괴이한 사건이다. 괴이한 사건을 만들어서 때 아닌 구경거리를 삼는다는 것은 하늘의 권한을 빼앗는 것이니, 이것은 모두 내가 하고 싶은 것이 아니다. 속히 헐어 버리지 않는다면 너희를 용서하지 않겠다" 하였더니,

종들이 두려워서 서둘러 그것을 철거하여 그 재목으로 땔나무를 마련했다. 그러고 나니 나의 마음이 그제야 편안해졌다.

몽설(夢說) / 이규보

꿈이 들어 맞았던 이야기

予自四三品時。常夢坐一大樓上。其下皆大海也。水到樓上。霑濕寢
席。予臥其中。如是者六七
여자사삼품시 상몽좌일대루상 기하개대해야 수도루상 점습침석 여와
기중 여시자육칠

年。每寤輒怪之。或以周公夢書驗之。心以爲瑞夢也。及庚寅歲。以非
罪流于猬島。請寄一老司
년 매오첩괴지 혹이주공몽서험지 심이위서몽야 급경인세 이비죄류우
위도 청기일노사

戶之家。則有高樓正臨大海。翼翼翬飛。水亦將拍于軒窓。眞若夢所見
者。予然後方驗前夢矣。
호지가 즉유고루정임대해 익익휘비 수역장박우헌창 진약몽소견자 여
연후방험전몽의

然則人之行藏榮辱。豈徒然哉。皆預定於冥然者歟。當時擬必死於其
地。未幾復京師。至登相
연즉인지행장영욕 기도연재 개예정어명연자여 당시의필사어기지 미기
복경사 지등상

位。是亦非天命歟。甲午月日書。
위 시역비천명여 갑오월일서

<東國李相國全集 제21권>

내가 삼품, 사품의 벼슬에 있을 때부터 늘 꿈을 꾸면 내가 큰 누각 위에 앉아 있었고, 그 아래는 큰 바다가 출렁거리며, 물이 누각 위까지 올라와서 잠자리를 적시는데, 나는 그 속에 누워 있는 것이었다. 이렇게 육, 칠년 동안이나 이어졌는데 꿈을 깨어서는 늘 기이^{奇異}하게 여겼으며, 혹은 <주공몽서^{周公夢書}>로써 징험^{徵驗}(어떤 징조를 경험)해 보고서 마음속으로 서몽^{瑞夢}이라고 생각하기도 하였다.

경인년에 와서 내가 아무 죄 지은 일도 없이 위도^{蝟島}로 귀양 가서 나이 많은 어떤 사호^{司戶}의 집에 기숙^{寄宿}하게 되었는데, 그 집은 높은 누각이 큰 바다를 정면으로 내려다보고 있어 마치 훨훨 날아갈 듯한 모양이었고, 물이 헌창^{軒窓}에까지 밀어오르니, 꼭 꿈에 보던 그 누각과 같았다. 나는 그제야 비로소 전 일의 꿈을 징험하였다.

그렇나면 사람의 출세와 은퇴, 잘되고 못되는 것이 어찌 우연한 일이겠는가? 모두가 모르는 가운데 미리 정해지는 일일 것이다.

당시에는 꼭 그 땅에서 죽으려니 하고 생각했었는데 얼마 안 가서 서울에 돌아와 지위가 정승에까지 올랐으니, 이도 역시 하늘이 점지한 운명이 아니겠는가?

갑오년(1234, 고종 21) 월 일에 쓴다.

<동국이상국집21>

가슴에 울리는 천둥 소리

天鼓震時。人心同畏。故曰雷同。予之聞雷。始焉喪膽。及反覆省非。
未覓所嫌。然後稍
천고진시 인심동외 고왈뇌동 여지문뢰 시언상담 급반복성비 미멱소
혐 연후초

肆體矣。但一事有略嫌者。予嘗讀左傳。見華父目逆事。未嘗不非之。
故於行路中。遇美
사체의 단일사유략혐자 여상독좌전 견화보목역사 미상불비지 고어행
로중 우미

色則意不欲相目。迺低頭背面而走。然其所以低頭背面。是迺不能無心
者。此獨自疑者
색즉의불욕상목 내저두배면이주 연기소이저두배면 시내불능무심자 차
독자의자

耳。又有一事未免人情者。人有譽己則不得不喜。有毀之則不能無變
色。此雖非雷時所
이 우유일사미면인정자 인유예기즉부득불희 유훼지즉불능무변색 차수
비뇌시소

懼。亦不可不戒也。古人有暗室不欺者。予何足以及之。
구 역불가불계야 고인유암실불기자 여하족이급지

<동국이상국전집 제21권>

35

천둥이 울릴 때에는 사람들이 다 하나같이 두려워한다. 그러므로, 뇌동雷同이라 한다. 나는 천둥 소리를 들을 때 처음에는 간담이 서늘하게 겁이 났다가, 여러 모로 지난 날 잘못이 있는지 반성하여, 별로 거리낄 만한 허물이 없다고 여기게 된 뒤에야 조금 몸을 펴게 된다.

그런데 다만 한 가지 꺼림찍한 일이 있다. 일찍이 <춘추좌전春秋左傳>을 읽을 때 화보華父가 눈으로 맞이하였다[화보가 예쁜 공보孔父의 아내를 보고 눈짓하였다 함]는 기사를 보고 그를 못된 사람이라 여겼었다. 그러므로 노상에서 어여쁜 여자를 만나면 서로 눈이 마주치지 않으려고 머리를 숙이고 외면하였었다. 그러나, 머리를 숙여 외면은 하지만 전연 마음에 두지 않을 수는 없는지라, 이것만은 스스로를 의아하게 여겨야 할 일인 것이다.

또 한 가지는 인정에 벗어나지 못하는 일이 있다. 남이 자기를 칭찬하면 기뻐하지 않을 수 없고 비난하면 언짢은 기색을 짓지 않을 수 없는 것이다. 이것은 비록 뇌성을 두려워할 거리는 아니지만 역시 경계하지 않을 수 없는 것이다. 옛날 사람 중에는 암실에서도 마음을 속이지 않은 이가 있었다 하는데, 내가 어떻게 족히 그에 미칠 수 있으랴.

여말 선초 양촌(陽村) 권근(權近 1352년(고려 공민왕1)~1409년(조선 태종 9))의 문집이다. 저자의 아들 권도(權蹈)에 의해 처음 문집이 편찬되었으나 전해지지 않는다. 《한국문집총간(韓國文集叢刊)》의 저본은 1674년 10세손 권주(權儔)가 진주(晉州)에서 40권 10책으로 간행한 중간본이다.

이배지의 넉 장 그림에 대한 이야기

曹溪釋竺芬新有善書畫聲。同年李君培之得其所畫蘭竹梅蕙幷一軸。持
以示予曰。吾愛
조계석축분신유선서화성 동년이군배지득기소화란죽매혜병일축 지이시
여왈 오애

此。非愛畫也。愛其爲蘭竹梅蕙也。蘭之愛也以馨德。竹之愛也以勁
節。梅也以淸。蕙也
차 비애화야 애기위란죽매혜야 란지애야이형덕 죽지애야이경절 매야
이청 혜야

以秀。揭諸壁間。終日對之。可玩而不可褻。若在九畹百畞之中而竹君
梅友之在側也。古
이수 게져벽간 종일대지 가완이불가설 약재구원백묘지중이죽군매우지
재측야 고

之人有取其意足。而不求顏色者焉。子以爲如何。
지인유취기의족 이불구안색자야 자이위여하

　조계종^{曹溪宗}의 중 축분^{竺芬}이 새로 서화^{書畫}를 잘 한다는 명성이 있었
다. 동년^{同年} 이군 이배지^{李君培之}가 그가 그린 난^蘭, 죽^竹, 매^梅, 혜^蕙를 얻어
아울러 한 축^軸을 가지고 와서 나에게 보이며 말하기를,
　"내가 이것을 좋아하는 것은 그림을 좋아하는 것이 아니고 그 난

초 · 대 · 매화 · 혜초를 아끼기 때문이니, 난초를 좋아함은 향기로운 덕이 있기 때문이요, 대를 좋아함은 굳센 마디가 있기 때문이요, 매화는 맑기 때문이요, 혜초는 **빼**어나기 때문입니다. 벽에 걸어 놓고 종일 대하매, 애완할 수는 있어도 더럽힐 수 없어서, 마치 구완^{九畹}, 백묘^{百畝} 가운데 있어도 대나무와 매화가 곁에 있는 것 같았습니다. 옛사람이 그 뜻을 취함이 족함이 있어서 안색^{顏色}[표면의 채색]을 구하지 않은 것을, 그대는 어찌 생각하십니까?" 하고 묻기에

予曰。吁甚哉。子之愛有合於古之聖賢也。易稱蘭。書記梅。詩禮言竹。騷詠蘭蕙。雜出
여왈　우심재　자지애유합어고지성현야　이칭란　서기매　시예언죽　소영린혜　잡출

於傳記百家之書。夫草木之可愛者固多矣。而未若玆四者之尤著也。予嘗謂四者天下之尤
어전기백가지서　부초목지가애자고다의　이미약자사자지우저야　여상위사자천하지우

物。宜其爲人所愛好也。然人之愛物也亦各以類。彼臧文仲之蒲。王戎之稄。其不仁信
물　의기위인소애호야　연인지애물야역각이류　피장문중지포　왕융지제　기불인신

矣。今培之溫言和氣。貞姿毅狀。接之令人起愛悅之心。信乎其爲君子人也。故能不于彼
의　금배지온언화기　정자의상　접지령인기애열지심　신호기위군자인야　고능불우피

而唯此是愛。是其在我者有同於此。知其可愛而愛之也。非因得此而偶
有是愛也。然則吾
이유차시애　시기재아자유동어차　지기가애이애지야　비인득차이우유시
애야　연즉오

之德足以交神明。而人服美之者。同於蘭之馨也。吾之守確乎其不可
拔。而富貴貧賤擧無
지덕족이교신명　이인복미지자　동어란지형야　오지수확호기불가발　이부
귀빈천거무

足以動其中者。同於竹之勁也。
족이동기중자　동어죽지경야

　　내가 말하기를,

　　"아, 심하도다. 그대가 좋아함이 옛 성현과 합치되는도다. <역경(易
經)>에는 난초를 일컬었고, <서경書經>에는 매화를 기록하였고, <시경
詩經>과 <예기禮記>에는 대를 말하였고, <이소경離騷經>에는 난초와 혜초
를 읊었으며, 각종 전기傳記와 백가서百家書에도 섞여 나오나니, 대저 초
목 중에 좋아할 만한 것이 많으나 특별히 드러난 이 네 가지만한 것이
없네. 나는 일찍이 '이 네 가지는 천하의 특이한 식물이라 사람이 그것
을 애호하는 것이 의당한 일이나, 사람이 식물을 애호하는 것도 또한
각기 유에 따라 다르니 저 장문중藏文仲이 부들[蒲]로 자리를 짠 것과, 왕
융王戎이 오얏씨에 구멍을 뚫은 것은, 그것이 불인不仁한 짓임이 틀림 없
다고 여기네. 이제 배지의 공순한 말씨와 온화한 기상과 정직한 자질
과 굳센 모습은, 그를 접하면 사람으로 하여금 아끼고 싶고 기뻐하는
마음을 일게 하니 참으로 군자임을 알겠다. 그러므로 능히 저것을 취

하지 않고 일찍 이것만을 좋아하니, 이는 내가 지닌 것이 이것과 같음이 있는지라, 좋아할 만한 것을 알고서 좋아하는 것이요, 이것을 얻게 되었으니 인연해서 우연히 아끼는 마음을 낸 것이 아니다. 그러니 나의 덕이 족히 신명과도 사귈 수 있어서 사람이 감복하고 찬미하는 것이 난초의 높은 향기와 같을 것이요, 나의 지조를 지켜 굳세니 뽑힐 수 없고 부귀와 빈천이 모두 그 중심을 움직일 수 없는 것이 대의 굳셈과 같을 것이요.

同梅之淸。同蕙之秀。又不在是之外矣。此所以愛之之心悠然而動。有不容但已者矣。培
동매지청 동혜지수 우부재시지외의 차소이애지지심유연이동 유불용단기자의 배

之能因其所同。而益致其所以同。求之聖賢之書。著之心膂之間。服仁佩義。其德益明。
지능인기소동 이익치기소이동 구지성현지서 저지심흉지간 복인패의 기덕익명

貞心苦節。其守益堅。觀乎易而如其臭也。則朋友之交得矣。考諸書而如其和羹也。則君
정심약절 기수익견 관호이이여기취야 즉붕우지교득의 고제서이여기화갱야 즉군

臣之義合矣。興於詩之猗猗。則學問之道進矣。得於禮之有筠。則德禮之器成矣。至於騷
신지의합의 흥어시지의의 즉학문지도진의 득어예지유균 즉덕예지기성의 지어소

人之飮芳食菲。以苾芬其四體而葩藻其文辭者。亦爲吾之餘事耳。何以
蘭竹梅蕙之愛爲

인지음방식비 이필분기사체이파조기문사야 역위오지여사야이 하이란죽
매혜지애위

哉。其可愛者不在四物。而皆備於我矣。培之其懋哉。培之名允藩。廣
人也。

재 기가애자부재사물 이개비어아의 배지기무재 배지명윤번 광인야

<陽村先生文集卷之二十一 >

　매화의 맑음, 혜초의 빼어남 같은 것도 이 밖에 있지 않으리니, 이
는 사랑하고 좋아하는 마음이 자연히 동하여 말자 해도 말 수 없음이
있기 때문이다. 배지가 능히 그 같은 바를 인해서 그 같게 되는 소이
를 연구하여 성현의 글에 구하고 마음속에 새겨, 인仁을 좇고 의義를 따
르면 그 덕이 더욱 밝을 것이요, 마음을 곧게 하고 절개를 굳게 지키면
그 지킴이 더욱 견고하게 될 것이다. <역경>을 보고서 그 향취와 같이
한다면 붕우의 교도交道를 얻을 것이요, <서경>을 상고하여 국맛을 조
화調和함과 같이 한다면 군신의 의리가 합해질 것이요, <시경>의 의의猗
猗에 흥기한다면 학문의 도가 진전될 것이요, <예기>의 균筠이 있다 함
을 체득하면 덕과 예를 갖춘 그릇을 이룰 것이다. 소인騷人이 향취를 마
심으로써 사체四體를 향기롭게 하고, 글을 화려하게 하는 것은 나의 여
사餘事일 뿐이니, 어찌 난초,대,매화,혜초를 애호한다 할 수 있으랴. 사
랑할 것은 네 가지에 있지 않고 모두 내 몸에 갖추어져 있으니 배지는
힘쓸지어다.” 하였다.
　배지의 이름은 윤번允藩이며 본관은 광주廣州 사람이다.

고려 말 가정(稼亭) 이곡(李穀 1298(충렬왕24)~1351(충성왕3))의 문집으로 20권 4책이다. 아들인 목은(牧隱) 이색(李穡)이 20권으로 편찬하고, 1364년(공민왕14)에 저자의 사위인 박상충(朴尙衷)이 금산(錦山)에서 처음으로 간행하였다.《한국문집총간(韓國文集叢刊)》의 저본은 1662년(현종3) 전주에서 간행된 사간본(四刊本)이다.

호^號를 경보^{敬父}라고 고친 이야기

牛峰李君自名養直。其友人馬邑李云白字之曰不曲。或難之曰。直而曰
不曲。理則然矣。直之
우봉이군자명양직　기우인마읍이운백자지왈불곡　혹난지왈　직이왈불곡
리즉연의　직지

爲義。豈止於是乎。夫事物之理。一直一曲。不可以執一論也。天地之
大也。或動或靜。故孔
위의　기지어시호　부사물지리　일직일곡　불가이집일론야　천지지대야
혹동혹정　고공

子曰。尺蠖之屈。以求伸也。蓋屈而不伸。則無以持其靜。伸而不屈。
則無以存其動。以。
자왈　척확지굴　이구신야　개굴이불신　즉무이지기정　신이불굴　즉무이
존기동　이

直而不曲則不能養其直。此一直一曲之謂也。
작이불곡즉불능양기직　차일직일곡지위야

　　우봉^{牛峯} 이군^{李君}이 스스로 양직^{養直}이라고 이름 붙이니, 그의 우인인
마읍^{馬邑} 한산^{韓山}의 이운백^{李云白}이 불곡^{不曲}이라고 자를 지어 주었다.
　　어떤 사람이 이것은 곤란하다며 말하기를, "직(直)에 대해서 불곡<sup>不
曲</sup>이라고 말한다면, 이치는 그럴듯하지만 직^直의 의미가 어찌 이 정도
로만 그치겠는가. 대저 사물의 이치란 한 번 곧으면 한 번 굽는 법이

니, 곧은 것 하나만을 가지고는 따질 수는 없는 것이다. 천지^{天地}같이 거대한 것 역시 움직일 때도 있고 고요할 때도 있다. 그러므로 공자^{孔子}가 말하기를 '자벌레가 몸을 굽히는 것은 장차 몸을 펴려는 것이'라고 한 것이다. 대개 굽히기만 하고 펴지 않는다면 고요함을 지속할 수 없을 것이요, 펴기만 하고 굽히지 않는다면 움직임을 이어갈 수 없을 것이다. 이런 까닭으로, 곧게 펴기만 하고 굽힐 줄을 모른다면 그 곧음을 기를 수가 없는 것이니, 이것을 일직일곡^{一直一曲}이라고 이르는 것이다.

如舜大聖人也。其存心立身之要。豈非直而不曲乎。然不告而取者。其理必有時而曲。然後能
여순대성인야 기존심입신지요 기비직이불곡호 연불고이취자 기리필유시이곡 연후능

保其直也。曲直之理。可以類知。苟滯於一端。其爲直也。不流於父攘子證之陋乎。然則如之
보기직야 곡직지리 가이류지 구체어일단 기위직야 불류어부양자증지누호 연즉여지

何。曰。天地之道或動或靜而不差者。誠而已矣。事物之理一曲一直而不過者。敬而已矣。誠
하 왈 처지지도혹동혹정이불차자 성이이의 사물지리일곡일직이불과자 경이이의 성

敬之名雖殊。而其理則一。易曰。敬以直內。蓋直者理之當然。而敬者養直之具也。以此推之
경지명수수 이기리즉일 역왈 경이직내 개직자리지당연 이경자양직지구야 이차추지

於明德新民之用。則何適而非天理耶。於是改不曲爲敬父云。
어명덕신민지용 즉하적이비천리야 어시개불곡위경보운

<稼亭先生文集卷之七>

순^舜같은 큰 성인도 입신의 요체에 마음을 두는데에, 어찌, 직^直하고 불곡한 것이 아니었으리오. 그러나, 알리지 아니하고 얻어들임[순 임금이 부모에게 알리지 않고 아내를 맞아 들였다고 함]도 그 이치가 필히 때에 따라서 굽힘이 있기 마련이다. 그리한 연후에야 능히 그 직^直이 보장되는 것이다. 곡직^{曲直}의 이치가 유사함을 알 수 있다. 한쪽 끝에만 구체^苟^滯하면 그 곧음이 아버지에게도 소통되지 못하여 자식의 실증^{實證}을 덜어내는데 누^陋가 될것이다. [아비가 남의 양을 훔쳤다고 아들이 고발하였다고함] 그러니 어찌해야 하는가, 이르기를,

"하늘과 땅의 도리는 혹은 움직이고, 혹은 고요하여 어긋나지 않는 것, 진실로 그럴 뿐이다. 사물의 이치도 한 번은 굽고, 한 번은 곧은데에 지나지 않는 것, 경^敬일뿐이다. 진실로, 경^敬이라고 한 이름이. 비록 직^直과 다르지만, 그 이치는 하나다. 주역에 이르기를

"경^敬은 직^直을 내용으로한다. 대개 직은 이치의 마땅함이어서 경^敬은 직^直을 기르는 도구이다." 하였다.

이를 가지고 미루어보건대, 덕을 밝히고,백성을 새롭게 하는데 활용하면, 어찌 딱 들어맞는 천리^{天理}가 아니겠는가. 이에 불곡^{不曲}이라는 이름을 고쳐서 경보^{敬父}라고 해야 한다 하였다.

시사설(市肆說) / 이곡 (李穀)

여사女肆 이사吏肆 인사人肆에 대한 이야기

商賈所聚。貿易有無。謂之市肆。始予來都。入委巷。見治容誨淫者隨其妍媸。高下其

상고소취 무역유무 위지시사 시여래도 입위항 견야용회음자수기연치 고하기

直。公然爲之。不小羞恥。是曰女肆。知風俗之不美也。又入官府。見舞文弄法者隨其重輕。高

직 공연위지 불소수치 시왈여사 지풍속지불미야 우입관부 견무문롱법자수기중경 고

下其直。公然受之。不小疑懼。是曰吏肆。知刑政之不理也。

하기직 공연수지 불소의구 시왈이사 지형정지불리야

   상고(商賈)가 모여 가진 것과 없는 것을 사고파는 곳을을 시사市肆라고 한다.

   처음에 내가 연경燕京에 와서 위항委巷에 들어가 보았다. 얼굴을 곱게 화장하고 나와서 음사淫事를 권유하는 것을 보았는데, 그 (여자가) 예쁘고 추한 정도에 따라 값을 올리고 내렸다. 터놓고 하는 짓을 조금도 부끄러워하지 않았다. 이것을 여사女肆라고 한다는데, 풍속이 곱지 못함을 알 수 있었다.

또 관부^{官府}에 들어가 보니, 그 당사자의 형편에 맞게 법을 적용해주는것[법규를 농락함]을 보았는데, 그 사건의 경중에 따라, 값을 올리고 내리는 것이었다. 터놓고 (수수료를) 챙기면서도 조금도 가책도 두려워하지도 않았다. 이것을 이사^{吏肆}라고 한다는데, 형정^{刑政}이 다스려지지 못함을 알 수 있었다.

于今又見人肆焉。自去年水旱民無
우금우견인사언 자거년수한민무

食。強者爲盜賊。弱者皆流離。無所於餬口。父母鬻兒。夫鬻其婦。主
鬻其奴。列於市賤其估。
식 강자위도적 약자개유리 무소어호구 부모육아 부육기부 주육기노
열어시천기고

曾犬豕之不如。然而有司不之問。嗚呼。前二肆其情可憎。不可不痛懲
之也。後一肆其情可矜。
증견치지불여 연이유사부지문 오호 전이사기정가증 불가불통징지야
후일사기정가긍

亦不可不早去之也。苟三肆之不罷。予知其不美不理者將不止於此也
역불가불조거지야 구삼사지불파 여지기불미불리자장부지어차야

<稼亭先生文集卷之七>

이제 또, 인사^{人肆}(사람 시장)를 보게 되었다. 지난해부터 장마와 가뭄을 겪으면서 백성들이 먹을 것이 없어서 강한 자는 도적이 되고, 약한 자는 유리걸식을 한다. 입에 풀칠할 것이 없게 되자, 부모는 자식을

팔고, 남편은 아내를 팔고, 주인은 하인을 파는 것이다. 저자에 늘어놓고는 헐값으로 흥정을 하고 있는 형편이었다. 이는 개나 돼지만도 못한 짓이라고 할 것인데, 유사^{有司}(관리)는 왜 이런가 일을 챙겨보지도 않고 있는 것이다.

아, 앞의 두 시장은 그 정상이 가증스러우니, 통렬히 징벌하지 않으면 안 될 것이며, 그 뒤의 시장은 그 정상이 가긍^{可矜}하니 이 또한 빨리 조처해서 바로 해야 할 것이다. 그런데 세 번째 시장이 없어지지 않는 한, 내가 알기에, 여사로 인해 풍속이 퇴폐에 흐르고 이사로 인해 형정의 불치^{不治}는 장차 이 정도에서만 그치지는 않을 것이다.

조선 중기 계곡(谿谷) 장유(張維 1587년(선조20)~1638년(인조16))의 문집이다. 저자는 졸(卒)하기 하루 전까지 글을 쓸 정도로 많은 저술을 남겼고, 또 스스로 정리해 놓는 일에도 힘을 기울였다. 저자 사후 아들 장선징(張善澂)이 계곡초고(谿谷草稿)를 수습하여 보충하고, 계곡만필(谿谷漫筆)까지 붙여 완질(完秩)을 만들어 1643년 목판으로 간행하였다.

가짜 붓에 대한 이야기

獸有鼠屬而黃者。俗號爲黃獷。多產於西北方之山。尾有秀毛可爲筆。其美擅天下。謂之黃毛

수유서속이황자 속호위황광 다산어서북방지산 미유수모가위필 기미천천하 위지황모

筆。吾友李生喜書。嘗乞於人而得之。毫秀而銳。色燁而澤。以爲大美。拂拭之。其中蕭然有

필 오우이생희서 상걸어인이득지 호수이예 색엽이택 이위대미 불식지 기중이연유

異。濡墨以試之。撓而曲。字不可成。孰視之。其心蓋狗毛。而燁而秀者外被之也。遂愕然以

이 유묵이시지 요이곡 자불가성 숙시지 기심개구모 이엽이수자외피지야 수악연이

歎。間以語余曰。是必工者利於欺人而莫或辨之。故得以售其奸也。人心之偸至此哉。余曰

탄 문이어여왈 시필공자리어기인이막혹변지 고득이수기간야 인심지투지차재 여왈

  짐승 중에 쥐 과[科]에 속하며 색깔이 노란 것을 세상에서 족제비[黃獷]라고 하는데, 평안도와 함경도 지방의 산속에서 많이 나온다. 그 꼬리에 **빼**어난 털이 있는데 붓을 만들만해서 (일단 만들면) 그 품질이 훌

류한 것이 천하에 첫손 꼽히는데 이것을 일러 황모필^{黃毛筆}이라고 한다. 내 친구 이생^{李生}이 글씨 쓰기를 좋아하여 일찍이 어떤 사람에게 부탁해서 그 붓을 얻었는데, 터럭이 수려하고 민감하며 색깔은 빛이 나고 윤택해서 크게 좋은 붓이라 여겼다. 붓을 흔들어 털어 보니 그 붓촉 속에 엉킨 터럭이 이상했다. 붓에 먹을 적셔 시험삼아 글씨를 써 보니 촉이 힘없이 구부러져 글자가 제대로 써지지 않는 것이었다.

이에 자세히 살펴보니 그 붓의 촉의 중심이 대개 개의 터럭으로 채웠던 것이었다. 빛나고 수려한 족제비털은 겉에다 입혀 놓은 것이어서 마침내 경악하고 탄식했다는 것이었다.

잠시 뒤에 이생이 나에게 그 이야기를 해 주면서 말하기를,

"이것을 만든 필공^{筆工}은 남의 눈을 속여 이윤을 챙기려 교묘히(붓의 진가를) 분변하지 못하게 한 것이라. 그러므로 그 간교한 기술이 먹혔였던 것이외다. 사람의 마음이 구차함이 이 지경에 이르렀단말인가." 하였다. 내가 말하기를,

子何獨怪於是。夫今之所謂大夫士者。其不類於是筆者蓋尠。衣冠其形體。文理其語言。規矩
자하독괴어시 부금지소위대부사자 기불류어시필자개선 의관기형체 문리기어언 규구

其步趨。儼然莊色而處。視之皆若君子正士然。及其居幽隱之地而遇利害之塗。則回其志肆其
기보추 엄연장색이처 시지개약군자정사연 급기거유은지지이우리해지도 즉회기지사기

欲。不仁於心而不義於行者皆是。蓋秀燁其外而狗毛其中。與是筆無少異焉。而觀人者不察
욕 불인어심이불의어행자개시 개수엽기외이그모기중 여시필무소이언

이관인자불찰

也。視其外而信其中。故有奸人亂國而不可悔者也。今子不此之憂。而
筆焉是怪。亦不知類也
야 시기외이신기중 고유간인란국이불가회자야 금자불차지우 이필언시
괴 역부지류야

夫。李生曰善。遂記其說。
부 이생왈선 수기기설

<谿谷先生集卷之四>

그대는 어찌 유독 이 붓에 대해서만 괴이하다고 하는가 대저, 지금
이르는바 사대부라는사람들도 이 가짜 붓에 견줄만한 부류가 드물지
않다는 것이네. 의관으로 형체를 꾸미고 문체(文體)로 조리있게 말을
하고 법도에 맞게 발걸음을 옮기며, 의젓하고 점잖게 처신하니, 보아
하니 모두 정인군자正人君子다운 모양이지만, 그윽히 숨겨진 곳에 지내
면서 이해관계로 다툴 때면 그 뜻을 돌려 욕심을 함부로 하고 마음이
어질지 못해서 행함에 의롭지 못한 것이 모두 이들이네. 대개 겉은 수
려하고 빛이 나지만, 속은 개털을 넣은 이 붓과 조금도 다름이 없는 것
이네. 사람을 관찰하는 자는 그 겉을 살펴보지 말고 그 속이 믿음직한
가를 보아야 하네. 그러므로, 간교한 자가 나라를 어지럽힘이 있고 나
서 후회해도 소용없는 것인데, 지금 자네는 이것을 걱정하지는 않고
붓만가지고 괴이하다고 하니, 또한 자네가 (어떤) 부류인지 알지 못하
겠네"라고 말하자 이생이 말하기를,

"훌륭하이"하기에 드디어 설을 기록하였다.

복전설(福田說) / 장유(張維)

복을 받는다는 것에 대한 이야기

始余觀浮屠書。言人能信奉其道。必得福田利益。種種如意。不然者反
是。余心竊疑之
시여관부도서 언인능신봉기도 필득복전리익 좀종여의 불연자반시 여
심절의지

曰。禍福命也。命在於天。浮屠氏道雖大。豈能違天之命而禍福人哉。
且世所謂福者。不
왈 화복명야 명재어천 부도씨도수대 기능위천지명이화복인재 차세소
위복자 불

過貴顯壽富。妻妾之奉。子孫之養而已。得此者謂之福。失此者謂之
禍。浮屠氏之所取。
과귀현수부 처첩지봉 자손지양이이 득차자위지복 실차자위지화 부도
씨지소취

大者莫如釋迦。釋迦捨王位而出家。苦行乞食。卒孤獨以死。雖曰成道
作佛。獨尊於三
대자막여석가 석가사왕위이출가 고행걸식 졸고독이사 수왈성도작불
독존어삼

界。然於世所謂福者。未之有焉。身所不能有。安能與人。然則所謂福
田者。果何在乎。
계 연어세소위복자 미지유언 신소불능유 안능여인 연즉소위복전자
과하재호

처음에 내가 부도浮屠 불가佛家의 책을 보니 "사람이 제대로 불도佛道를 신봉하면 반드시 복전福田의 이익을 얻어 갖가지 일이 뜻대로 되지만 그렇게 하지 않을 경우에는 이와 반대로 된다"는 내용이 있었다.

이에 내가 마음속으로 의아하게 생각하기를 '화禍를 받고 복福을 받는 것은 명命에 속한 일로서 명이란 하늘에 달려 있는 것이다. 부도씨浮屠氏의 도가 아무리 크다 하더라도 어떻게 하늘의 명을 거역하고 사람에게 화와 복을 내려 줄 수 있단 말인가. 그리고 세상에서 말하는 복이라는 것은 신분이 귀해지고 명예가 드러나고 오래 살고 부유한 생활을 하며 처첩妻妾과 자손의 봉양奉養을 받는 것에 지나지 않을 따름이니, 이것을 얻으면 복이라 하고 이것을 잃으면 화라고 한다. 불가에서 가장 큰 인물은 석가釋迦만한 이가 없다. 석가는 왕위王位를 버리고 출가出家하여 고행苦行 걸식乞食하다가 끝내는 고독孤獨한 상황에서 죽었다. 그가 비록 도道를 성취하고 부처가 되어 삼계三界에서 홀로 높은 존재가 되었다 하더라도 세상에서 말하는 복은 가지고 있는 것이 없다. 자신이 지니지 못한 터에 어떻게 남에게 줄 수 있겠는가. 그렇다면 이른바 복전이라고 하는 것은 과연 어떤 의미가 있는 것인가.' 하였다.

既而得一說焉。天下萬變。不出此心之外。此心所安謂之福。此心所不安謂之禍。生。人
기이득일설언 천하만변 불출차심지외 차심소안위지복 차심소불안위지화 생 인

所欲也。世有捨生而取死者。生非所安而死所安也。貴富。人所欲也。世有逃卿相棄千金
소욕야 세유사생이취사자 생비소안이사소안야 귀부 인소욕야 세유도경상기천금

而甘灌園弊裘者。卿相千金非所安。而灌園弊裘所安也。安則樂。樂則
福在是焉。不安則
이감관원폐구자 경상천금비소안 이관원폐구소안야 안즉락 락즉복재시
언 불안즉

不樂。不樂則禍在是焉。
불락 불락즉화재시언

　이미 하나의 설을 얻어들은 일이 있다. 천하의 천변만화^{千變萬化}가 이 마음을 벗어나지 않는다고 한다 이 마음이 편안하면 이것을 복이라 하고 이 마음이 편안하지 못하면 이것을 화라고 한다는 것이다.

　살려고 하는 것이 사람의 욕망인데도 세상에는 삶을 버리고 죽음을 택하는 사람이 있음은 삶이 편안한 것이 아니요 죽음이 편안하기 때문이다. 부귀^{富貴}도 사람이 의욕하는 것인데도 세상에는 경상^{卿相}의 자리를 피해 달아나고 천금^{千金}을 내버린 채 시골에 농사 짓고 해진 갖옷 (짐승의 털가죽으로 안을 댄 옷)을 입는 것은 경상의 자리나 천금의 돈도 편안한 것이 아니요, 농사 짓고 떨어진 옷 입는 것이 편안하기 때문이다. 마음이 편안하면 즐겁고 즐거우면 복이 여기에 있는 것이요, 마음이 편안하지 못하면 즐겁지 못하고 즐겁지 못하면 화가 여기에 있다는 것이다.

君子樂天知命。無入而不自得。無入而不自得。亦無入而非福也。小人
未得之也患得之。
군자락천지명 무입이부자득 무입이부자득 역무입이비복야 소인미득지
야환득지

既得之也患失之。則無入而不戚戚也。無入而不戚戚。亦無入而非禍
也。浮屠氏之法。雖
기득지야환실지 즉무입이불척척야 무입이불처척 역무입이비화야 부도
씨지법 수

不軄於正理。然道本乎空而學期乎覺。覺則知吾心之爲妙。而外物不能
侵也。空則知萬化

불기어정리 연도본호공이학기호각 각즉지오심지위묘 이외물불능침야
공즉여만하

之無常。而本心未嘗累也。
지무상 이본심미상루야

　군자는 천도天道를 즐거워하며 명수命數를 아나니 어디에 들어가서도
자득自得하지 않음이 없고, 들어가서 자득하지 않음이 없으면 또한 이
디에 들더라도 복 아닌 것이 없다. 이에 반해 소인은 얻지 못했을 때
에는 얻으려고 근심하고 얻은 뒤에는 잃을까 걱정하나니 어떤 환경에
처하더라도 근심스럽지 않음이 없게 되고, 어떤 경우에 처하더라도
근심스럽지 않음이 없으면 또한 어떤 경우에 처하더라도 화 아닌 것
이 없다고 해야 할 것이다.

　부도씨[불가]의 법이 바른 이치에 입각한 것은 아니라 하더라도 그
도술은 공空에 근본하고 있고 그 학學은 각覺을 목표로 하고 있다. 깨닫
게 되면 나의 마음의 오묘한 체성體性을 알게 되어 외물外物의 침해를 받
지 않을 것이요, 공空 사상에 근본하게 되면 모든 존재의 변화가 무상無
常하다는 것을 알아서 본심本心에 누(累)가 되지 않을 것이다.

有聞乎此者。生而不悅。死而不戚。視害猶利。視苦猶樂。恩讎毀譽美
惡成壞。視之如

유문호차자 생이불열 사이불척 시해유리 시고유락 은수훼예미오성괴
시지여

一。無往而不安。無往而不樂。則天下之福。孰加於此。夫以貴爲福
者。位替則賤。以富

일 무왕이불안 무왕이불락 즉천하지복 숙가어차 부이귀위복자 위체
즉천 이부

爲福者。財盡則貧。得於外者。有時而變。有時而變者。非眞福也。無
位而貴。國爵不能

위복자 재진즉빈 득어외자 유시이변 유시이변자 비진복야 무위이귀
국작불능

加也。無積而富。國財不能敵也。無生而壽。天地不能命也。無增無
減。無失無得者。非

가야 무적이부 국재불능적야 무생이수 천지불능명야 무증무멸 무실
무득자 비

眞所謂福田乎哉。
진소위복전호재

  이런 교설^{敎說}을 알면 산다고 기쁠 것 없고 죽는다고 슬플 것도 없
다. 이해^{利害}를 같은 것으로 보고 고락^{苦樂}을 같은 것으로 보며 은수^{恩讎},
훼예^{毀譽}, 미오^{美惡}, 성괴^{成壞}를 모두 여일^{如一}하게 볼 수 있있으면 어디에
가더라도 편안하게 여기지 않음이 없을 것이니, 어디에 가도 편안하
지 않음이 없게 되면 이 세상의 복 가운데 어느 것이 이보다 더할 수
가 있겠는가.

대저 지위의 고귀함을 복으로 여기면 지위가 바뀌면 비천하게 되고, 재산의 부유함으로 복을 삼으면 재산을 잃으면 가난하게 되고 만다. 외부로부터 얻어지는 것은 모두가 때에 따라서 바뀌게 마련인데 때에 따라서 바뀌게 마련인 것은 참다운 복이라고 할 수가 없는 것이다.

지위가 없는데도 고귀한 자에게는 국가의 작위爵位로도 더 이상 보태어 줄 수가 없고, 쌓아 놓은 재물이 없이도 부유한 자에게는 국가의 재정으로도 상대할 수가 없는 것이며, 무생無生의 수壽를 누리는 자에게는 천지天地도 어떻게 해볼 수가 없는 것이다. 늘어남도 줄어듦도 없고 잃는 것도 얻는 것도 없는 이것이야말로 참으로 이른바 복전福田이라고 하는 것이 아니겠는가.

經曰作善。降之百祥。作不善。降之百殃。以迹而言。顏回屢空短命。盜跖佚樂壽考。安
경왈작선 강지백상 작불선 강지백앙 이적이언 안회루공단명 도척일락수고 안

有所謂降祥降殃者乎。以理而言。作善者祥莫大焉。雖窮猶通。雖夭猶壽。作不善者殃莫
유소위강상강앙자호 이리이언 작선자상막대언 수궁유통 수요유수 작불선자앙막

大焉。雖通不如窮。雖壽不如夭。此聖人之旨也。浮屠氏之說。或者亦猶是哉。
대언 수통불여궁 수수불여요 차성인지지야 부도씨지설 혹자역유시재

<谿谷先生集卷之四>

경經에 이르기를 '선한 일을 하면 온갖 상서로운 일을 내려 주고 선하지 못한 일을 하면 온갖 재앙을 내려 준다.'고 하였다. 그런데 과거의 발자취를 가지고 말한다면, 안회顏回는 곤궁한 생활을 하다가 젊은 나이에 생을 마쳤고 도척盜跖은 흥청망청 즐기면서 늙도록 살았으니, 이른바 상서로운 일을 내려 주고 재앙을 내려 준다고 하는 뜻이 어디에 있다고 하겠는가.

그러나 이치에 입각해서 말해 보건대, 선한 일을 행하는 자에게 있어서는 그보다 더 큰 상서로운 일이 있을 수 없는 만큼 비록 곤궁해도 영달한 것과 다름이 없고 비록 일찍 죽어도 장수한 것과 다름이 없는 반면, 선하지 못한 일을 행하는 자에게 있어서는 그보다 더 큰 재앙이 있을 수 없는 만큼 비록 영달해도 곤궁한 것과 다름이 없고 비록 오래 살아도 일찍 죽은 것과 다름이 없을 것이니, 이것이 바로 그렇게 말씀하신 성인의 뜻이라 할 것이다. 부도씨의 교설도 어쩌면 이와 같은 의미에서 나온 것이 아닌지 모르겠다.

곡목설(曲木說) / 장유(張維)

굽은 나무를 사특한 사람에 빗댄 이야기

隣有張生者將築室。入山伐材。林林而植者。皆詰曲離奇不中於用。山
之家有一木焉。前
린유장생자장축실 입산벌재 림림이식자 개힐곡리기부중어용 산지총유
일목언 전

視之挺如也。左視之挺如也。右視之亦挺如也。以爲美材。援斧以就
之。自後視之則觖然
시지정여야 좌시지정여야 우시지역정여야 이위미재 원부이취지 자후
시지즉위연

枉也。乃棄斧而歎曰。嗟夫。木之爲材。視之易察也。擇之易辨也。然
是木也。余三視
왕야 내기부이탄왈 차부 목지위재 시지이찰야 택지이변야 연시목야
여삼시

之。不知其不材也。而況於人之厚貌深情者乎。聽其言則文。觀其容則
令。察其細行則飭
지 부지기부재야 이황어인지후모심정자호 청기언즉문 관기용즉령 찰
기세행즉칙

謹。未有不以爲君子也。及其履大變而臨大節也。然後肺肝見焉。國家
之敗恒由是也。
근 미유불이위군자야 급기이대변이임대절야 연후폐간견언 국가지패항
유시야

이웃에 장생張生이라는 자가 살고 있었다. 장차 집을 지으려고 산에 들어가 재목을 찾으며 보니, 총총이 서있는 나무들이 모두 굽고 비틀어져서 용도에 맞지 않았다. 그런 가운데 산속 무덤 가에 나무 한 그루가 서 있기에, 앞에서 보니, 곧게 자라 뻗었기에 왼쪽에 가서 보니 곧게 뻗어 자란 나무였다. 오른쪽에 가서 보아도 곧은 것이었다. 그래서 좋은 재목이라 생각하고는 도끼를 들고 뒤쪽에 가서 살펴보니 웬걸 역시 굽은 나무라 이에 도끼를 던지고 탄식하기를,

"아, 재목이 될 나무는 보면 금방 관찰이 되고 선택 여부가 금방 판별이 되는 것인데 이 나무는 내가 세 번이나 보고서도 그것이 재목이 되지 못한다는 것을 알지 못하였는데, 하물며 사람의 후덕한 용모에, 깊은 마음 속이야 어떻게 알겠는가? 그 말을 들어 보면 조리가 있고, 그 용모를 살펴보면 선량하고, 세밀히 작은 행실을 관찰해 보아도, 스스로 신칙하고 삼가하는 모습이라. 군자가 되지 못할 까닭이 없는 것이지만, 급기야 큰 변고를 직면해서 절개로 맞닥드려야 할 상황을 치르고 난 후에야 간장과 폐장[속 마음]이 드러나게 되는 것이다. 국가가 패손하는 것은 늘, 이런 자들로부터 연유되는 것이다.

且夫木之生也。無有牛羊之踐也。斤斧之賊也。雨露之所滋。日夜之所長。宜其挺特而直
차부목지생야 무유우양지천야 근부지적야 우로지소자 일야지소장 의기정특이직

遂也。乃有骫骸不材若是之甚。況人之處乎世也。物欲汩其眞。利害昏其鑑。所以枉其天
수야 내유위피부재약시지심 황인지처호세야 물욕골기진 리해혼기감 소이왕기천

而遁其初者。不可勝紀。無怪乎奇衺者衆而正直者尠也。遂以語張子。
張子曰善哉。觀
이둔기초자 불가승기 무괴호기사자중이정직자선야 수이어장자 장자왈
선재 관

乎。雖然余亦有說焉。洪範論五行。木曰曲直。然則木之曲者。材則未
也。性則然矣。人
호 수연여역유설언 홍범론오행 목왈곡직 연즉목지곡자 재즉미야 성
즉연의 인

之生也直。罔之生也。幸而免。然則人而不直者。其免於死也亦幸矣。
자샌야직 망지생야 행이면 연즉인이부직자 기면어사야 역행의

　대저 나무의 생장은, 소나 염소의 짓밟힘이 없고, 도끼나 자귀에 의
한 침해를 받지 않고, 비와 이슬의 자양을 입으면서, 밤낮으로 성장하
여 쭉쭉 곧게 뻗어나야 마땅할 것인데, 휘어지고 구부러짐이 있어 재
목이 되지 못함이 이와 같다면 심한 것이다. 하물며 사람이 세상에 처
함에 물욕物欲이 진성眞性을 빠뜨리고 이해利害 관계가 거울[마음]을 흐리
게 하는 것은 그 천성을 구부러뜨리고 그 초심을 감추는 까닭이 되는
데 이런 사례를 일일이 다 기록할 수가 없다. 기사奇衺하는 자는 많고,
바르고 곧은 자는 적은 것이 괴이할 것이 없는 것이다.”
　마침내 이 일을 장자張子에게 이야기하였다. 장자가 말하기를,
　“훌륭하이 관찰력이, 비록 그렇지만 나 역시 말할 것이 있네.
　“홍범洪範 [서경 편명]에서 오행五行을 논할 때 목木에 대해서는 그 속
성이 구부러지고[曲] 바르다[直]고 하였네. 그리고 보면 나무가 굽었을
경우 재목으로는 쓸 수 없을지 몰라도 속성으로 볼 때는 원래가 그러

한 것이지. 하지만 사람의 경우는 태어날 때부터의 속성이 바르기만 하니 바르게 행하지 않고도 살아갈 수 있는 것은 요행히 면한 것이라고나 해야 할 것이라. 그리고 보면 사람으로 태어나 정직하게 살아가지 못하는데도 죽음을 면하는 것, 이것 역시 요행이라고 해야 할 것이네.”

然余觀於世。木之曲者。雖賤工未嘗取也。人之曲者。雖治世未嘗棄也。子亦觀於大廈
연여관어세 목지곡자 수천공미상취야 인지곡자 수치세미상기야 여역관어대하

乎。其爲棟爲楹爲榱爲桷。雲譎而波詭者。未見有曲材焉。亦觀於朝乎。其爲公爲卿爲大
호 기위동위영위최위각 운휼이파궤자 미견유곡재언 역관어조호 기위공위경위대

夫士。紆靑而拖紫。翶翔廊廟者。未見有直道焉。是木之曲者常不幸。而人之曲者常幸
부사 서청이타자 답상랑묘자 미견유직도언 시목지곡자상불행 이인지곡자상행

也。語曰。直如絃。死道邊。曲如鉤。封公侯。此曲士之所以多於曲木者徵也夫。
야 어왈 직여현 사도변 곡여구 봉공후 차곡사지소이다어곡목자징야부

<溪谷先生文集>

그런데 내가 세상을 보건대, 나무가 구부러졌을 경우는 비록 보잘 것없는 목수라 하더라도 가져다 쓰는 법이 없지만, 사람이 곧지 못할 경우에는 아무리 정치를 잘 하는 시대라 하더라도 내버리고 쓰지 않은 적이 없지. 자네도 큰 건물을 한 번 보게나. 마룻대나 기둥이나 서까래는 말할 것도 없고 구름 모양으로 꾸미거나 물결처럼 장식할 경우에도 구부러진 재목이 있는 것을 보지를 못하였네. 이번에는 조정을 한번 봄세. 공경^{公卿}과 사대부^{士大夫}로서 화려한 관복^{官服} 청색 도포를 느슨하게 매고, 자색 도포자락을 끌며 묘랑을 날듯이 오가며 거드름을 피우는 자들 치고 바른 도를 행하는 자는 보지를 못하였네. 이처럼 구부러진 나무는 늘 불행하지만 비뚤어진 사람은 마냥 행복하기만 하지.

　"'활줄처럼 곧으면 길가에서 죽고, 갈고리처럼 굽으면 공후(公侯)에 봉해진다.'"는 말도 있지 않은가. 이 말을 통해서도 곡사^{曲士}가 곡목^{曲木}보다 대우를 받는다는 것을 징험할 수 있을 것이야." 하는 것이었다.

조선 중기 상촌거사(象村居士) 신흠(申欽 1566년(명종21)~1628년(인조 6))의 문집이다. 저자는 생전에 자신의 시문을 모아 편차해 '상촌고(象村 稿)'라 이름하고 자서(自序)까지 지어 두었다.

이를 바탕으로 1629년에 아들 신익성(申翊聖)이 유고(遺稿)를 활자(活字) 로 간행하였다.

현옹玄翁이란 호號에 관한 이야기

曩吾稚歲。自號敬堂。既長又號百拙。或曰南臯。數年間。易之以玄
翁。客有來語余曰。敬者。
낭오치세 자호경당 기장우호백졸 혹왈남고 수년간 역지이현옹 객유
래어여왈 경자

聖功也。拙者。素履也。南臯。實跡也。而子去之。卒宅乎玄。豈有說
耶。余對曰。世之有色者
성공야 졸자 소리야 남고 실적야 이자거지 졸택호현 기유설야 여대
왈 세지유색자

有文。有文者有彩。唯玄者無色。無色故無文。無文故無彩。不可涅以
爲緇。亦不可練以爲白。
유문 유문자유채 유현자무색 무색고무문 무문고무채 불가날이위치
역불가련이위백

深深乎其朴也。淵淵乎其質也。渾渾乎其不可辨也。其類於至人之守
乎。收視返聽。溟溟涬涬。
심심호기박야 연연호기질야 혼혼호기불가변야 기류어지인지수호 수시
반청 명명행행

若存若亡。而一氣沕然者。兹所謂吾玄之事。而衆妙之門 乎。抑人漓道
喪。蒼素倒置。龜文而
약존약망 이일기물연자 자소위오현지사 이중묘지문호 억인리도상 창
소도치 귀문이

焦。孔翠而羅。吾其守吾之玄而庶免爲澤中之罘乎。客笑而去。遂書以
爲玄翁說。

초 공취이라 오기수오지현이서면위택중지부호 객소이거 수서이위현옹설

<象村先生集 제34권>

옛날 내가 어렸을 때는 스스로 경당敬堂이라 불렀고, 장성하여서는
또 백졸百拙·혹은 남고南皐로도 부르다가 몇 해 사이에 '현옹玄翁'으로 바
꾸었다. 어떤 객이 나에게 말하기를,

"경敬이란 성인聖人을 배우는 공력이고 졸拙은 순박한 행실이고 남고
는 실지로 걸어온 자취이다. 그런데 그대는 모두 버리고 마침내 '현玄'
을 취택했으니 거기에 대한 이야기가 있소?" 하므로, 내가 대답하기를

"세상에 색이 있는 것은 무늬가 있게 되고 무늬가 있는 것은 채색이
있게 되는데, 오직 현玄만은 색이 없소이다. 색이 없으므로, 무늬가 없
고, 무늬가 없으므로, 채색이 없는 것이오. 그러므로, 물들여 검게 할
수도 없으며, 씻어서 희게 만들 수도 없는 것이오. 그 질박함이 한없이
깊고 그 바탕이 매우 두터워서 헤아릴 수 없이 넓고, 큰 것인데, 철인哲
人이 지키는 류類라고 하겠소. 듣는 것이나 보는 것을 거둬들여 아무런
형태도 없이 두리뭉실하여 있는 것 같기도 하고 없는 것 같기도 하여,
한 기운이 길이 감추어져 있는 것이니, 이것이 이른바 나의 '현玄'에 대
한 상념이며 모든 묘리妙理의 문門이라 할 것이오. 생각건대, 인심이 박
해지고 도덕이 상실되어 창소蒼素가 뒤바뀜에 따라 거북이는 등에 무
늬가 있으므로 불로 지져 점을 치는 도구가 되었고 공작孔雀은 깃털이
화려하므로 그물에 걸려 잡히게 되는 것이외다. 그래서 나는 나의 '현
玄'을 지켜 연못에 사는 택우澤虞새처럼 그물에 걸리는 사례를 면해 볼
까 하오." 하였더니, 객은 웃으며 떠나갔다. 드디어 대화한 것을 써서
'현옹'에 관한 설로 삼는다.

초연재설(超然齋說) / 신흠(申欽)

사물에 초연한 마음가짐의 이야기

榮以簪組。而超然於簪組之外。困以徽纆。而超然於徽纆之中。怵以生
死。而超然於
영이잠조 이초연어잠조지외 곤이휘묵 이초연어휘묵지중 출이생사 이
초연어

生死之際。放諸山澤。而超然於山澤之間。物不能累。人不能鑠。樂天
知命。身蹟道
생사지제 방저산택 이초연어산택지간 물불능루 인불능력 락천지명 신지도

亨者。古者大人之行。而竊庶幾勉焉者。主人翁也。老氏所謂燕居超然
者。其在斯
형자 고자대인지행 이절서기면언자 주인옹야 노씨소위연거초연자 기재소

夫。
부

<상촌선생집 제34권>

　높은 벼슬에 올라 영화롭게 되어도 벼슬의 밖에 초연하고 속박 속
에 곤욕을 당하여도 속박 가운데서 초연하고 생사에 위협을 느껴도
생사의 갈림길에서 초연하고 초야로 내쫓겨도 초야에서 초연하므로,
사물이 얽어매지 못하고 사람들이 훼손하지 못한다. 주어진 천명을
만족하게 여겨 즐겁게 지내므로, 몸은 어려움 속에 좌절을 당하지만,

도^道는 탁 트여 있다. 이것은 옛날 대인^{大人}들의 행실이었는데, 이렇게 해 보려고 힘쓴 자는 이 집 주인 늙은이이다. 노씨^{老氏} [주^周의 학자 이이^{李耳}]가 이른바, "편안함에도 초연하다."고 한 것이 여기에 있다고 하겠다.

무망재설(無妄之災說) / 신흠(申欽)

뜻밖에 당하는 재앙에 대한 이야기

无妄。聖人之事也。曷爲有災。聖人亦有災乎。曰。聖人故言災。災者。不自我之謂也。

무망 성인지사야 갈위유재 성인역유재호 왈 성인고언재 재자 부자아지위야

曰。不自我則何以值災。曰不當災而災。事之變也。易慮其變。變。中世所不免。況下世

왈 부자아즉하이치재 왈부당재이재 사지변야 이려기변 변 중세소불면 황하세

乎。池魚殃。城門火也。邯鄲圍。魯酒薄也。文王羑。九侯爭也。仲尼陳。陽虎似也。故

호 지어앙 성문화야 한단위 로주박야 문왕유 구후쟁야 중니진 양호사야 고

災至無愧。聖賢之所能。而災而幸逭。非聖賢之所能。其自我者。謂之禍。

재지무괴 성현지소능 이재이행환 비성현지소능 기자아자 위지화

<상촌선생집 제34권>

진실하고 속임이 없이 하는 것이 성인[聖人]이 하는 일인데, 어찌 재앙이 있는가. 성인이기 때문에 재앙이라고 말한다. 재앙이란 나로 말미암아 온 것이 아닌 것을 말한다. 나로 말미암아 온 것이 아니라면 어찌

재앙을 만나는가? 재앙을 만날 만한 이유가 없는데 재앙을 당하는 것은 일이 변하였기 때문이다. <주역^{周易}>에 그 변역^{變易}을 염려하였는데, 변역은 중세기^{中世期}에도 면하지 못하였다. 하물며 내리막 세상에서겠는가. 연못 속의 고기가 재앙을 입은 것은 성문^{城門}에 불이 났기 때문이고, [불을 끄느라 연못 물이 말랐기 때문] 한단^{邯鄲}이 포위를 당한 것은 노^魯나라 술이 싱거웠기 때문이고, 문왕^{文王}이 유리^{羑里}에 갇힌 것은 구후^{九侯}가 다투었기 때문이고, 중니^{仲尼} [공자의 자^字]가 진^陳에서 포위당한 것은 양호^{陽虎}의 모습과 비슷하게 닮았기 때문이었다.

그러므로, 재앙이 이르러도 부끄러움이 없는 것은 성현이 할 수 있는 일이고, 재앙이 오는데, 요행히 피하려 하는 것은 성현이 할 수 있는 일이 아니다. 나로 말미암아 오는 것을 화^禍라고 한다.

술잔으로 탐신^{貪臣}을 치려 한 일에 대한 이야기

崔員外洪烈。志尚剛正。嘗掌記南京也。縛殺權臣義文所遣蒼頭之怙主
勢橫恣割人

최원외홍열 지상강정 상장기남경야 박살권신의문소견창두지호주세횡
자할인

者。由是著名矣。爲微官時。廣會中有一文士理邑不廉者。崔君擧飮器
瓷垸將擊之。

자 유시저명의 위미관시 광회중유일문사리읍불렴자 최군거음기자완장
격지

先以口銜指大嘯。以敎其氣。敢言曰。坐有貪者。吾欲擊之。昔者段秀
實笏擊奸臣。

선이구함지대소 이교기기 감언왈 좌유탐자 오욕격지 석자단수실홀격
간신

今崔子將垸擊貪臣矣。雖不斥言其名。其人自省己之不廉。潛出而遁
之。後有以此爲

금최자장완격탐신의 수불척언기명 기인자성기지불렴 잠출이둔지 후유
이차위

戲者。崔君輒怒。唯李郎中元老笑之。則雖以銜指大嘯狀示之。崔君不
得怒。但低頭

희자 최군첩노 유이랑중원노소지 즉수이함지대소상시지 최군부득노
단저두

自笑而已。 以與李君相好故也。
자소이이 이여리군상호고야

<東國李相國全集 第二十一卷>

　원외랑^{員外郎}최홍렬^{崔洪烈}은 뜻이 굳세고 정직하였다. 일찍이 남경^{南京}의 서기^{書記}로 있을 적에 권신^{權臣})인 김의문^{金義文}이 보낸 노예가 주인의 세력을 믿고 멋대로 사람을 해치자 그를 옭아매어 죽였는데, 이로 말미암아 이름이 알려지게 되었다. 그가 하급 관리로 있을 적에, 여럿이 모인 자리에 고을을 다스리는 데 청렴하지 못한 문사^{文士} 한 명이 있었는데, 그는 자기로 만든 술잔으로 장차 그를 치려 하면서, 손가락을 입에 넣고 그 기세를 크게 휘파람 소리를 불어내고 나서 결연히 말하기를,

　"이 좌석에 탐신^{貪臣}이 있으므로 나는 그를 치려 한다. 옛날 단수실^{段秀實}은 홀^笏로 간신^{奸臣}을 쳤었는데 이제 나는 술잔으로 탐신을 치려 한다." 하였다. 비록 그 이름은 바로 지적하지 않았는데 그 사람은 자신의 청렴하지 못함을 깨닫고 몰래 빠져나가 도망쳤다.

　뒤에 이 일을 가지고 최군^{崔君}을 희롱하는 사람이 있으면 최군은 화를 냈으나, 낭중^{郎中} 이원로^{李元老}가 그를 웃게 하려고 할 때 손가락을 물고 큰 휘파람을 부는 시늉을 해 보이기까지 하였으나, 최군은 화를 내지 않고, 다만 머리를 숙이고 스스로 웃을 뿐이었다. 그것은 이군^{李君}과 서로 친하기 때문이었다.

칠현을 본받으려 한 사람들의 이야기

先輩有以文名世者某某等七人。自以爲一時豪俊。遂相與爲七賢。蓋慕晉之七賢也。

선배유이문명세자모모등칠인 자이위일시호준 수상여위칠현 개모진지
칠현야

每相會。飮酒賦詩。旁若無人。世多譏之。然後稍沮。時予年方十九。吳德全許爲忘

매상회 음주부시 방약무인 세다기지 연후초저 시여년방십구 오덕전
허위망

年友。每携詣其會。其後德全遊東都。予復詣其會。李淸卿目予曰。子之德全。東遊

년우 매휴예기회 기후덕전유동도 여부예기회 이청경목여왈 자지덕전
동유

不返。子可補耶。予立應曰。七賢豈朝廷官爵。而補其闕耶。未聞嵇，阮之後有承之

불반 자가보야 여입응왈 칠현기조정관작 이보기궐야 미문혜 원지후
유승지

者。闔座皆大笑。又使之賦詩。占春人二字。予立成口號曰。榮叅竹下會。快倒甕中

자 합좌개대소 우사지부시 점춘인이자 여입성구호왈 영참죽하회 쾌
도옹중

春。未識七賢內。誰爲鑽核人。一座頗有慍色。卽傲然大醉而出。予少
狂如此。世人
춘 미식칠현내 수위찬핵인 일좌파유온색 즉오연대취이출 여소광여차
세인

皆目以爲狂客也。
개목이위광객야

<동국이상국전집 제21권>

　선배들 중에 세상에 문장으로 이름 난 모모 등 일곱 사람이 스스로
한 때의 호준(豪俊)이라 여기고 드디어 서로 어울려서 칠현(七賢)이라
하니, 대개 진(晉) 나라의 칠현*을 사모한 것이다.

　매번 서로 모여서 술을 마시고 시를 지으며 곁에 아무도 없는 것처
럼 하였다. 세상에서 빈정대는 사람이 많아지자 기세가 조금 수그러
졌다.

　그때 내 나이 열아홉이었는데, 오덕전(吳德全 오세재(吳世才))이 망년
우(忘年友)로 삼아 항상 그 모임에 데리고 갔었다. 그 뒤에 덕전이 동도
(東都 경주(慶州))에 놀러 갔을 때 내가 그 모임에 참석하였더니, 이청경
(李淸卿 이담지(李湛之))가 나를 보고 말하기를,

　"자네의 오덕전이 동도에 놀러가서 돌아오지 않으니, 자네가 그 보
(補)가 되겠는가?"

　하기에, 내가 곧 대답하기를,

　"칠현*이 조정의 벼슬인가요? 어찌 그 궐(闕)을 보(補)한단 말이요?
혜강(嵇康)·완적(阮籍) 뒤에 그를 계승한 이가 있었다는 말을 듣지 못
했소." 하니,

모두들 크게 웃었다. 또 나를 보고 시를 짓게 하면서 춘(春), 인(人)
두 자를 운(韻)으로 부르기에, 내가 곧,

"영광스럽게도 대나무 아래 모임에 참여하여 / 榮叅竹下會

유쾌히 독 안의 봄을 마시네 / 快倒甕中春

모르겠다 칠현 중에 / 未識七賢內

누가 오얏씨 뚫는 사람인고* / 不知鑽核人"

라고 불렀더니, 모두들 불쾌한 기색이 있었다. 그래서 나는 곧 거만
스런 태도로 거나하게 취해서 나와 버렸다. 내가 젊어서 이처럼 미치
광이 스러웠으므로, 세상 사람들은 모두 나를 광객(狂客)으로 지목했
었다.

---

* 진(晉) 나라의 칠현 : 노장학(老莊學)을 숭상하여 죽림(竹林)에 모여 청담(淸談)을 일삼던
일곱 명의 선비. 곧 완적(阮籍) · 완함(阮咸) · 혜강(康) · 유영(劉伶) · 산도(山濤) · 왕융(王
戎) · 상수(向秀).

*오얏씨……사람인고 :
진 나라 죽림칠현의 한 사람인 왕융은 몹시 인색하여 자기 집에 좋은 오얏나무가 있었는데,
다른 사람이 혹 그 씨를 얻어 심을까 염려하여 오얏을 먹고 나면 반드시 씨를 송곳으로 뚫어
버렸다 한다. 《世說新語》

뱃사공도 술을 얻어 먹고서야
서둘러 강을 건네 준 이야기

李子南渡一江。有與方舟而濟者。兩舟之大小同。榜人之多少均。人馬
之衆寡幾相類。而
이자남도일강 유여방주이제자 양주지대소동 방인지다소균 인마지중과
기상류 이

俄見其舟離去如飛。已泊彼岸。予舟猶遭廻不進。問其所以。則舟中人
曰。彼有酒以飮榜
아견기주이거여비 이박피안 여주유전회부진 문기소이 즉주중인왈 피
유주이음방

人。榜人極力蕩槳故爾。予不能無愧色。因歎息曰。嗟乎。此區區一葦
所如之間。猶以賂
인 방인극력탕장고이 여불능무괴색 인탄식왈 차호 차구구일위소여지
간 유이뢰

之之有無。其進也有疾徐先後。況宦海競渡中。顧吾手無金。宜乎至今
未霑一命也。書以
지지유무 기진야유질서선후 황환해경도중 고오수무금 의호지금미점일
명야 서이

爲異日觀。
위이일관

<동국이상국전집 제21권>

이자(李子 이규보)가 남쪽으로 어떤 강을 건너는데, 때마침 배를 나란히 해서 건너는 사람이 있었다. 두 배의 크기도 같고 사공의 수도 같으며, 배에 탄 사람과 말의 수도 거의 비슷하였다. 그런데 조금 후에 보니, 그 배는 나는 듯이 저어가서 벌써 저쪽 언덕에 닿았지만, 내가 탄 배는 오히려 머뭇거리고 전진하지 않았다. 그래서 그 까닭을 물었더니, 배 안에 있는 사람이 말하기를,

"저 배는 사공에게 술을 먹여서 사공이 힘을 다하여 노를 저었기 때문이오."

하였다. 나는 부끄러이 여기지 않을 수 없었다, 인하여 탄식하기를,

"아, 이 조그마한 배가 가는 데도 오히려 뇌물의 있고 없음에 따라 지속遲速·선후先後가 있거늘, 하물며 벼슬을 경쟁하는 마당에 있어서랴? 나의 수중에 돈이 없는 것을 생각하매, 오늘날까지 관직 하나도 임명되어 젖어보지 못한 것이 당연하구나." 하였다.

이렇게 적어두었다가 후일에 보련다.

홍백능에게 준 글 이야기

世俗所謂士者三。經學也。文章也。擧業之士也。工聲韻習詩律。役役
于科宦名利途
세속소위사자삼 경학야 문장야 거업지사야 공성운습시률 역역우과환명리도

者。今之所謂才士也。非吾所謂士也。剽竊經傳之文。誦襲班馬之語。
以飾其無用贅
자 금지소위재사야 비오소위사야 표절경전지문 송습반마지어 이식기
무용췌

言。以干譽于一時而求名于百世者。今之所謂文士也。非吾所謂士也。
觀其言則高灑
언 이간예우일시이구명우백세자 금지소위문사야 비오소위토야 관기언
즉고쇄

落。視其身則端嚴而莊肅。堯舜之治。孔孟之學。不絶於口。有司薦其
賢。爵祿身。
락 시기신즉단엄이장숙 요순지치 공맹지학 부절어구 유사천기현 작록신

夷考其行則內而無不欺暗室之德。外而無經綸天下之材。空空然無所有
者。今之所士
이고기행즉내이무불기암실지덕 외이무경륜천하지재 공공연무소유자
금지소사

也。非吾所謂士也。
야 비오소위사야

세상에서 이른바 선비란 것에는 세 종류가 있다. 경학經學, 문장文章, 거업擧業의 선비이다. 성운聲韻을 전공하고 시율詩律을 연습하여 과환科宦과 명리名利의 길에 온갖 힘을 기울이고자 하는 자는 지금에 이른바 재사才士이지만, 내가 말하는 바의 선비는 아니다.

경전經傳의 글귀를 가져다 쓰고, 반마班馬의 설을 외운대로 답습하여 쓰잘데 없는 그 너줄한 말을 가져다 장식하고, 한때의 명예를 방패로 하고, 백세의 명예를 구하는 것이 오늘에 이른바 문사文士이지만 내가 말하는 바의 선비는 아니다. 그가 말하는 것을 관찰한즉 쇄락하고, 그 몸가짐을 살펴보면, 단아 엄격하고 엄숙하며, 공맹孔孟의 학설이 입에서 끊이지 않아서, 유사가 그를 현인 열에 추천해서 벼슬과 국록을 받는 신분이지만, 그의 행실을 공정하게 생각하면, 안으로 어두운 방안에서도 덕성이라는 것이 남을 속이지 않는 것이 없고, 밖으로는 천하를 경륜하는 재질이 없어서, 비어 있는 듯 아무 것도 지닌 것이 없는데도, 오늘에 세상에서 그를 선비라고 하지만, 내가 말하고 싶은 선비는 아니다.

必也沈潛仁義之府。從容禮法之場。天下之富不足以淫其志。陋巷之憂不能以改其樂。天
필야침잠인의지부 종용예법지장 천하지부부족이음기지 누항지우불능이개기락 천

子不敢臣。諸侯不得友。達而行之則澤加於四海。退而藏焉則道明乎千載。然後乃吾所謂
자불감신 제후부득우 당이행지즉택가어사해 퇴이장언즉도명호천재 연후내오소위

士也。斯可謂之眞士矣。吾友洪子伯能佳士也。才學精博。志槩耿潔。
若使之一朝發奮以
사야 사가위지진사의 오우홍자백능가사야 재학정박 지조경결 약사지
일조발분이

發靭于聖途。則何求而不得。何遠而不到哉。但其爲善太避於近名。持
身太難於乖俗。固
발인우성도 즉하구이부득 하원이부도재 단기위선태피어근명 지신태난
어괴속 고

其所長。反成其病。方且沒頭于詞賦之功。人之所以待之者。不過翩翩
然佳子弟而已。於
기소장 반성기병 방차몰두우사부지공 인지소이대지자 불과편편연가자
제이이 어

是伯能亦安以受之。恬不以爲愧。
시백능역안이수지 괄불이위괴

　반드시 인의仁義의 영역에 젖어들, 고 예법의 영역을 따라 수용해서,
천하의 부귀가 족히 그의 뜻을 음란하게 하지 못하고, 누항의 우환憂
患이 능히 그의 즐거움을 변개變改할 수 없다. 천자도 그를 신하로 하지
못하고, 제후도 그를 벗으로 하지 못한다. 달통해서 그의 포부를 행한
다면, 사해에 윤택함을 더해주고, 물러나서 감추면 천재[천년] 뒤에까
지 도道가 밝아진다. 이렇게 된 후에야 이를 내가 선비라고 말하나니,
이는 가히 참된 선비라고 말할 수 있다. 나의 벗 홍자백은 능히 아름다
운 선비가 될 수 있다. 재주와 학문이 정밀하고 해박하며, 지조가 굳건
해서 행실이 깨끗하니, 만약 이로 하여금 발분하게 하여 성인의 길에
서 자기를 격발하기를 끈질기게 추구한다면, 무엇을 구한들 얻지 못

하며, 무엇이 멀어도 이르지 못하리요. 다만 그가 선^善을 행함에 다가오는 명예를 너무 피하고, 괴리된 세속에 몸을 바르게 지니는 것이 너무 어렵게 여기니, 진실로 그 장점이 도리어 병통이 되는 것이다. 바야흐로 사부^{詞賦} (글짓는 일)의 공부에만 열중하게 되므로 남들이 이를 대하는 것은 재치 있고 아름다운 자제라 함에 불과할 뿐이다. 따라서 백능 또한 마음에 편케 여겨 받아들이고 조금도 부끄러워하지 않는다.

嗚呼。伯能其欲止於斯而已乎。吾恐其於向所謂擧業之士。不幸而近之矣。舍葛豢而甘魚

오호 백능기욕지어사이이호 오공기어향소위거업지사 불행이근지의 사추환이감어

鹹。棄坦途而奔荊棘。多見其惑矣。伯能求余以言甚切。余自視歉然。且素拙於文辭。慚

함 기단도이분형극 다견기혹의 백능구여이언심절 여자시겸연 차소졸어문사 참

無以相報。但於齋居讀書之餘。竊有所感于中者。悲俗人之日就於淪喪而不能覺焉。亦恨

무이상보 단어재거독서지여 절유소감우중자 비속인지일취어륜상이불능각언 역한

吾身之不能以自拔也。今於伯能輒信口書之。以復其慇懃之意而且欲與之共勉焉。吾於伯

오신지불능이자발야 금어백능첩신구서지 이부기은근지의이차욕여지공면언 오어백

能。不發此而誰乎。伯能若曰子胡不讀橫渠子以衆人望人之訓云。則吾將曰於他人尚可以

능 불발차이수호 백능약왈자호불독횡거자이중인망인지훈운 즉오장왈어타인상가이

능 불발차이수호 백능약왈자호부독횡거자이중인망인지훈운 즉오장왈
어타인상가이

衆人望。 吾於伯能。 亦豈復云爾也耶。 未知伯能果以爲何如也。
중인망 오어백능 역기부운이야야 미지백능과이위하여야

<湛軒書內集 三卷>

　아아! 백능은 여기에만 그치려 할 뿐인가?

　앞서 이른바 거업^{擧業}의 선비에 가까워질까 나는 두려워한다. 추환^{芻豢}(도학을 의미함)은 팽개치고 어함^{魚鹹}(과거 공부를 비유함)을 달게 여기며, 평탄한 길은 버리고 가시밭길을 달리니 의혹할 점이 많다.

　백능은 나에게 말[說]을 구함이 매우 간절하나, 나는 자부할 만한 것이 없을 뿐더러 또한 본래부터 문사^{文詞}에 졸렬함으로써 서로 보답하지 못하게 됨은 부끄럽게 여긴다. 그러나 다만 서재^{書齋}에서 독서하던 나머지 적이 마음에 느낀 바가 있다. 그것은 세속 사람이 날로 패망[淪喪] 함에 나아가되 능히 깨닫지 못함이 슬프고 또 나의 자신도 능히 스스로 벗어나지 못함이 한스럽다. 그러므로 이제 백능에게 문득 입에서 나오는 그대로 써서, 그 은근^{慇懃}한 뜻에 보답하고 또 함께 힘쓰려 하는 바이다. 내가 백능에게 이런 말을 하지 않고 누구에게 하겠는가?

　그러나 백능이 만약 말하기를, '자네는 왜 〈보통 사람으로서 남을 기대한다〉라는 횡거자^{橫渠子}의 훈계를 읽지 않았는가?' 한다면, 나는 장차, '딴 사람에게는 오히려 보통 사람으로 기대할 수 있으나, 내가 백능에게 어찌 그럴 수 있겠는가?'라고 대답할 것이다. 백능은 과연 어떻게 생각할 것인가?

한말(韓末) 수당(修堂) 이남규(李南珪 1855(철종6)~1907(순종1))의 문집
이다. 학자이자 애국지사인 저자는 목은(牧隱) 이색(李穡), 아계(鵝溪) 이
산해(李山海) 등을 배출한 한산이씨(韓山李氏) 가문에서 태어났다.

저자의 시문은 고본(稿本) 형태의 《만수졸사(晩修拙辭)》 11책이 남아 있
으며, 이를 다시 전사(轉寫)한 《수당유집(修堂遺集)》 2종이 있다.

도설(盜說) / 이남규(李南珪)

도둑도 원래는 양심이 있다는 이야기

癸卯冬。盜大發。踰年益張甚。群聚入閭里。白晝燒掠。或一二人闖入奪貨。亦莫敢

계묘동 도대발 유년익장심 군취입여리 백주소략 혹일이인오입탈화
역막감

誰何。羣盜持刀入從弟家。探索無錢貨乃去。顧謂曰。爾居何大也。宜小之。一盜夜

수하 군도지도입종제기 탐색무전화내기 고위왈 이거하대야 의소지
일도야

醉入族弟家。嚇索錢不得。忽引枕而臥。吐滿席。臭穢不可聞。天明起且謝曰。醉失

취입족제가 혁색전부득 홀인침이와 토만석 취예불가문 천명기차사왈 취실

儀。煩主人多矣。願主人毋失人心。又羣盜聞人以雜戲睹錢。曰無益。愼勿爲也。

의 번주인다의 원주인무실인심 우군도문인이잡희도전 왈무익 신물위야

　　계묘년(1903, 광무7) 겨울에 도둑 떼가 크게 일어났다. 해를 넘기면서 더욱 극성을 부려, 떼를 지어 마을에 들어와 백주 대낮에 불을 놓고 재물을 약탈하였다. 더러는 한두 사람이 기회를 틈타 마구 쳐들어 와서 재물을 탈취해 가도, 감히 네놈들이 어떤 놈들이냐고 물어 보지도

못했다.

여러 도둑들이 칼을 들고 사촌 아우의 집에 들어왔는데, 뒤져보아도 재화가 없으므로 떠나면서, 돌아보고 말하기를, "집이 왜 이다지 덩그러니 크냐, 좀 줄여야겠다." 하더리는 것이었다.

또 도둑 한 사람이 밤에 술이 취해서 족제族弟의 집에 들어왔는데, 돈을 뒤져 찾아도 없으므로, 갑자기 베개를 당겨 드러누워서 자리[席]에 가득 게워놓아서 고약한 냄새가 코를 찔렀다.

날이 밝자 일어나서 사과하기를, "그만 술이 취해서 예의를 잃고 주인께 폐를 끼쳤습니다. 부디 주인께서는 인심을 잃지 마십시오." 하더라는 것이었다. 또 어떤 도둑 떼들은 사람들이 잡기(雜技) 노름을 한다는 말을 듣고는, "무익한 짓이다. 조심해야지, 하지 말아야지." 했다는 것이다.

余聞之曰。盜非能善導人者。其心非愛人者也。乃其言則雖愛之而善導者無以加焉。
여문지왈 도비능선도인자 기심비애인자야 내기언즉수애지이선도자무이가언

擇其言而勿廢之。亦可爲攻玉之石也。且盜而能悔失儀惡雜戲。其良心未泯也。上之
택기언이물폐지 역가위공옥지석야 차도이능회실의오잡희 기양심미민야 상지

人有以禮義之敎申之。而無迫於飢寒。亦直道而行者也歟。
인유이예의지교신지 이무박어기한 역직도이행자야여

<修堂 集冊七>

내가 듣기로는 도둑은 능히 사람을 잘 선도善導하는 자가 아니며, 그 마음씨 또한 사람을 아끼는 자도 아니다. 그런데도 그들이 한 말을 보면, 설사 사람을 사랑하고 선도하는 자라고 하더라도 그보다 더 말을 잘 할 수가 없겠다.

그러니 도둑의 말이라 하여 이를 버리지 말고 그중 쓸 만한 것을 고른다면, 이 또한 옥돌을 다듬는 타산지석他山之石이 될 수도 있을 것이다. 또 도둑인 처지에서 능히 이처럼 실례를 범한 것을 뉘우치기도 하고 잡기 노름을 미워하기도 하는 것을 보면, 그 양심이 아직도 민멸泯滅된 것은 아니라 하겠다.

그러니 위에 있는 분들이 이들을 예의로써 가르치고 겸하여 추위와 굶주림의 절박함으로부터 이들을 벗어나게만 하여 준다면, 이들 또한 바른 도리를 지켜서 이를 실천할 수 있는 자들일 것이다.

숫거위가 개에게 물려 죽은 이야기

十年前。余有兩鴨泛之于方塘。蓋喜觀其或浮或沈。移居漢京也。戒家
督勿失。未久。一者爲狸

십년전 여유양압범지우방당 개희관기혹부혹침 이거한경야 계가독물실
미구 일자위리

狉之攫去。一者比隣惡少射殺之。余聞之甚悵悵。昨者余自京旋歸。兩
鴨之泛于池。宛然如十年

성지확거 일자비린악소사살지 여문지심창창 작자여자경선귀 양압지범
우지 완연여십년

之前。喜之問其故。家督曰。求而得之。泛于池矣。觀其浴於池。心焉
愛之。乃今猛狗窺鴨之出

지전 희지문기고 가독왈 구이득지 범우지의 관기욕어지 심언애지 내
금맹구규압지출

池上而噬之。則雄死雌存。叫侶甚哀。聲不忍聞。余憤慨。命蒼童殺噬
鴨狗。且得雄鴨。以配雌

지상이서지 즉웅사자존 규려심애 성불인문 여분개 명창동살서압구
차득웅압 이배자

鴨。要見其繡頸彩翮之泛泛於池面。非爲俗人之喫其卵而養也夫。
압 요견기수경채상지범범어지면 비위속인지끽기란이양야부

〈柏谷先生 文集 冊六〉

십 년 전, 내게 집 오리 한 쌍이 있어서 네모난 못에 떠 노닐었다. 물에 뜨기도 하고 물 속에 잠기고 하는 모양이 볼 만했다. 내가 한경^漢^京으로 주거를 옮기면서, 관리자에게 잃지 말 것을 경계하였는데, 얼마 안되어, 한 마리를 삵이 물어 가버렸다. 남은 한 마리는 이웃집 나쁜 젊은이에게 사살되었다. 내가 듣고 매우 얼떨떨하였는데, 며칠 전 내가 서울서 돌아와 보니 두 마리의 오리가 못에 떠다녔다. 완연히 십 년 전과 같은 상황이었다. 기뻐 까닭을 물으니 관리인이 말하기를,

"구했더니 얻게 되어 못에 띄웠습니다" 하였다 못에 노는 걸 보자니 마음에 사랑스러웠는데, 이내 방금 사나운 개가 엿보고 있다가 못에서 나오자 마자 물어죽였다. 숫놈은 죽고 암놈만 남아서 짝을 찾는 부르짖음이 심히 애처로웠다. 그 소리를 차마 들을 수가 없어서, 내가 분개하여 오리를 물어죽인 개를 죽여버리라고 창동에게 명하였다. 한편 또 오리 숫놈을 얻어 암놈에게 짝하게 하였다.

그들의 그 목줄기의 수놓은 듯 곱게 채색된 깃털을 하고 수면 위에 떠다니는 걸 보는 것은 싫지 않다. 그리하여, 속인이 아닌데도 그 알을 먹으며 기르는가보다 !

조선 초기 보한재(保閑齋) 신숙주(申叔舟 1417년(태종17)~1475년(성종 6))의 문집이다. 성종의 명을 받아 손자 신종호(申從濩)가 교편(校編)하여 진상(進上)해 1487년(성종18) 교서관에서 인행(印行)하였으나 이 초간본 은 유실되었다.

농사와 길쌈하는 일에 견준 이야기

子亦知夫稼與織乎。種而耘。耘而又穫者。稼者之事也。蠶而絲。絲而
又機者。織者之事
자역지부가여직호 종이운 운이우확자 가자지사야 잠이사 상이우기자
직자지사

也。不種則無苗矣。不蠶則無繭矣。安所施其耕與絲乎。旣種而苗矣。
苟輟乎耘。則吾見
야 부종즉무묘의 부잠즉무경의 안소시기경어사호 기종이묘의 구철호
운 즉오견

其苗而莠矣。旣蠶而繭矣。苟已乎絲。則吾見其繭而蛾矣。寧敢望其穫
與機乎。亦終於飢
기묘이수의 기잠이경의 구이호사 즉오견기경이아의 영감망기확여기호
역종어기

寒而已矣。士之於學。亦猶是也。
한이이의 사지어학 역유시야

　　그대도 저 농사 일과 길쌈하는 일을 아시오? 씨뿌리고, 논밭 매고,
가꾸고 나서 거두어 드리는 것이 심는 사람의 일이요. 누에를 쳐서 실
을 뽑고 실을 뽑아서 베틀에 올리는 것이 짜는 사람의 일입니다. 심
지 않으면 종묘가 없고 누에 치지 않으면 누에고치가 없습니다. 어떻
게 농사하고 길삼하는 것이라 하겠습니까. 이미 심어서 싹이 났는데

도 구차히 김매기를 그친다면, 내가 그 싹 대신에 강아지풀만 보게 될 것이며, 이미 누에를 쳐서 고치를 땄는데도, 구차히 실 뽑기를 그친다면 나는 그 고치 대신에 누에 나방이만 보게 될 것입니다. 어찌 감히 그 수확과 직물을 희망하겠습니까. 역시 마침내 춥고 배고품일 따름일 것입니다. 선비가 배움에 대하여서도 이와 같은 것입니다.

志于學者。種與蠶也。勤于學者。耘與絲也。以至於德成名立。施之於事。則是穫而機
지 우학자 종여잠야 근우학자 운여사야 이지어덕성명립 시지어사 즉 시확이기

也。吾故曰。承乎志而成其德者在乎勤耳。古之人有離親戚去鄕里。尋師從宦。曾不拘於
야 오고왈 승호지이성기덕자재호근이 고지인유리친척거향리 심사종환 증불구어

區區溫淸者。豈非欲其勤學成德。立身揚名。以顯父母榮鄕里。以大其孝哉。尹子勉之。
구구온정자 기비욕기근학성덕 입신양명 이현부모영향리 이대기효재 윤자면지

今尹子之觀親于嶺南也。陽城李可成 , 達城徐剛中。序而詩之。諸公又從而和之。以送其
금윤자지근친우영남야 양성이가성 달성서강중 서이시지 제공우종이화 지 이송기

行。予以同榜之愛。葭莩之好。不可無言。然予不托於音也久矣。敢以稼織者之說。書而
행 여이동방지애 가부지호 불가무언 연여불탁어음야구의 감이가직자

지설 서이

歸之。
귀지

<保閑齋集 卷十六>

 배움에 뜻을 둠은 씨와 누에입니다. 배움에 근면함은 김매는 것과
실 나는 것입니다. 덕을 완성하고 명호[名譽]를 확립하여 매사에 실행
하는 것은 곧, 이것이 수확하는 것이요 직조하는 것입니다.
 그러므로, 내가 말하기를,
 "뜻을 이어서 그 학덕을 이루는 것은 근면함에 달려 있을 뿐이다"
라고 하는 것입니다.

 옛 사람들은 친척을 이별하고 향리를 떠나서 스승을 찾거나, 벼슬
길을 따랐습니다. 보잘 것 없는 사소한 것이나, 겨울 여름 부모 모시는
큰 도리에도 매이지 않은 것은 어찌 근학하여 성덕하고자 함이 아니
겠습니까. 몸을 세워 이름을 드날림은 부모를 현양하고, 향리를 영광
스럽게 함은 그 효성을 더 크게 하는 까닭입니다. 윤자尹子께서는 근면
하십시오. 지금 윤자께서는 영남에 근친 가셨습니다. 양성陽城, 달성達城
의 서강중徐剛中에게 차례로 글을 부쳤으니 제공들은 서로 따르며 화합
하시오. 행적을 보내는 것은 동방同僚[과거에 함께 합격한]의 애틋함 때
문이외다. 서로 부담 없이 좋아하는 사이라 말이 없어도 안되지오. 그
런데 내가 소식을 오랫동안 전하지 못하였구료. 감히 가직稼織의 설說로
써 글을 써서 보내는 것이외다.

조선 후기 북헌(北軒) 김춘택(金春澤 1670년(현종11)~1717년(숙종43))의 문집이다. 저자는 인경왕후(仁敬王后)의 부친 김만기(金萬基)의 장손(長孫)으로서 남인(南人)과 소론(少論)에 의해 대표적인 척신(戚臣)으로 지목받아 평생을 옥사와 유배로 보냈다.

해녀의 곤고한 생존 이야기

有所謂潛女者。業潛水。採藿或採鰒。然採鰒比採藿。甚難而苦有過
之。其容黧悴。有憂困求死
유소위잠녀자 업잠수 채곽혹채복 연채복비채곽 심난이고유과지 기용
려췌 유우곤구사

之狀。余爲勞之。仍問其事之詳。對曰。吾就浦邊。置薪而火。吾赤吾
身。着匏於胸。以繩囊
지상 여위노지 잉문기사지상 대왈 오취포변 치신이화 오적오신 착포
어흉 이승랑

繫於匏。以舊所採者鰒之甲。盛于囊。手持鐵尖。以游以泳。遂以潛
焉。及乎水底。以一手撫其
계어박 이구소채자복지갑 성우낭 수지철첨 이유이영 수이잠언 급호
수저 이일수무기

厓石。知其有鰒。而鰒之黏於石者。堅而以甲伏焉。堅故不可卽採。伏
故其色黑。與石混。乃以
애석 지기유복 이복지점어석자 견이이갑복언 견고불가즉채 복고그색
흑 여석혼 내이

舊甲。仰而置之。以識其處。爲其裏面光明。在水中可察見也。於是吾
氣甚急。卽出而抱其匏以
구갑 앙이치지 이식기처 위기리면광명 재수중가찰견야 어시오기심급
즉출이포기박이

息之。其聲劃然久者。不知凡幾。然後得生。遂復潛焉。以赴其嘗識
處。以鐵尖採之。納於繩囊
식지 기성획연구자 부지범기 연후득생 수부잠언 이부기상식처 이철
첨채지 납어승낭

而出。至浦邊則寒凍。戰慄不可堪。雖六月亦然。遂就溫於薪火以得
生。或一潛不見鰒。再潛不
이출 지포변즉한동 전율부가감 수유월역연 수취온어신화이득생 혹일
잠불견복 재잠불

果採者有之。凡採一鰒。其幾死者多。且水底之石。或廉利。觸之則
死。其虫蛇惡物。噬之則
과채자유지 범채일복 기기사자다 차수저지석 혹겸리 촉지즉사 기충
사악물 서지즉

死。故與吾同業者。以急死。以寒死。以石與虫物死者相望。吾雖幸生
而苦病焉。試觀吾容色
사 고여오동업자 이급사 이한사 이석여충물사자상망 오수행생이고병
언 시관오용색

也。
야

　이르는바 잠녀는 잠수해서 미역을 채취하는 것을 업으로 하는 여인
이다. 그런데 전복을 겸해서 미역을 채취하는 것이 심히 어려워서, 고
역이 지나쳐서, 그 용모까지 검고 초췌한데다 근심과 곤고가 겹쳐 죽
을 지경의 형상이었다. 내가 위로하며, 인하여 그 사정을 자세히 물으
니, 대답해서 말하기를,

　"우리는 물가에 나가서 섶을 가져다가 불을 피웁니다. 우리는 맨몸

에다 가슴에 박을 매달고 줄에 달린 바랑을 박에 이어 맵니다. 전에 채취한 전복의 껍질을 바랑에 넣고, 철첨을 손에 잡고, 헤엄쳐 가다가 잠수해서 물 밑에 이르면, 한 손으로 바위돌을 더듬어 전복이 있음을 알게 되지만 전복이 바위에 찰삭 붙어 있는 것이 단단하므로, 단번에 떼어내지 못합니다. 붙어 있는 전복 껍질이 검으니 검은 바위돌과 혼동됩니다. 그래서, 묵은 전복 껍질의 안쪽을 위로하여 그 있는 곳을 알아냅니다. 전복 껍질의 안쪽은 투명하므로 빛이 반사되니, 물 속에서도 가히 살펴 볼 수가 있는 것입니다.

　이래서 우리의 기식은 심히 급해집니다. 곧바로 수면으로 올라와 박을 안고 숨을 쉬는데 그 소리가 긋듯이 오래 이어집니다. 무릇 몇번인지 모르지만 그런 후에야 살 수 있는데, 다시 잠수해야죠. 진즉 알아둔 곳으로 가서 철첨을 가지고 채취하여 줄에 달린 바랑에 담아가지고 나옵니다. 나와서 물가에 이르면 추워서 얼어버릴 것 같고 벌벌 몸이 떨려 견딜 수 없는 것이, 한 유월달이라도 그러하지요. 마침 섶에 불을 집혀 따뜻하게 하고서야 살아납니다.

　혹, 한번 잠수해서 전복을 보지 못하고, 두 번째 잠수해서도 따지 못하는 경우도 있습니다. 무릇 한 개의 전복을 따고, 몇인지 죽는 사람이 많습니다. 또 물밑의 돌이 혹은 날카로와서 부디치면 곧, 죽고, 벌레나 뱀 독물에 물리면 죽습니다. 그러므로 우리와 동업하는 사람들이 급사하는 이가 많고, 돌이나 독물에 죽는 이가 이어집니다. 저는 비록 요행히 살아 있으나, 병에 시달리고 있지요. 제 이 용모를 좀 보세요." 하였다.

余爲之憫然。又前而言曰。公知採鰒之難。不知吾買鰒之甚難。余曰。
汝今採鰒人。且從
여위지민연 우전이언왈 공지채복지난 부지오매복지심난 여왈 여금채
복인 차종

汝而買。何汝之自買爲。曰。吾小民也。鰒美味也。以小民取美味。以
充上供。以備諸官
여이매 하여지자매위 왈 오소민야 복미미야 이소민취미미 이충상공
이비제관

人之食。又以給諸官人之所餽於人者。是吾職也。吾雖不得以爲吾衣食
之資。每思官人與其所餽
인지식 우이급제관인지소궤어인자 시오직야 오수부득이위오의식지자
매사관인여기소궤

之人者。雖其最下。當有加於吾。吾敢不恭。雖病敢以恨乎。惟諸官人
之所甚寵。而惟恐其言之
지인자 수기최하 당유가어오 오감불공 수병감이한호 유제관인지소심
총 이유공기언지

不從。其欲之不能滿者。其賤而可鄙。無以異於吾。惟塗朱粉被錦綺異
矣。而以寵之故。吾之
부종 기욕지불능만자 기천이가비 무이이어오 유도주분피금의이의 이
이총지고 오지

鰒。常爲其所聚。以言之從故。尤徵督不已。必其多聚而滿。欲以聚之
多。故散而賣之。以益其
복 상위기소취 이언지종고 우징독불이 필기다취이만 욕이취지다 고
산이매지 이익기

富。吾苟病不能採。或採而無所得。而被徵督之迫焉。則時就其所聚而

買之。還以輸於官。夫賣
부　오구병불능채　혹채이무소득　이피징독지추언　즉시취기소취이매지
환이수어관　부매

與買。各以所欲也。今知吾之勢。不得不買。故極其價之高而售之。吾
於是破産焉。鰒一也。而
여매　각이소욕야　금지오지세　부득불매　고극기가지고이순지　오어시파
산언　복일야　이

其採之患。則止於吾身。其買之禍。則家族皆且不保。吾豈不大困而甚
難哉。余以謂泰山之虎。
기채지환　즉지어오신　기매지화　즉가족개차불보　오기불대곤이심난재
여이위태산지호

永州之蛇。幸無苛政虐賦。今汝兼有採鰒買鰒之苦。誠可憫也已。
영주지사　행무가정학부　금여겸유채복매복지고　성가민야이
<北軒居士集卷十三>

　내가 그를 가엾다 여기는 중에, 여인이 먼저 말하기를,

　"공께서는 제가 전복을 따는 것이 어려울 것이라 아실테지만, 제가
전복을 사는 것이 더욱 심히 어렵다는 것은 모르십니다."하였다. 내
말하기를,

　"당신은 지금 전복을 따는 사람이오. 또한, 당신한테서 사다니 어찌
당신이 스스로 산다"는 것이오?"하고 묻자 그가 말하기를,

　"저는 작은 백성입니다. 전복은 맛이 좋은 것이라, 작은 백성은 맛
이 좋은 것을 채취하여 위에 바쳐 충족하게 여러 관인의 식재를 마련
해야 합니다. 또 여러 관인을 공궤하는 사람에게도 공급하는 것이 저
의 직책입니다. 저는 비록 저의 의식주를 돌보지 못한다 하더라도 매

양 관인과 그 공궤하는 사람을 생각 해야 합니다. 비록, 그 맨 아래 나중에야 나 자신을 돌봐야 하는 깃이 딩면한 헌실입니다. 제가 감히 공순하지 않고, 비록 병을 감히 한탄하겠습니까. 오직 관인이 매우 총애하는 사람의 말을 따르지 않는 것이 두렵고 그들의 욕구를 채우지 못할 경우 미천한 것이 인색하다고 할 터이니, 저의 경우와 다를 것이 없습니다. 오직, 붉은 분을 바르고 비단 옷을 입는 사람은 특이하지만, 총애를 받는 까닭입니다. 나의 전복은 항상 그들을 위하여 모읍니다. 위의 말을 잘 복종하는 까닭에 더욱 요구하고 독촉함을 그치지 않습니다. 필시 모은 것이 가득 찼을 것이고 많을 것입니다. 그러므로 이것을 흩어 팔면 더욱 부유해지는 것입니다. 저는 이제 병으로 채취할 수가 없습니다. 비록 채취하더라도 얻어지는 것이 없으니, 요구하고 독촉하는 핍박을 받을 것입니다. 그러면 그때 가서 그들이 모아놓은 것을 팔 때 그것을 제가 사서 도로 관에 보낼 것입니다. 대저 팔고 사는 것이 각각 하고자 하는 바이니, 지금 저의 형편임을 아시게 됐을 것입니다. 그러므로, 그 값을 극히 높여서 팔 터인데 저는 이에서 파산할 것입니다. 전복은 하나인데 그것을 채취한 환란은 제 몸에 와서 멈추는군요. 그것을 사야 하는 재앙은 가족이 또한 모두 보호받지 못한다는 것입니다. 제가 크게 곤란하게 하지 않았는데도 어찌 이런 심한 곤란이 닦쳐오는 것입니까" 하였다. 내가 말하였다.

"태산의 호랑이나 영주의 뱀이라도 좋으니, 가혹한 정사, 잔학한 부렴이나 없으면 다행이라"는 말이 있습니다. 지금 당신이 전복 채취와 전복 매수란 두 가지를 겸한 고통을 겪고 있으니, 진실로 이런 불쌍할 데가 또 어디에 있겠소?"할 뿐이었다.

조선 초기 사숙재(私淑齋) 강희맹(姜希孟 1424년(세종6)~1483년(성종 14))의 문집이다. 저자의 시문은 성종(成宗)의 명으로 1483년에 아들 강귀손(姜龜孫)이 수집편차하여 갑진자(甲辰字)로 간행하였으나 전하지 않아, 1805년에 10대손 강주선(姜柱善) 등이 문중에 가전(家傳)된 원고본(原稿本)을 모아 정리하여 12권 5책으로 편차하여 목활자로 간행하였다. 본 문집은 12권 5책으로 되어 있다.

도자설(盜子說) / 강희맹(姜希孟)

도적이 아들 도적을 가르치는 이야기

民有業盜者。敎其子盡其術。盜子亦負其才。自以爲勝父遠甚。每行
盜。盜子必先入而後出。舍
민유업도자 교기자진기술 도자역부기재 자이위승부원심 매행도 도자
필선입이후출 사

輕而取重。耳能聽遠。目能察暗。爲羣盜譽。誇於父曰。吾無爽於老子
之術。而强壯過之。以此
경이취중 이능청원 목능찰암 위군도예 과어부왈 오무상어노자지술
이강장과지 이차

而往。何憂不濟。盜曰。未也。智窮於學成而裕於自得。汝猶未也。盜
子曰。盜之道。以得財爲
이왕 하우부제 도왈 미야 지궁어학성이유어자득 여유미야 도자왈 도
지도 이득재위

功。吾於老子。功常倍之。且吾年尙少。得及老子之年。當有別樣手段
矣。盜曰。未也。行吾術
공 오어노자 공상배지 차오년상소 득급노자지년 당유별양수단의 도
왈 미야 행오술

重城可入。祕藏可探也。然一有蹉跌。禍敗隨之。若夫無形跡之可尋。
應變機而不括。則非有
중성가입 비장가탐야 연일유차질 화패수지 약부무형적지가심 응변기
이불괄 즉비유

所自得者。不能也。汝猶未也。盜子猶未之念聞。盜。後夜與其子。至
一富家。令子入寶藏中。
소자득자 불능야 여유마야 도자유미지념문 도 후야여기자 지일부가
령자입보장중

盜子耽取寶物。盜闔戶下鑰。攬使主聞。主家逐盜返。視鎖鑰猶故也。
主還內。盜子在藏中。無
도자탐취보물 도합호하약 교사주문 주가축도반 시쇄약유고야 주환내
도자재장중 무

計得出。以爪搔爬。作老鼠噬嚙之聲。主云鼠在藏中損物。不可不去。
張燈解鑰將視之。盜子脫
계득출 이조소파 작노서서교지성 주운서재장중손물 불가불거 장등해
약장시지 도자탈

走。主家共逐。盜子窘。度不能免。繞池而走。投石於水。逐者云。盜
入水中矣。遮躝尋捕。盜
주 주가공축 도자군 도불능면 요지이주 투석어수 축자운 도입수중의
차한심포 도

子由是得脫歸。
자유시득탈귀

　백성 중에 절도를 업으로 하는 자가 있있었다. 자식에게 자기의 술
법을 남김 없이 가르쳤다. 자식도 또한 타고난 재주가 애비보다 헐씬
낫다고 생각하였다. 매번 도적질을 행할 때는 자식이 먼저 들어가고
나올 때는 뒤에 나오는 것이었다. 값이 적은 것은 버리고 값이 많은 것
만 탈취하였다. 귀는 능히 멀리까지 듣고, 눈은 능히 어두운 데서도 볼
수가 있는 능력이 있었다. 여러 도적의 예찬의 대상이 되었다. 아비에

게 자랑하여 말하기를,

"제 견해는 부친의 도술盜術에 시원한 맛이 없고 힘만 강하고 씩씩한 것이 지나칩니다. 이것으로써 가기만 하면 어찌 건지지 못할까 근심하랴"하십니다. 도적이 말하기를,

"아니다. 배워서 이루는 데는 지혜가 막히지만, 스스로 체득하는 데서는 넉넉해지는 것이다. 너는 오히려 그게 아니구나"하니, 아들이 말하기를,

"도둑의 길은 재물을 얻는 것으로써 공을 삼는 것입니다. 저는 아버지보다 공이 갑절 더합니다. 또, 제 나이가 아직 젊은데, 아버지 나이에 이르면 당연히 특별한 양태의 수단을 지니게 될 것입니다" 하니, 도둑이 말하기를,

"아니다. 나의盜術도술을 실행하면, 겹겹히 쌓은 성에도 들어갈 수 있고, 비밀하게 감춘 것이라도 탐지할 수 있다. 그러나, 한번 차질이 있게 되면, 재앙과 패망이 너를 따르리라. 만약, 저 형적이 없는 것을 찾을 수 있고, 기미에 응하여 단속하지 못한다면, 스스로 체득한 것이 아니며, 능숙하지 못한 것이니, 너는 아직 아니다."라고 하니, 아들은 아직껏 생각지 못한 말을 듣게 된 것이었다. 도둑은 다음날 밤 그 아들과 더불어 한 부자 집에 가게 되었다. 아들에게 보물을 숨긴 방에 들어가게 하고, 아들은 들어가서 보물을 탐해서 절취하는 중에, 아비 도둑은 대문 문짝 아래에 빗장을 덜크덩 소리내어 떨어뜨려 주인으로 하여금 그 소리를 듣게 하여 혼란스럽게 하니, 주인은 쫓아나오고 아비 도둑은 도주하여 돌아왔다. 주인이 보니 창고의 문은 잠겨 있으므로 다른 집안 곳곳을 돌아보는 중에 아들 도둑은 창고 안에 있어서 나갈 수 있는 계책이 없었다. 그래서 손톱으로 긁어서 늙은 쥐가 무엇을 갉아먹는 소리를 냈다. 주인이 듣고 쥐가 창고 안에서 물건을 손상시키

니, 잡지 않을 수 없다, 하고 등불을 밝히고, 열쇠를 풀고 창고 안을 살피려 할 지음 아들 도둑은 이때다 하고는 탈출하여 달아나니, 주인집 사람들이 함께 뒤를 쫓았다. 아들 도둑은 길이 막혀 아무래도 잡힘을 면치 못하겠다 생각하고는 연못을 돌며 달아나다가 큰 돌을 연못에 던졌다. 쫓는 사람들이 말하기를,

"도둑이 물속으로 빠졌으니 연못을 둘러 막고 잡자" 하고는 못을 지켰다. 도둑 아들은 그틈을 타서 빠져나와서 돌아왔다.

怨其父曰。禽獸猶知庇子息。何所負。相軋乃爾。盜曰。而後乃今汝當獨步天下矣。凡之

원기부왈 금수유지비자식 하소부 상첩내이 도왈 이후내금여당독보천하의 범지

技。學於人者。其分有限。得於心者。其應無窮。而况困窮咈鬱。能堅人之志而熟人之仁者乎。

기 학어인자 기분유한 득어심자 기응무궁 이황곤궁불울 능견인지지이숙인지인자호

吾所以窘汝者。乃所以安汝也。吾所以陷汝者。乃所以拯汝也。不有入藏迫逐之患。汝安能出鼠

오소이군여자 내소이안여야 오소이함여자 내소이증여야 불유입장박축지환 여안능출서

嚙投石之奇乎。汝因困而成智。臨變而出奇。心源一開。不復更迷。汝當獨步天下矣。後果爲天

교투석지기호 여인곤이성지 임변이출기 심원일개 불무갱미 여당독보천하의 후과위천

下難當賊。夫盜賊。惡之術也。猶必自得。然後乃能無敵於天下。而況
士君子之於道德功名者
하란당적 부도적 악지술야 유필자득 연후내능무적어천하 이황사군자
지어도덕공명자

乎。簪纓世祿之裔。不知仁義之美。學問之益。身已顯榮。妄謂能抗前
烈而軼舊業。此正盜子誇
호 잠영세록지예 부지인의지미 학문지익 신기현영 망위능항전열이일
구업 차정도자과

父之時也。若能辭尊居卑。謝豪縱。愛淡泊。折節志學。潛心性理。不
爲習俗所搖奪。則可以齊
부지시야 약능사존거비 사호종 애담박 절절지학 잠심성리 불위습속
소요탈 즉가이제

於人。可以取功名。用舍行藏。無適不然。此正盜子因困成智。終能獨
步天下者也。汝亦近乎是
어인 가이취공명 용사행장 무적불연 차정도자인곤성지 종능독보천하
자야 여역근호시

也。毋憚在藏迫逐之患。思有以自得於心可也。毋忽。
야 무탄재장박축지환 사유이자득어심가야 무홀

<私淑齊集卷九>

아들이 그 아비를 원망하여 말하기를,

"금수도 자식을 비호하는데, 제게 진 것이 무었이오? 서로 이렇게
삐걱거리니," 하자 아비 도둑이 말하기를,

"뒤에라도 지금같이 한다면 너는 응당 천하에 누구의 힘도 빌리지
않는 존재가 될 것이다. 평범한 사람의 기술은 남에게 배우지만, 그 부

분에는 한계가 있는 것이다. 마음으로 체득하면, 그 임기응변이 끝이 없을 터인데 하물며 곤궁함이나 어긋나고 막히는 것 쯤이야 뭐겠느냐. 능히 사람의 뜻이 견고해야 능히 사람의 어짊이 성숙되는 것이다. 내가 너를 가둔 까닭은 결국 너를 안전하게 해준 까닭이 되고, 내가 너를 빠뜨린 것이 결국에는 너를 건져주는 까닭이 된 것이다. 창고에 들어갔다가 급박한 쫓김을 당함이 없었더라면, 네가 어찌 쥐의 갉아 먹는 소리를 낼 수 있으며 돌을 던지는 기행奇行의 기지를 낼 수 있었겠느냐. 너는 곤란한 것을 인하여 지혜를 이루었고, 상황을 임시변통하여 탈출하는 기행奇行을 행하였으니, 그렇게 마음의 근원이 한번 열리면, 다시는 암미暗迷하지 않는다. 너는 도둑으로 천하의 독보자가 될 것이고, 뒤에는 과연 천하가 당해내기 어려운 도적이 될 것이다. 대저, 도적이란 사악한 술법인데도 필히 스스로 체득하고 난 뒤에는 곧, 능히 천하에 대적할 상대가 없을 것인데, 하물며 사군자士君子의 도덕 공명이겠느냐. 높은 벼슬지위에 올라 대대로 록을 먹는 자손이 인의仁義의 아름다움을 모르고, 학문하는 이익이 다만 한 몸 자기의 현달과 영화를 누리는 것이라 하여, 이르기를 능히 이전의 충열忠烈에 반항하고 구업[조상의 업적]을 앞지르겠다 하니, 이것은 바로 말하면 도적의 자식이 애비의 시대를 자랑하는것이다. 만약 능히 존귀에 겸사하고 낮은 데에 머므르며, 호종豪縱을 사양하고, 욕심이 없고, 꾸밈이 없음을 좋아하고, 지금까지의 주의나 태도를 바꾸어 마음을 성리性理[인성과 천리]에 잠심하고, 흔들어 빼앗는 바의 습속을 따르지 않는다면, 가히 정인군자와 나란히 설 수 있고, 가히 공명을 얻을 수 있어서, 용사행장用舍行藏하면 다 바르게 되어서 그렇지 아니함이 없을 것이다. 이것이 정말로 곤란을 원인으로 하여 지혜를 이루는 것이니, 마침내 능히 천하의 독보자가 되는 것이다. 너도 또한 이에 가까워진 것이니, 장고藏庫에 들었다가 급박하게 쫓김을 당한 환란을 기탄하지 말라. 생각은 스스로 마음에서 체득함이 있는 데서 나오는 것이 옳은 것이다. 소홀히 하지 말라" 하였다.

산에 오르는 데 대한 이야기

魯民有子三人焉。甲沈實而跛。乙好奇而全。丙輕浮而捷勇過人。居常
力作。丙居常最。
노민유자삼인언 갑침실이파 을호기이전 병경부이첩용과인 거상력작
병거상최

而乙次之。甲辛勤服役。僅得滿課而無所怠。一日。乙與丙。約登泰山
日觀峯試力。爭修
이을차지 갑신근복역 근득만과이무소태 일일 을여병 약등태산일관봉
시력 쟁수

屩屐。甲亦飾裝。乙與丙相視而笑曰。泰山之峯。出雲表。俯天下。非
健脚力者。不能
교극 갑역식장 을여병상시이소왈 태산지봉 출운표 부천하 비건각력
자 불능

陟。豈跛者所能睥睨哉。甲哂曰。聊且隨諸君末至。萬幸也。三子至泰
山下。乙與丙戒甲
척 기파자소능 예재 갑내왈 료차수제군말지 만행야 삼자지태산하 을
여병계갑

曰。吾曹飛騰絶壑。曾不一瞬。可且先行。甲唯唯。丙在山下。乙至山
腰。日已昏黑。甲
왈 오조비등절학 증불일순 가차선행 갑유유 병재산하 을지산요 일이
혼흑 갑

徐行不已。直至山頂。夜宿館下。曉觀日輪湧海。三子還家。
서행불이 직지산정 야숙관하 효관일륜용해 삼자환가

노魯나라 사람이 세 아들을 두었는데, 甲은 침착하고 착실한데, 발을 절둑거리고. 乙은 기이한 것을 좋아하지만, 원만하고, 丙은 경솔 부박하지만 민첩하고 용기가 사람을 지나고, 평상시에도 힘써 지어갔다. 병丙은 평상시에 지내며 최선을 추구하고 을乙은 그 다음이었다. 갑甲은 신고스런 중에도 근면하게 공역에 복무하였다. 겨우 과업을 채웠더라도 게을리하지 않았다. 하루는 乙과 丙은 태산에 오르기로 약속하고 날마다 산을 올라다녀보며 힘을 시험하고, 다투어 미투리 신발 등을 수선하였다. 갑도 또한 행장을 꾸몄다. 乙과 丙이 마주보며 웃으며 말하기를,

"태산의 봉우리가 구름 밖으로 솟아서 천하를 굽어본다는데 다리의 힘이 건강하지 않은 사람은 능히 올라갈 수 없을 것이오. 발을 저는 사람이 어찌 능히 쳐다볼 수나 있겠어요"하니 갑甲이 비웃으며 말하기를,

"아우들에게 의지하여 제일 뒤늦게 올라가더라도 다행이다"라고 했다.

세 사람의 아들들은 태산 아래에 이르러서 을乙과 병丙이 갑甲을 경계하여 말하기를,

"우리는 절학絶壑을 날아, 오르는데 일순도 안 걸릴 터이니, 먼저 출발하시는게 좋을 것이오"하니 갑甲은,

"그래 그래"하고 대답하였다.

병丙은 아직 산 아래에서 걷고, 을乙은 산 허리에 이르렀다. 날은 이미 황혼이라, 어둑해지기 시작하였다.

갑甲은 천천이 가지만 쉬지 않았다. 곧장 산의 정상에 이르렀다. 밤이 되자 관하館下에서 자고 새벽에 해의 수레바퀴가 바다에서 솟아오르는 광경을 관람하고, 세 아들은 집에 돌아왔다.

父各詢所得。丙曰。吾卽山麓。天日尙早。自恃猱捷。傍谿曲徑。足無不到。妖花怪草。
부각순소득 병왈 오즉산록 천일상조 자시노첩 방계곡경 족무부도 요화기초

靡不採掇。彷徨未竟。瞑色忽至。暨宿巖下。悲風聒耳。澗水喧豗。狐狸野豕。旋繞啼
미불채철 방황미경 명색홀지 기숙암하 비풍괄이 간수훤희 호리야시 성요제

呼。悄然疚懷。思欲騁吾力。而畏虎豹且止。乙曰。吾見衆峯排螺。靑壁削鐵。飛走凌
호 초연구회 사욕빙오력 이외호표차지 을왈 오견중봉배라 청벽소철 비주능

高。橫峯側嶺。搜討靡遺。峯愈多而愈峻。脚力隨以疲薾。甫及山腰而日已沒。吾亦假息
고 횡봉측령 수토미유 봉유다이유준 각력수이피녜 보급산요이일이몰 오역가식

巖下。雲霧瞑晦。咫尺不辨。衣屨冷濕。上思山家則尙遙。下思山足則亦遠。姑安於此而
암하 운무명회 지척불변 의루냉습 상사산가즉상요 하사산족즉역원 고안어차이

不達矣。甲曰。吾思吾足之偏跛。慮吾行之偪側。直尋一路。羚嵤不輟。猶恐日力之不
부달의 갑왈 오사오족지편파 려오행지핍측 직심일로 령병불철 유공일력지불

給。奚暇傍行而遠矚乎。
급 해가방행이원촉호

아비가 각각 경험해 얻은 것이 무엇인지 물었다. 丙이 말하기를,

"내가 산 기슭에 도착하니, 하루 해가 아직 남았기에 스스로 원숭이처럼 민첩하다는 것을 알았습니다. 곁에는 계곡이라 길이 구불구불하여도 발길을 띄어놓지 못함이 없었습니다. 요염한 꽃과 이채로운 풀을 꺾고 뜯기도 하였습니다. 이리저리 어디 지경인지 방황하노라니, 저물어 금방 어두어졌습니다. 바위 밑에 잠자리를 하였는데, 구슬픈 바람소리 왁자히 들리고, 계곡물은 떠들석하게 (바위를) 치고 흐르는 소리며, 여우, 삵쾡이, 멧돼지들이 주위를 돌며 짖어대니, 근심이 되고 꺼림직해서, 생각 같아서는 내달려 나가서 호표虎豹를 떨게 하고 제어하고 싶었습니다"하였다. 乙이 말하기를,

"나는 뭇 봉오리가 늘어서서 소라와 같은 모양과 푸른 벽을 깎은듯한 절벽을 보면서 나르고 달려 높이 넘어가서, 가로지른 봉오리 곁으로, 산고개를 또, 넘어서 뒤저겨 찾아보아도 남은 것 찾을 것은 없고, 봉오리는 더욱 많아지고, 더욱 험준해져서, 다리의 힘은 따르느라 피로가 쌓일 무렵에 산허리쯤에 이르렀는데, 해가 졌습니다. 나도 역시 바위 아래 쉬기로 하였습니다. 구름과 안개와 그믐날 밤이라, 지척을 분간할 수 없고, 의복과 신발은 젖어 냉하고 습해지니 위로 산가를 생각하면 아득하고 아래로 산 밑을 생각하니 역시 아득히 먼 것이었습니다. 잠시 잠깐 여기에서 편안히 하려 하나 미치지 못했습니다."고 하였다. 갑甲이 말하기를.

"내가 생각하기를 내가 발을 절으니, 나의 행로가 한쪽으로 기울어 갈까 염려되어 곧게 한 길만을 살폈지만, 뒤뚱거리는 몸을 바로 할 수는 없었습니다. 오히려 하루 해의 밝은 빛을 더 늘려 주지 않음을 걱정하는 터에 어찌, 여유롭게 곁길로 빠져서 멀리 여기저기 구경이나 했겠습니까.

盡心竭力。躋攀分寸。登陟未休。而從者云已至絕處矣。吾仰視天衢。日馭可接。俯瞰積
진심갈력 제반분촌 등척미휴 이종자운이지철처의 오앙시천구 일어가접 부앙적

蘇。蒼蒼然不知所窮。羣山若封。衆壑如皺。及乎落景沈海。下界黑暗。傍視則星辰交
소 창창연부지소궁 군산약봉 중학여추 급호락경침해 하계흑암 방시즉성진교

輝。手理可鑑。信可樂也。臥未安寢。而天鷄一叫。東方啓明。殷紅抹海。金濤蹴天。赤
휘 수리가감 신가락야 외미안침 이천계일규 동방계명 은홍말해 금도축천 적

鳳金蛇。攪擾其間。俄而。朱輪轉輾。乍上乍下。目未交睫。而大明昇於大空矣。眞絶奇
봉금사 요요기간 아이 주륜전전 사상사하 목미교첩 이대명승어대공의 진절기

也。父曰。信有若等事也。子路之勇。冉求之藝。而竟未達夫子之墻。曾子竟以魯得之。
야 부왈 신유약등사야 자로지용 염구지예 이경미달부자지장 증자경이로득지

小子識之。噫。進修德業之序。成就功名之路。凡自卑而升高。自下而趍上者。莫不皆
소자식지 희 진수덕업지서 성취공명지로 범자비이승고 자하이치상자 막불개

然。毋恃力以自畫。毋怠力以自棄。庶幾乎跛者之能自勉也。毋忽
연 무시력이자화 무태력이자기 서기호파자지능자면야 무홀

<私淑齊集卷九 >

마음과 힘을 다하여 일 분 일 초를 오르고, 쉬지 않고 오르는데 종자가 이르기를 이미 정상에 이르렀습니다, 하기에 하늘을 올려다보니, 위로는 해를 어거하여 와서 접해 볼 수 있었으며, 아래로 적소를 내려다보니, 무성한 모양이 끝이 다한 곳을 알 수가 없고, 뭇 산봉우리가 멀리 올망졸망 봉분과 같고 모든 골짜기는 주름주름 주름 지어 마른 대추와 같았습니다. 급기야 태양 빛이 바다에 잠기니 하계下界는 검게 어두어지고 위로 올려다 보니 별들이 서로 반짝이며 빛을 냄이 옥을 갈아 만든 거울에 비추는 듯, 실로 즐길만 하였지만, 누워도 편히 잠 못 이루는 동안 새벽, 닭 울음 한 소리에 동방이 열려 밝아지니, 은성한 홍색을 바다에 바른 듯 금빛 파도가 하늘을 박차는 듯, 붉은 봉황과 금빛나는 뱀 같은 것이 바다와 언저리를 어지럽히는 중에 잠시 후, 붉은 수레바퀴 같은 것이 빙글 빙글 오르는듯 내리는듯 눈으로 똑바로 보지 못하는 사이 크게 밝은 것이 공중에 떠올라오는 것이 절대 기이한 광경이었습니다”라고 하니,

아비가 말하기를,

“실로 너희들에게 이런 일이 있었다는 것은 자로子路의 용기 같은 것이요, 염구冄求의 기예技藝 같은 것이다. 그러나, 필경 공자의 장墻[領域영역]에는 이르지 못한 것이다. 증자曾子가 결국 노魯에서 얻은 것을 소자小子도 알아야 한다. 噫라! 덕업을 닦는 데에 나아가는 서막이다. 공명을 성취하는 길은 무릇 자기를 낮추어서야 높이 오르는 것이며, 자기가 아래로 내려가서야 위로 올라가게 되는 것이니, 모두 그렇지 않은 것이 없느니라. 자기를 구획하는 것으로 내 힘을 믿지 말 것이며, 자기를 포기하는 것으로 힘씀을 게을리하지 말것이니, 발을 절둑거리는 자가 능히 스스로 면려勉勵하는 것이 거의 도에 가까운 것이니. 소흘히 하지 말지니라.”하였다.

수꿩[장꿰]이라도 각기 성품이 다르다는 데 대한 이야기

雉之性。好淫而善鬪。一雄率羣雌。飮啄於山梁間。每春夏之交。叢灌
薈鬱。雌鳴粥粥。
치지성 호음이선투 일웅솔군자 음탁어산양간 매춘하자교 총관회을
자명죽죽

雄者一聞其聲。則必振翮而至。逼人而不疑。是怒其他雄之畜雌者也。
虞者中其機。飾木
웅자일문기성 즉필진핵이지 핍인이불의 시노기타웅지휵자자야 우자중
기기 식목

葉爲翳。捕雄雉爲餌。持入山麓。折管吹之作雌鳴。弄餌作媚雌之狀。
於是雄雉駕怒。倏
엽위예 포웅치위이 지입산록 절관취지작자명 롱이작미자지상 어시웅
치가노 숙

至於前。虞者以畢覆之。日獲數十。余問虞者。雉之欲同歟。其有差殊
歟。
지어전 우자이필복지 일획수십 여문우자 치지욕동여 기유차수여

   꿩 숫놈의 성품은 암컷을 좋아하고, 싸움을 잘한다. 한 놈이 여러
암컷을 거느리고 산고랑 사이에서 물을 마시거나 먹이를 쪼으며 산
다. 매년 봄 여름에 교미를 하는데 빽빽한 숲 물이 흐르고 무성한 숲

속에서 암놈 까투리는 죽죽[닭이 서로 부르는 소리] 하는 소리를 내어 수컷을 부른다. 수컷이 그 소리를 한번 들으면 반드시 깃촉을 떨며 찾아온다. 다가오는 사람도 개의치 않는데, 이는 딴 숫놈이 암컷을 차지할까 성이 난 때문이다. 꿩 잡는 사람은 나뭇잎을 일산(가리개) 삼아 몸을 숨기고 수꿩을 잡기 위해 먹이를 놓거나, 먹이를 가지고 산자락에 들어가서 대롱을 구부려가지고 불어서 암컷의 소리를 낸다. 먹이를 가지고 예쁜 암컷이 수컷을 부르는 소리를 내는 것이다. 이때에 수컷은 더 성을 내고 갑자기 앞에까지 다가오는 것이다. 이때 노리고 있던 사람이 덮쳐 잡아버리면 일이 끝난다. 하루에 수십 마리를 잡는다기에, 내가 묻기를,

"꿩 숫놈은 다 꼭 같이 이런 것입니까" 하니,

"그 차이가 있고, 서로 다름이 있기도 합니다."하였다.

虞者云。類萬不同。然大槩有三。殘山短麓。雉有千羣。吾逐日而捕。或有一至一覆而得
우자운 류만부동 연대개유삼 잔산단록 치유천군 오축일이포 혹유일지일복이득

者。再至再覆而得者。或有一覆不得而終其身免捕者。曰。何也。虞者曰。吾荷翳倚林。吹管弄
자 재지재복이득자 혹유일복부득이종기신면포자 왈 하야 우자왈 오하예의림 취관롱

餌。雉乃側腦而聽。延頸而望。襯地而飛。其來也如擲。其止也如植。近吾而目不瞬者。一覆可
이 치내측뇌이청 연경이망 친지이비 기래야여척 기지야여식 근오이목불순자 일복가

獲也。此雉之最惑而忘其禍者也。一吹一弄而若不聞。再吹再弄而心稍動。鼓舞回翔。去地尋丈

획야 차웅지최혹이망기화자야 일취일롱이약불문 재취재롱이심초동 고무회상 거지심장

而飛。其來也若有懼。其止也若有思。然迷於慾而逼於吾。則吾得一覆。而雉以預防。故旋脫而

이비 기래야약유구 기지야약유사 연미어욕이핍어오 즉오득일복 이치이예방 고선탈이

飛。吾怒其然也。

비 오노기연야

꿩잡는 이가 말하였다.

"숫놈 꿩의 성품의 유형이 많아서 꼭 같지 않습니다. 그러나 대개 세 가지로 구분해 볼 수 있습니다. 나즈막한 산 짧은 산자락에 꿩이 무리지어 있습니다. 내가 날마다 포획하는데, 한 번 가서 한 번 덮쳐 한 마리 잡기도 하고, 재차 가서 재차 덮쳐 두 마리를 잡기도 하며 더러는 한 번 덮쳐서 잡지 못하고, 끝내 자신이 잡힘을 면하는 꿩도 있습니다"하였다. 내가 묻기를,

"왜 그렇지오?" 하니 잡는 사람이 말하기를,

"내가 연잎을 바쳐 몸을 가리고 숲속에 숨어서 대롱을 불어 먹이를 보고 좋아하는 암컷 소리를 흉내 내면, 수컹이 머리를 기우려 소리를 듣고, 고개를 늘려 바라보다가 땅 가까이 날아오는데 그 날아오는 모양이 몸을 던지는 듯 와서 멈추고는 심어 놓은 듯 움직이지 않습니다. 근래 나로서는 눈 한번 깜박하지도 않는 사이에 단번에 덮쳐 잡습니다. 이런 꿩은 가장 암컷에 미혹해서 자기에게 닥칠 재난을 잊어버린

것입니다. 대롱을 한 번 불고 한번 희롱하여도 만약 꿩이 듣지 못했다면, 재차 불고 재차 희롱해서 마음을 조금씩 움직여 놓으면, 고무돼서 춤추듯이 빙빙 날다가 내려오는데 땅에서 한 길만큼 낮게 나라옵니다. 그 오는 모양이 두려워하는 듯하고 와서 멈추는 모양이 뭔가 생각하는 듯합니다. 그러나 욕심에 미혹돼서 내가 숨어 있는 쪽으로 가까이 다가오면, 나는 잽싸게 덮치지만, 꿩이 미리 조심했던지라 그만, 재빨리 손길을 비켜 나라가는 것입니다. 나는 그렇게 되면 분한 생각이 들지오." 하였다.

翼日。竢其怠也。增修其翳。卽麓之時。吹管弄餌。迫眞而不少釁。然後僅得捕之。此雉

익일　사기태야　증수기예　즉록지시　취관롱이　박진이불소흔　연후동득포지　차치

之稍警而知有禍者也。其有聞跫音而決起。閤閤然飛。搏雲霄。投林樾。而不暇顧者最難捕。吾

지초경이지유화자야　기유문공음이쾌기　각각연비　박운소　투림월　이불가고자최난포　오

怒其然也。誓于心曰。所不得此者。吾無事術矣。日往山林。窺覦百端。其忌人也猶是也。吾乃

노기연야　서우심왈　소부득차자　오무사술의　일왕산림　규유백단　기기인야유시야　오내

潛形屛息。凡若枯木。盡吾術。然後雉乃近前。然欲心微而戒心勝。故乍近乍遠。縮縮然若有機

잠형병식　범약고목　진오술　연후치내근전　연욕심미이게심승　고사근사원　축축연약유기

械臨其上者。吾乘便畢之。閃若掣電。雉亦見影而避。其敏如神。自此
之後。非管餌之所可誘。
계임기상자　오승편필지　섬약제전　치역견영이피　기민여신　자차지후
비관이지소가유

罾畢之所可羅。澹然若無雌雄之慾者焉。吾安敢投其隙而展吾術乎。
증필지소가라　담연약무자웅지욕자언　오안감투기극이전오술호

　"이튿날, 게을리 미루어 두었던 몸을 숨기는 일산을　보수하고 산
자락에 갔을 때에 대롱을 불어 먹이를 희롱함에　진짜인 줄로 알게 하
려니, 조금도 허술하게 하지 아니하고서야 젊은 사람이라도 포획할
수 있습니다. 이 꿩이 조금 놀랐던 놈이라 재앙이 있으리라 알고 있을
터이니, 작은 기척이라도 듣기만 하면 결연히 일어나 한꺼번에 포개
져 날라 구름을 차고 하늘을 날다가 숲 속 나무 그늘에 들어박히면 돌
아볼 겨를도 없이, 가장 잡기 어려운 것입니다. 그러니 내가 화가 나서
마음에 서약하기를,
　"이를 능히 할 수 없음은 일의 바른 방법이 없기 때문이다. 날마다
산 숲 속에 가서 여러 가지 단서를 엿보고 찾아봐야 할 것이다. 그놈
이 꺼리는 것이 사람이니, 내가 물에 잠긴 듯 숨어 형체를 안 보이게
하고, 숨을 죽이고, 가슴 조리며, 마치 고목나무처럼 된 뒤에라야, 그
렇게 한 후에야 꿩이 앞에 근접해 올 것이다. 그러나, 욕심을 미미하
게 하고 마음을 삼감을 더 한다면, 가까이 오거나 멀리 가거나 할 것
인데, 이런 때　조심스럽게 마음을 차분히 해서, 교묘히 한다면, 머침
내 기회가 올 것이며 그 기회를 타서 문득 일을 해 마칠 것입니다. 번
쩍하는 사이에 번개를 잡듯이 재빠르게 하여도, 꿩은 역시 그림자를
보고 피하는 것이, 민첩하기가 귀신과 같습니다. 이로부터 후에는 대

롱을 불거나 먹이를 보고 수컷을 부르는 암컷 소리를 흉내 내어 희롱하는 것으로는 유인할 수 없으니, 올무나 그물이라야 휩싸 잡을 수 있으리라 생각하였습니다. 조용하고 편안해서 만약 수꿩이 암컷에 대한 욕심이 없는 것이라면, 내가 어찌 감히 그 틈[수꿩을 유인하는 방법]을 내던지고 내가 왜 이 술법을 펴겠습니까"하였다.

此雉之最靈而遠害者也。吾以此三者觀之。足以警世之好荒者矣。夫結契燕朋。徑情耽
차치지최령이원해자야　오이차삼자관지　족이경세지호황자의　부결계연붕　경정탐

色。不恤人言。嚴父不能教。良友不能嘖。靦然爲非。無所忌憚。自罹罪罟。終身不悟
색　불휼인언　엄부불능교　양우불능책　전연위비　무소기탄　자이죄고　종신불오

者。一覆可獲之類也。始雖以欲而迷。亦能知有禍機而不敢肆。一有所窘。悔恨疚懷。然
자　일복가획지류야　시수이욕이미　역능지유화기이불감사　일유소군　회한구회　연

猶本情未忘也。及其燕昵之朋。相引以誘。艶媚之辭。相招以怨。則翻然忘其愧恥。
유본정미망야　급기연닐지붕　상인이유　염미지사　상초이원　즉번연망기괴치

復蹈前轍。而終履禍機。此再覆而獲之類也。
부도천철　이종이화기　차재복이획지류야

이런 세 번째 유형의 꿩이 가장 영명해서 재해를 멀리하는 것이라. 내가 이 세 가지 꿩 숫놈의 유형을 살펴보건대, 족히 세상의 황음에 떨어진 자들에 대한 경계가 될 수 있는 것이었다. 대저, 흉허물 없는 친구가 서로 교결하여 마음 내키는 대로 절제함이 없이 색을 탐하고, 남의 말을 귀담아 듣지 않으니, 엄격한 아버지가 능히 가르치지 못하며, 어진 친구가 큰소리로 나무라지 못하고 부끄러워 할 일이 아니라며 꺼리끼는 것이 없이 굴다가 스스로 재앙을 불러 죄의 그물에 걸려도 종신토록 깨닫지 못하는 것은 한번 덮쳐서 포획되는 숫놈 꿩 같은 무리다.

처음에는 비록 욕심이 앞서 혼미하였으나, 또한 재앙의 기미가 있음을 알고, 감히 멋대로 하지 못하다가, 한번 막히는 바가 있어 회한이 마음 속에 오래도록 맺히나니, 그러나 오히려 본 정성情性은 잃지 않은 것이다. 급기야 절친한 흉허물 없는 친구가 서로 이끌기를 곱고 아리따운 언사로 유혹하거나 원망으로써 불러내면, 뒤집듯이 부끄러움을 망각하고 다시 전철을 밟아서 끝내 재앙의 기미를 밟게 되나니 이것은 두 번째 덮쳐서 포획되는 숫놈 꿩 같은 유형인 것이다

若稟情貞堅。清修自寶。遠好色而不近。恥淫荒而不然與燕朋相處。不爲所動。則彼以百
약품정정견 청수자보 원호색이불근 치음황이불연여연붕상처 불이소동
즉피이백

計中之。期同於己。然後已也。一念之忽。不知所陷。幾近於亂而知悔。絶燕朋。從益友。想前
계중지 기동어기 연후이야 일념지홀 부지소함 기근어란이지회 절연
붕 종익우 상전

非而忸怩。思日新而矜惕。卒爲善士。名重一時。此乃一覆不獲。終身
免捕之類也。吾窮思之。
비이뉵니 사일신이긍척 졸위선사 명중일시 차내일복불획 종신면포지
류야 오궁사지

吾之善機械騁奇術。羅致羣雄者。正猶燕朋之誘引善類。驅納淫邪之地
也。噫。雉之能不從管餌
오지선기계빙기술 라치군웅자 정유연붕지유인선류 구납음사지지야 희
치지능부종관이

之誘者寡矣。人之能不從佞諛之說者寡矣。噫。父母之情。願爲一覆而
獲之類歟。願爲終身免捕
지유자과의 인지능부종영유지설자과의 희 부모지정 원위일복이획지류
여 원위종신면포

之類歟。汝當察其分也。毋忽。
지류여 여당찰기분야 무홀

<사숙제집권구>

　만약, 타고난 품성과 정의가 정숙하고 견실하다면, 맑게 닦아서 스
스로 고귀하게 해서 호색을 가까이 하지 아니하고, 황음을 부끄러이
여겨 찬구와 더불어 처소를 함께 하지 아니하고 동요하지 말아야 한
다. (그리하는데도) 어떤 친구가 백 가지로 계책하는 중에, 내가 그에
게 뜻을 같이하기를 기약하면, 그런 후에는 한 생각이 흘연 일어나 빠
저 듦을 알지 못하나니, 거의 문란함을 가까이 하고 나서야 후회되는
일이었음을 알게 된다. 알았으면 그 친구와 절연할 것이며, 이로운 벗
을 따라가야 한다. 전날의 비행을 부끄러워하고 날로 새 사람이 될 것

을 생각하고 가엾이 여기고 두려워하면, 단번에 훌륭한 선비가 될 것이다. 한 시대에 이름을 중히 여기는 것, 이것이 곧, 한번 덥쳐서 포획되지 아니함이요, 종신토록 포획됨을 면하게 되는 것이다. 내가 이를 곰곰히 생각하건대 나의 선행이 교묘한 꾀로 기묘한 술법을 다하여 많은 수컷을 그물질하는 것은 정말로 절친한 친구가 착한 무리를 꼬여내는 것과 같아서 음사의 경지에 몰아넣는 것과 같으니라.

희라! 꿩이 능히 대롱과 먹이의 유혹에 떨어지지 않는 자가 드물고, 사람이 능히 아첨하는 말을 따르지 않는 자가 드물다.

희라! 부모의 마음이 한번 덥쳐서 포획되는 유형이 되기를 바라겠는가. 종신토록 포획을 면하는 유형이 되기를 바라겠는가. 너희들은 마땅히 그 분수를 심찰 것이니라. 소흘히 하지 말지니라.

조선 후기 번암(樊巖) 채제공(蔡濟恭 1720년(숙종46)~1799년(정조23))의 문집이다. 저자의 유고(遺稿)는 아들 채홍원(蔡弘遠)과 여러 문인의 재편, 교정을 거쳐 1824년 안동에서 목판으로 간행하였다.《한국문집총간(韓國文集叢刊)》의 저본은 1849년경에 초간된 뒤 일부 삭제된 본을 후세에 보충해서 서사한 본이다. 본집은 59권 27책으로 되어 있다.

용호도설(龍虎圖說) / 채제공(蔡濟恭)

그림을 알아보지 못하는 사람들의 이야기

龍虎圖二簇。世傳吳道子筆也。昔韓石峯濩。隨貢使入中國。明神宗顯皇帝聞

용호도이족 세전오도자필야 석한석봉호 수공사입중국 명신종현황제문

濩筆法妙天下。命書進扁額。賞賜內府珍藏二簇。卽龍虎圖是也。是圖也皆以

호필법묘천하 명서진편액 상사내부진장이족 즉용호도시야 시도야개이

墨不以彩。龍在海濤蕩瀁中。頭角乍隱乍現。兩睛勃勃英猛。人不敢久視。虎

묵불이채 용재해도탕율중 두각사은사현 양정발발영맹 인불감구시 호

坐長松根。將五雛毛莖一一森動。直令人汗背於尋丈之外。蓋畫筆之奪天造者也。

좌장송근 장오추모경일일삼동 직령인간배어심장지외 합화필지탈천조자야

   용을 그린 그림과 범을 그린 그림, 두 그림은 세상에 전하기를 오도자吳道子가 그린 것이라 한다. 전에 한석봉 호濩가 조공하러 가는 사신을 따라 중국에 들어 갔을 때, 명나라 신종神宗 현황제顯皇帝가 호의 필법筆法이 천하에 오묘하다는 말을 듣고, 편액扁額을 써서 올리라 명하였다. (글씨를 써 올리니) 내부內府에 보배로 수장하고 있던 두 개의 그림 족

자를 상으로 내려주었다. 곧, 용호 두 그림이 이것이다. 이 그림은 모두 먹만 사용하고 색감을 사용하지 않았다. 용은 바다의 파도가 솟아오르고 흩어지는 가운데, 머리와 뿔이 숨기도 하고 나타나기도 하는 것 같은데 두 눈동자는 발끈 화가 난듯 영걸스럽고 용맹하였다. 사람이 감히 오래 바라보지 못하였다.

호랑이는 큰 소나무 뿌리 위에 앉아 있는데, 털끝 하나 하나가 오싹 소름을 돋게 하였다. 곧바로 사람으로 하여금 열길이나 되는 거리를 두고도, 등줄기에 땀을 흘리게 하였다. 대개 화필의 탈속^{脫俗}이 하늘이 만들어낸 것이라 하겠다.

方其帝庭之頒。中朝學士歎息言。吳道子眞蹟。流出東國云。石峯常愛護如天球。臨死裏送於竹
방기제정지반 중조학사탄식언 오도자진적 류출동국운 석봉상애호여천구 임사과송어죽

南吳尙書竣。葢筆家衣鉢之傳而兼以畫也。吳藥山光運。以竹南後孫。奉持甚謹。未嘗容易展
남오상서준 합필가의발지전이겸이화야 오약산광운 이죽남후손 봉지심근 미상용이전

視。一年一曬而止。人不得飫觀。趙相國顯命嘗來訪藥山。笑曰。今日之來。意不在主人。欲一
시 일년일쇄이지 인부득어관 조상국현명상래방약산 소왈 금일지래 의부재주인 욕일

見龍虎圖耳。藥山出以挂軒楹間。相國嗟賞半日而去。及藥山歿。余懇吳侍郎大益。借將來張之
견용호도이 약산출이괘헌영간 상국차상반일이거 급약산몰 여간오시랑대익 차장래장지

견룡호도이 약산출이괘헌영간 상국차상반일이거 급약산몰 여간오시랑
대익 차장래장지

壁上。非徒要以償先覩爲快之願。兼欲試人之知不知耳。時盛夏日長。
客來者多有。
벽상 비도요이상선도위쾌지원 겸욕시인지지부지이 시성하일장 객래자
다유

　바야흐로, 임금이 (그림을) 반사^{頒賜} 한 데 대하여 조정 학사들은 탄
식하며 말하기를 "오도자"^{吳道子}의 진짜 필적이 동국에 유출된 것"을 이
르는 것이었다. 석봉은 항상 아끼고 보호하기를 천구의^{天球儀}같이 하였
다. 죽음에 임하여 죽남^{竹南} 오상서^{吳尙書} 준^竣에게 포장하여 보냈다. 대
개 필가^{筆家}에는 (제자에게) 의발^{衣鉢}을 전하고 겸해서 그림도 전하는 것
이다. 오약산^{吳藥山} 광운^{光運}은 죽남^{竹南}의 후손이다. 받들어 지니기에 매
우 근신^{勤愼}하였다. 일찍이 쉽게 펴 보이지 않았다. 일 년에 한 번 햇빛
을 쪼이는데 그쳤다. 사람들이 마음껏 볼 수가 없었다. 조상국^{趙相國} 현
명^{顯命}이 일찍이 약산^{藥山}을 방문하여 찾아왔다. 웃으며 말하기를, "뜻이
주인을 보려는 것이 아니고 용호도를 한번 보고 싶을 뿐입니다" 하니,
약산이 용호도를 내어다가 처마와 기둥 사이에 걸어놓았다. 상국^{相國}
이 보고 감탄 탄복하며 감상하고 반일^{半日}이 되어서야 돌아 갔다. 약산
이 세상을 뜨자 내가 ^吳오시랑^{侍郎} 대익^{大益}에게 간청하여 빌려가지고 와
서 벽 위에 펴 걸어놓았다. 쓸데 없는 짓이 아니라, 감상이 긴요한 경
우의 사람이 먼저 보고 원하였던 마음을 흔쾌하게 하고 겸해서 사람
들이 보고 아는지 모르는지 시험해보고 싶었던 것이다. 때는 한창 더
위가 심한 긴 여름날 손님들이 많이 찾아 왔지만,

皆如見如不見。未曾有擧一辭問者。余亦默然而已。觀其色。以爲貧家
弊障陋劣不足觀也已。如
개여견여불견 미증유거일사문자 여역묵연이이 관기색 이위빈가폐장누
열부족관야이 여

是者凡五六日。余亦意倦。遂捲以還其主。歎曰。苟使閭巷俗師。畫龍
畫虎。以丹彩施之。粧以
시자범오육일 여역의권 수권이환기주 탄왈 구사여항속사 화룡화호
이단채시지 장이

錦綺。沽衒人眼目。人必愛翫之不暇。是圖也水墨其體也。緣以飾者又
紙耳。年久敝涴。有其質
금기 고현인안목 인필애완지불가 시도야수묵기체야 연이식자우지이
년구폐완 유기질

而無其文。又孰知千古至神之機藏之於不顯之中也。觸類而推之。世之
相士也猶是。相文章也亦
이무기문 우숙지천고지신지기장지어불현지주야 촉류이추지 세지상사
야유시 상문장야역

猶是。吾於滔滔肉眼。何責焉。歷累日而慨恨不平。書以警末俗云爾。
유시 오어도도육안 하책언 역루일이개한불평 서이경말속운이

　　모두, 보았는지 보지 않았는지 아무도 (그림에 대하여) 한 마디도
묻는 사람이 없었다. 나 또한 입을 다물고 있을 따름이었다. 그 기색
을 살펴 보자니, (가난한 집안) 피폐한 담장이나, 누추한 집의 형편이
볼품이 없는 것이라 여기는 듯하였다. 이와 같은 상황이 5, 6일이 지
나니 나도 또한 뜻에 싫증이 났다. 그래서 그림을 말아가지고 가서 주
인에게 돌려주고 탄식해서 말하기를, 구차히 민가의 속사俗師로 하여

금 용호^{龍虎}의 그림에 단청 채색을 화려하게 하고, 고운 비단으로 장식해서 사람의 안목을 자극했더라면, 사람들은 반드시 즐겨 완상하느라 겨를이 없었을 것이다. 이 그림은 수묵^{水墨}이 본체다. 따라온 것은 종이일 뿐이니, 세월이 오래 지나면 헤지고 더럽혀져서, 그 바탕은 남고, 그 문^文은 없어질 것이니 또 천고의 신묘한 기장^{機藏}이 그 나타나지 아니한 속에 있음을 누가 알리오. 접해서 감동한 이라야 미루어 알 것이다. 세상의 상사^{相士}도 이와 같을 것이요. 문장을 보는 것도 이와같을 것이다. 내가 넘치듯 도도한 많은 사람들의 육안^{肉眼}을 어찌 책망하리오, 여러날을 지내면서 개탄 불평을 하였을 뿐이라. 이를 글로 써서 말속^{末俗}을 경계하는 것이다.

조선 후기 삼산(三山) 유정원(柳正源 1702년(숙종28)~1761년(영조37))의
문집이다. 1863년에 현손 유기진(柳箕鎭), 유형진(柳衡鎭), 유택흠(柳宅
欽)이 참여하여 원집과 부록 8권 4책을 목판으로 간행하였고, 1868년 간
행 이후의 사실을 약간 보충하고 잘못된 곳을 수정하여 보각후쇄(補刻後
刷)하였다.

새끼 말이 어미에게 풀을 가져다 먹게 한 이야기

家有兒駒。日含草。飼母馬。客曰。異哉。是祥也。余笑曰。此殆所謂
不見天地之純。古
가유아구 일함초 사모마 객왈 이재 시상야 여소왈 차태소위불견천지
지순 고

今之大體者也。物固亦有知父子君臣者。而乃其天性然。不是其祥也。
曰。彼其擧族之所
금지대체자야 물고역유지부자군신자 이내기천성연 불시기상야 왈 피
기거족지소

同。而此乃一物之所獨。不亦異乎。曰。其所獨。實自所同處來。不必
求之於所獨。而夸
동 이차내일물지소독 불역이호 왈 기소독 실자소동처래 불필구지어
소독 이과

大其說。成就一遼東之豕也。子亦必謂馬之性可乘。則是其可乘之理。
適有一曲通於孝之
대기설 성취일요동지시야 자역필위마지성가승 즉시기가승지리 적유일
곡통어효지

飼母焉者也。若謂天之所無而渠所自得。則是麒麟鳳凰之所不能。而天
下有性外之物也。
사모언자야 약위천지소무이거소자득 즉시기린봉황지소불능 이천하유
성외지물야

若謂物之能天。則天者理之常也。顧何足多焉耶。夫健順五常之理。萬
物之所同得而物之
약위물지능천 즉천자리지상야 소하족다언야 부건순오상지리 만물지소
동득이물지

異乎人者。特其形氣罨較之耳。
이호인자 특기형기엄삽지이

집에 있는 어린 망아지가 하루는 풀을 물어다가 어미 말에게 주어
먹였다. 손님이 말하기를,

"기이하네! 그 참, 상서롭군!" 하였다. 내가 웃으며 말하기를,

"이는 거의, 이른바 천지의 온전함을 보지 못함이 고금을 통하여 이
어온 큰 줄기입니다. 미물도 역시 애비, 자식, 우두머리, 졸개를 아는
데, 그 천성이 그런 것이지, 그것이 상서로운 것이 아닙니다" 하니, 손
님이 말하기를,

"저 말들이 다 저리 한다면 몰라도, 저 한 마리의 망아지가 저 혼자
만 저리 한 것이라면, 또한 특이한 것이 아닙니까" 하였다. 내가 말하
기를, "그 독자적으로 행한 것도 실은 공동으로 행한 곳으로부터 유래
한 것이니, 꼭 독자 소행인 것에서 기이함을 찾을 것도 없고, 크게 자
랑해서 말할 것도 없습니다. 한 마리의 요동의 흰 돼지가 특이한 것이
아님을 알게 되어 안목을 넓힘을 성취했다고 합니다. 그대도 역시 반
드시 말의 성품은 탈 만한 것이라 말한다면, 곧 이것이 탈 만한 이유
인 것입니다. 마침 하나의 곡절이 어미에게 먹이는 효[孝]에 통함이 있는
것입니다. 만약 하늘이 하는 바가 없어서 어떤 것이 스스로 얻어 가지
는 것이라면, 이는 기린 봉황이라도 할 수 있는 것이 없어서 천하에 성
품을 가진 것을 벗어난 밖엣 물건일 것입니다. 만약, 이르되 물건이 하

늘일 수 있다고 한다면, 하늘은 이^理의 상^常일 것이니, 무엇을 생각하고 족히 많다고 하겠습니까. 대저, 오상^{五常}[父義, 母慈, 兄友, 弟恭, 子孝]을 건실히 따르는 것은 만물이 똑같이 얻어 가진 것이지만, 동물이 사람과 다른 것은 특히 그 形氣가 엄삽^{罨靸}할 따름인 것입니다.

草木全塞不通。榮悴開落。彷彿而已。至若血肉蠢動之類。則莫不有知覺之或通一路。譬
초목전색불통 영수개락 방불이이 지약혈육잠동지류 즉막불유지각지혹 통일로 비

如重雲蔽月。黑夜如海。雲氣或有罅隙。則月光由是漏出。其於虎狼。漏之爲仁。其於蜂
여중운폐월 흑야여해 운기혹유하극 즉월광유시누출 기어호랑 누지위 인 기어봉

蟻。漏之爲義。其他禽獸之漏這消息者。將復何限。今駒之飼母。卽此類也。以其有母子
의 누지위의 기타금수지루저소식자 장부하한 금구지사모 즉차류야 이기유모자

之情而異之。則如鳥之反哺。羊之跪乳。是固可盡謂之祥耶。文人好事。如董生之雞。北
지정이이지 즉여오지반포 양지궤유 시고가진위지상야 문인호사 여강 생지계 북

平之猫。傳爲異說。播之歌詠。實亦不達於此理故也。程朱以來。說此義不啻分明。子亦
평지묘 전위이설 파지가영 실역부달어차리고야 정주지래 설차의불시 분명 자역

歸求其故。 聊此識之。 以供閒中一笑。

귀구기고　료차식지　이공한중일소

<三山先生文集 卷六>

　　초목은 막혀서 전혀 통하지 못하며, 무성하고 시들고 피었다가 지
는 것이 서로 방불할 뿐입니다. 피와 살이 있고 꿈지럭거리며 움직이
는 종류에 오면, 지각을 갖지 않은 것이 없으며, 하나의 길에 통달하기
도 합니다. 비유하자면 겹겹 구름이 달을 가린 것과 같고 검은 밤의 바
다와 같으며, 구름이 혹 틈이 벌어지면 달빛이 이로 말미암아 새어 나
오듯이 그것이 호랑이에게 새어나와서 인仁이 되고, 벌이나 개미에게
서 새어나와 의義가 되고 기타 금수에게서 이런 저런 것이 새어나오는
소식을 어찌 다 한량限量하겠습니까? 이제 저 망아지가 어미를 먹인 것
도 이런 류입니다. 모자의 정으로써 그리 한 것이 기이하다면, 까마귀
가 반포反哺 한 것이나, 염소가 꿇어 앉아 젖을 먹이는 것도 굳이 이것
을 일러 가히 상서로움이라고 말할 수 있겠습니까? 글쓰는 사람들이
이야기를 좋아하여 강생지계羌生之雞의 이야기나 북평지묘北平之猫 같은 이
야기를 만들어 전해지면서 기이한 전설이 되고 전파되어 노래로 읊조
리게 까지 된 것은 실로, 또한 이 이치를 통달하지 못한 까닭입니다.

　　정자程子, 주자朱子부터 오늘까지 이 뜻을 설하는데 있어 분명한데 이
르지 못했습니다. 그대도 또한 집에 돌아가시거든 그 까닭을 궁구窮究
하십시오. 이를 바라며 적어서 한가로운 가운데 한 웃음거리에 보태
드립니다.

조선 후기 삼연(三淵) 김창흡(金昌翕 1653년(효종4)~1722년(경종2))
의 문집이다. 저자의 문집은 1732년(영조8) 운각 활자(芸閣活字)로 간
행되었다. 본집은 원집(原集) 36권 18책, 습유(拾遺) 32권 16책으로
구성되어 있다. 시(詩)는 저자가 복거한 곳에서 지은 것이 많고, 강화,
속리산, 금강산 등 각지를 유람하고 지은 것들도 많다.

낙치설落齒說 / 김창흡(金昌翕)

이가 빠지고 난, 자기 몰골에 대한 이야기

歲戊戌。余年六十六矣。板齒一箇無故脫落。便覺脣頰語訛。面勢歪
蹙。攬鏡視之。駭若別
세무술 여년육십육의 판치일개무고탈락 변각순퇴어와 면세왜축 람경
시지 해약별

人。殆欲汪然出涕。更細思之。人自墮地。以至耆老。其間修促。固多
節次矣。孩而死則齒未
인 태욕왕연출제 경세사지 인자타지 이지기노 기간수촉 개다절차의
해이사즉치미

生也。六七歲而死則齒未齓也。八歲以及乎六七十而死則齓而後也。更
至耄期以外則齒又齓
생야 육칠세이사즉치미츤야 팔세이급호육칠십이사즉츤이후야 갱지모
기이외즉치우예

也。計吾所得年數。幾占四分之三。而齒之爲壽。亦周一甲。則未可謂
夭也。且今年大殺。纍
야 계오소득년수 기점사분지삼 이치지위수 역주일갑 즉미가위요야
차금년대살 루

纍歸泉壤者。不知其數。其能爲落齒鬼者。有幾人哉。持以自寬。又何
戚焉。然可悶則有之。
루귀천양자 부지기수 기능위락치귀자 유기인재 지이자관 우하척언
연가민즉유지

올 해, 무술戊戌, 내 나이 육십육 세인데, 앞니 한 개가 까닭 없이 떨어졌다. 문득, 입술이 무너지고, 말씨가 새는 것을 지각知覺하게 되고, 얼굴의 형색이 기울어 비틀어졌다. 거울을 들고 보니 해괴한 것이 나 아닌 낮선 사람 같다. 거의 왈칵 눈물을 쏟아낼 듯하였지만 다시 곰곰, 생각하니 사람은 (결국) 저절로 땅에 떨어지는 존재라 늙어버린 까닭이라. 그 동안은 갖춘 것을 유지하느라 바빴었다. 진실로 많은 곡절을 차례로 거쳐 온것이다.

어려서 죽으면 이가 생기지도 않았겠고, 육, 칠에 죽으면 아직 이를 갈지 못했을 것이요, 팔 세부터 육, 칠, 십에 이르러 죽으면 새로난 이, 그 이후이겠다.다시 구십세를 일기로 하여 그 이상이라면 이가 새로 난다고 한다. 내가 먹은 나이를 계산해보니 거의 사분지 삼이 이의 수명이 되었으니, 일갑 육십 년을 두루한 셈이라. 일직 요절했다고 말할 수는 없다. 도대체, 금년은 크게 죽이는 해인가보다. 덩굴 채 천양窀穸으로 돌아가는 사람이 많으니 웬일지 모르겠다. 그 능히 이가 빠져서 귀신이 된 사람이 몇이나 될까. 다들 그러니 나만 그렇게 아니야, 생각하면 스스로 너그러워져서, 무엇을 슬퍼할까마는, 무상을 연민하는 마음은 그대로다.

人之所待以養體力者。莫如飮食。飮食所由。齒爲要路。一朝豁焉。叉牙顚倒。飮滲而飯硬。
인지소대이양체력자 막여음식 음식소유 치위요로 일조할언 우아전도 음삼이반경

間欲囓肥。輒遇毒焉。對案有難處之愁。將無以扶攝衰軀矣。其將蟬腹而龜腸乎。是則可悶
간욕설비 첩우독언 대안유난처지수 장무이부섭쇠구의 기장선복이귀장호 시즉가민

也。然猶曰事關口腹。可以忘置。余自幼好誦書。書未上口者尚多。只
擬以桑楡光景。澗阿晨
야 연유왈사관구복 가이망치 여자유호송서 서미상구자상다 지의이상
유광경 간아신

夕。伊吾以卒業。庶乎昏燭之照路。不迷其源也。今一咕口聲如破鐘。
疾徐靡節。清濁乖調。
석 이오이졸업 서호혼촉지조로 불미기원야 금일거구성여파종 질서미
절 청탁괴조

七音之莫辨。八風之未會。始欲琅琅。終成艾艾。於是悵然而輟誦。德
性懈矣。無可以維持是
칠음지막변 팔풍지미회 시욕랑랑 종성예예 어시창연이철송 덕성해의
무가이유지시

心。是爲可哀之大者也。
심 시위가애지대자야

　사람이 체력을 양성하는데 기대하는 것은 음식만한 것이 없다. 음
식을 먹는데 거치는 곳은 이가 중요한 길이다. 하루아침에 (이가) 깨
진다든지, 어금니가 빠지면, 마시는 것은 얼마든지 마시지만, 밥은 딱
딱해서 씹지 못한다. 간간 고기를 깨물어보려 하나, 문득 독을 먹는 듯
하다, 상을 마주하고 앉으면 난처해서 근심하게 마련이다. 장차 이 쇠
퇴한 몸둥이를 당겨 잡을 것이 없으니, 선복蟬腹, 귀장龜腸, 이것이 가히
민망하도다. 그런데도 오히려 일이 입과 배에 달려 있는데도 잊고 버
려두고 있었다. 나는 어려서부터 책 읽기를 좋아해서 책이 입보다 위
가 아닌데도, 아직도 (책은) 많다 다만 해가 뽕나무와 느름나무에 걸
린, 황혼녘 노년을 헤아리자니, 산골짜기와 큰 언덕에 새벽이었고, 저

녁이었다. 이런 내가 업을 마치니 거의 어두운 촛불이나마 길을 비추
어 그 근원을 보는데 암미暗迷하지는 않았으나, 이제, 한번 입을 벌려
내는 소리가 마치 깨진 종소리와 같고, 빠르게, 느리게 절도가 사라지
고, 청탁이 조화에 괴리되고, 칠음을 분변 못하고, 팔풍이 만나지 못
하니, 비로소 옥을 굴려 고운 소리 내고자 하나 끝내 말 더듬느라. 다
만, 예예할 뿐이다. 이에 한탄하고 글 읽기를 그치니, 덕성이 풀려 느
슨해졌다. 이 마음을 가히 이어 지닐 수 없는 것, 이것이 가히 구슬프
게 하는 중에 큰 것이다.

昧昧又思之矣。余旣年侵而輕健則有之。步屧登山。終日鞍馬乎長途。
或踰千里。而末覺其脚
매매우사지의 여기년침이경건즉유지 보사등산 종일안마호장도 혹유천
리 이미각기각

酸背塾。視諸年同者。罕有及之者。以是頗自快。由其自快也。忘其旣
衰而以爲猶壯也。遇事
산배점 시제년동자 한유급지자 이시파자쾌 유기자쾌야 망기기쇠이이
위유장야 우사

妄動。牽興遠適。必至大倦而歸散漫莫收拾。則自矢以斂迹息影。終年
不出門爲念。而苟焉因
망동 견흥원적 필지대권이귀산만막수습 즉자실이렴적식영 종년불출문
위념 이구언인

循。暮悔而朝復然。蓋未有嶄然衰盛之限。可以立防故也。今突爾形
壞。醜態呈露。持以向
순 모회이조부연 합미유점연쇠성지한 가이립방고야 금돌이형괴 추태
증로 지이향

人。莫不駭且悲。則余雖欲一刻忘老而不可得矣。自今始可以老人自處
矣。先王之制。六十者杖於鄉。不服戎不親學。吾嘗讀禮而不講此義。
인 막불해차비 즉여수욕일각망노이불가득의 자금시가이노인자처
의 선왕지제 육십자장어향 불복융복친학 오상독예이불강차의

所以有無限妄作。今乃大覺其非。庶可以向晦
入息。是則齒之警乎余多矣。
소이유무한망작 금내대각기비 서가이향회
입식 시즉치지경호여다의

　새벽이면 또 생각이 난다. 내가 이미 나이를 먹었을 때에도 몸은 가
볍고, 굳건한 상태를 아직 지니고 있었다. 미투리를 신은 걸음으로 산
을 오르고, 종일 말을 타고 먼길을 가는데, 더러는 천 리를 넘어가기
도 하였다. 그리 하였어도 다리 아픈 줄을 몰라 방에 눕지도 않았었
다. 같은 나이라도 나에게 미치는 자가 드물었다. 이 때문에 자못 스스
로 흔쾌하였고, 그 이미 쇠약해지고 나서도 오히려 장사[##±]인양 일을
만나서는 망녕스리 움직여서 흥취만 이끌다가 표적에는 멀어지니 크
게 싫증남에 이르러 산만해져도, 추스리지도 못하였다. (이제) 자기가
쏜 화살이니 행했던 자취를 거두어들이고 쉬어야겠다. 마침내, 한 해
동안 문을 나가지 않으리라 생각하였는데도 옛 습관을 고치지 못하였
다. 저녁에 후회하고는 아침에는 도로 마찬가지였다. 높게 성하고 쇠
하는 한계가 왜 없겠는가. 즉시 막을 수 있다고 마음먹은 까닭이었다.
이제 돌연 형색이 부서지고, 추한 모양이 드러나서 그대로 사람을 향
하면 해괴히 여기고 슬픈 빛을 내보이지 않는 이가 없다. 내가 비록 잠
깐이라도 늙음을 잊으려하나, 그러나 그리할 수가 없다. 지금으로부
터는 노인으로 자처함을 시작해야겠다. 선왕의 법제에는 육 십이 된

자는 향리에서 지팡이를 집고, 융복을 입지 않으며 학문에 가까이 않는다 하였는데, 내가 일찍이 예기^{禮記}를 읽으면서도 강의를 하지 않은 것은 이 뜻이었다. 한계가 없이 망녕됨을 짓는 까닭이다. 이제야 그 잘 못됐음을 크게 깨달았다. 가히 회닉^{晦匿}을 향하여 들어가서 쉴 때가 가까워진 것이다. 이것은 빠진 이[齒]가 나에게 경계하여 준 것이 많은 것이다.

朱子因目盲而專於存養。却恨盲廢之不早。以此言之。余之齒落。其亦晚矣。夫形之壞也。可

주자인목맹이전어존양 각한맹폐지부조 이차언지 여지치락 기역만의 부형지괴야 가

以就靜。語之訛也。可以守默。囁肥之不善。可以茹淡。誦經之不暢。可以觀心。就靜則神

이취정 어지와야 가이수묵 설비지불선 가이여담 송경지불창 가이관심 취정즉신

恬。守默則過寡。茹淡則福全。觀心則道凝。較其損益得便。顧不多乎。蓋忘老者妄。嘆老者

염 수묵즉과과 여담즉복전 관심즉도응 교기손익득편 고부다호 합망 노자망 탄노자

卑。不妄不卑。其惟安老乎。安之爲言。休也適也。怡然處和。沛然乘化。游乎形骸之外。不

비 불망불비 기유안노호 안지위언 휴야적야 이연처화 패연승화 유호

형해지외 불

以夭壽貳心。其庶幾樂天而不憂者乎。遂歌曰。
이요수이심 기서기락천이불우자호 수가왈

齒乎齒乎。爾壽何長。一甲之周。百味備嘗。功成則退。報盡則謝。吾
於吾齒。可以觀化。如
치호치호 이수하장 일갑지주 백미비상 공성즉퇴 보진즉사 오어오치
가이관화 여

星之燦。隕爲醜石。如木之茂。得霜則落。自是常事。無悶無戚。寥寥
斂迹。默默守中。一榻
성지찬 운위취석 여목지무 득상즉락 자시상사 무민무척 료료렴적 묵
묵수중 일탑

之安。萬緣斯空。飽不須肉。■不須童。是惺惺者。惟主人公。

지안 만연사공 포불수육 불수동 시성성자 유주인공

<三淵集卷26卷>

　주자朱子가 눈이 먼 것으로 인하여 본심을 잃지 않고 타고난 착한 본
성을 기르며, 맹폐가 이른 나이에 온 것이 아니었는데도 그 좌절을 물
리쳤다. 이로써 말하면, 나의 이가 빠진 것은 그 또한 늦은 것이다. 대
저, 형색이 무너졌으니 (인하여) 고요한 데로 갈 수 있고 말이 헛김이
새니, 침묵을 지킬 수 있고, 고기를 씹는 것이 불편하니, 나물을 먹어
담백할 수 있고, 경을 낭송함이 유창하지 못하니, 가히 마음을 관할 수
있다. 고요한 데 나아가면 정신이 편안하고, 침묵을 지키면, 허물이
적어지고, 나물이 담백함은 복이 온전해지고, 마음을 관하면 도道가 응

143

집된다. 그 손익을 견주면 얻는 쪽이 많지 않은가. 늙으면 망녕스럽다는 것을 어찌 아니 잊으리오. 늙음을 한탄하는 자는 비루하고 망녕되지 않으면 비루하지 않다. 그것이 오직 늙음을 편안하게 하는 것이로다. 편안히 여겨 말을 하면 즐겁고, 즐겁게 처하면 조화되고, 성대한 모양으로 조화가 갑절이 되면, 형색의 밖에 나가 놀게 되나니, 수요壽夭 장단 두 마음으로써 하지 아니 하니, 그것은 천하가 즐거워서 근심하지 아니 하는데 가까우니라 마침 노래를 지어 말하되,

"이여,이여, 네 수명이 얼마냐, 육십 년을 두루, 백 가지 맛을 맛보았지, 공을 이루면 물러나는 것, 보답을 다 했으면 사임해야지. 나는 나의 이의 변화를 볼 수 있었다. 별처럼 빛이 났는데 죽어서 추한 돌이되었구나. 나무도 무성했다가 서리 맞아 지는 것 같이 처음부터 있어온 일이다. 민망도 슬픔도 없으니, 공허한 중에 자취를 거두고, 말 없이 속에 간직해야지. 한 개 의자가 평안하니, 만 가지 인연이 비어졌네. 배를 불림에 고기가 필요치 않고, 부리는 이도 필요치 않다. 성성히 밝게 깨어 있는 자 그 오직 주인공이라."

명덕설(明德說) / 안석경(安錫儆)

사람에게 주어진 본래 바음이 명덕^{明德}이란 데 대한 이야기

天之予人者。豈偶然哉。天有生矣。地有成矣。其生也須有理焉。其成
也須有治焉。而二者之
천지여인자 기우연재 천유생의 지유성의 기생야수유리언 기성야수유
치언 이이자지

責。專付於人焉。爲人之責。專付於其心焉。故人之心聖人謂之明德。
嗚乎。人之所受於天者大
책 전부어인언 위인지책 전부어기심언 고인지심성인위지명덕 오호
인지소수어천자대

矣。天地之氣。其盛而正者陽也。陽之正而盛者火也。故陰爲物而陽爲
人。土爲脾而金爲肺。水
의 천지지기 기성이정자양야 양지정이성자화야 고음위물이양위인 토
위비이금위폐 수

爲腎木爲肝而火爲心。心者乃陽之陽而正之正也。凡物之美。莫貴於
中。而人在天地之中。心
위신목위간이화위심 심자내양지양이정지정야 범물지미 막귀어중 이인
재천지지중 심

人身之中。是又中之中而貴之貴也。
인신지중 시우중지중이귀지귀야

하늘이 사람에게 준 것이 어찌 우연이겠는가. 하늘은 살려줌이 있
고, 땅은 이루어 줌이 있다. 그 살려주는데는 반드시 이^{理}가 있고, 그
이루어줌에는 반드시 치^{治}가 있다. 그런데, 이 두 가지 책무는 오로지
사람에게 주어진 것이다. 사람되는 책무는 오로지 그 마음에 주어진
것이다. 그러므로, 사람의 마음을 성인이 이르시되 명덕^{明德}이라 하였
다. 오호라!! 사람이 하늘로부터 받은 것이 위대한 것이다. 천지의 기
운이 그 성해서 바른 것이 양^{陽}이요, 양이 바르고 성한 것이 화^{火}다, 그
러므로, 음^{陰}은 미물이 되고, 양은 사람이 되었다. 토^{土}는 비장^{脾臟}이 되
고, 금^{金}은 폐장^{肺臟}이 되고. 水는 신장이 되고, 木은 간장이 되고, 火는
심장이 되었다. 그러므로, 心은 양의 양이요, 正의 正이다. 무릇 사물
의 미^{美}는 중^{中}보다 귀한 것이 없다. 그래서 사람은 천지의 中이요, 심
은 사람 몸의 한가운데에 있게 된 것이다. 이것은 또, 中의 中이요, 귀
^{貴}의 귀^{貴}인 것이다.

夫大虛之謂理也。 而虛無所不在而無所不體。 理無所不在而無所不體。
顧其發用也在於最要者。
부대허지위리야   이허무소부재이부소불체   리무소부재이무소불체   고기
발용야재어최요자

則其於人也非心而何。 故毛髮皮膚。 牙齒爪甲。 無非受仁義禮智信者
也。 而惟在於心者。 爲能萬
즉기어인야비심이하   고모발파부   아치조갑   무바수인의예지신자야   이유
재어심자   위능만

物而制萬事耳。 是旣陽之陽矣。 正之正而中之中矣。 理於是乎用而道於
是乎生矣。 天地之用。 莫

물이제만사이 시기양지양의 정지정이중지중의 리어시호용이도어시호
생의 천지지용 막

要於此矣。天地之物。莫貴於此矣。名之曰明德。不亦宜乎。無古無
今。無遠無近。凡爲人者莫
요어차의 천지지물 막귀어차의 명지왈명덕 불역의호 무고무금 무원
무근 범위인자막

不有此矣。或爲堯舜。或爲行路。或爲桀紂。凡有心者大抵無不同矣。
而理一也。果無不同者
불유차의 혹위요순 혹위행로 혹위걸주 범유심자대저무불동의 이리일
야 과무부동자

矣。
의

　　대저, 태허를 일러 이^{理}라 이르나니 허^{虛}는 있지 않은 데가 없고, 체^{體}
되지 않음이 없다. 이^{理}는 있지 않은 데가 없고, 체^{體}되지 않는 것이 없
다. 돌아보면, 그 용^{用}을 발현함이 가장 요긴한 것이니, 곧 사람에게 있
어서 마음이 아니고서야 무엇이겠는가. 그러므로, 모발, 피부, 치아,
조갑 등이나, 인^{仁}, 의^{義}, 예^{禮}, 지^{智}, 신^{信}, 무엇 하나 받지 않은 것이 없
다. 그러나 심^{心}에 있어서만은 능히 만물에 응^{應}하고, 만물을 제어하는
것이다. 이는 이미 양중에 양이요 중^{中}에서도 중^{中}인 것이다 이^{理}는 이
것에서 用이요, 道는 이것에서 生이다. 천지의 용^{用}은 이보다 요긴한
것이 없고, 천지의 사물도 이보다 귀한 것이 없다. 이름하여 이르기를
명덕^{明德}이라 하나니, 또한 마땅하지 아니한가. 예전의 것도 없고 이제
의 것도 없는 것이다. 멈도 없고, 가까움도 없다. 무릇 사람 된 자^{者},

이것을 지니지 않은 자가 없다. 혹은 요순堯舜이 되고, 혹은 길가는 사람도 되고, 혹은 걸주桀紂도 된다. 무릇 마음을 지닌 자는 크게 거슬러도 동일하지 않음이 없다. 그래서, 이理는 하나인 것이다. 과연 같지 않음이 없는 것이다.

顧氣則一而二。二而又二。二而五。五而又五。二五之辨。至於億萬而不可數矣。故同是人也。
고기즉일이이 이이우이 이이오 오이우오 이오지판 지어억만이불가수의 고동시인야

人之品有億萬不同矣。同是心也。心之氣亦惟億萬不同矣。白之爲白同也。細辨之則白亦萬狀。
인지품유어만부동의 동시심야 심지기역유억만부동의 백지위백동야 세변지즉백역만상

明之爲明同也。詳言之則明亦千品。旣爲陽也。而陽又具陰陽焉。旣爲火也。而火又具五行焉。
명지위명동야 상언지즉명역천품 기위양야 이양우구음양언 기위화야 이화우구오행언

其變無窮。其體無常。所以不可以同也。故其有明德則人之所同也。其爲明德則逐人而殊矣。是
기변무궁 기체무상 소이불가이동야 고기유명덕즉인지소동야 기위명덕즉축인이수의 시

故有生知安行者。有學知利行者。有困知勉行者。有困而不知勉焉者。實有千差萬別。不可以同
고유생지안행자 유학지리행자 유곤지면행자 유곤이부지면언자 실유천차만별 불가이동

之者矣。然以理之無異。而因其明之大同。用化其品之殊。則人皆可以
全此德。而人皆可以
지자의 연이리지무이 이인기명지대동 용화기품지수 즉인개가이전차덕
이인개가이

之職矣
지직의

<雪橋集卷五>

　氣를 돌아보면 一이면서 二요, 二이면서 또 二다. 二이면서 五요,
五이면서 또 五다. 二, 五의 나뉨은 억만^{億萬}이라 헤아릴 수가 없다. 그
러므로 사람도 이와 같아서, 사람의 품^品이 억만이라도 같지 아니함이
있는 것이다. 심^心도 이와 같아서 심기^{心氣}가 역시 억만이라도 같지 않
은 것이다.
　흰 것이 희게 되어도 흰빛은 동일한 것같지만, 세밀하게 분변하면,
그 흰 빛깔도 역시 다른 흰빛인 것이다. 밝음이 밝음이 되어도 밝은
점은 같지만 자세히 말하면 밝음도 역시 천만가지인 것이다. 이미 양^陽
인 것이라도 그 양^陽은 또 음과 양을 갖추게 되며, 이미 火인 것이라도
그 火는 또, 오행^{五行}을 갖추게 된다. 그 변화가 다함이 없고, 그 체^體[실
질,실체]가 무상한 것이라. 그러므로, 명덕^{明德}을 갖고 있는 것은 사람
마다 꼭 같지만, 그 명덕이 작용하면, 사람마다 다른 것이다. 이러므
로, 태어나며 스스로 알아서 안심행을 하는 자가 있고, 배워 알아서 이
익^{利益}을 행하는 자가 있고, 어렵게 알아서 힘써 행하는 자가 있고, 어
렵게 배워도 알지 못하면서 힘쓰는 자도 있는 것이다. 실로 천차만별
이라 같다고 할 수 없는 것이다. 그런데, 리^理로써는 다르지 않아서 그

밝음을 인하여 크게는 같고, 작용과 변화인 그 품^{品}이 다를 뿐이다. 그런즉 인간은 모두 이 덕을 온전히 할 수 있으며, 인간은 모두 천품^{天品}의 직분^{職分}에 걸맞게 할 수 있는 것이다

정자 이름을 초연제라고 한 뒤 쓴 이야기

榮以簪組。而超然於簪組之外。困以徽纆。而超然於徽纆之中。怵以生
死。而超然於生
영이잠조 이초연어잠조지외 곤이휘 묵 이초연어휘묵지중 술이생사 이
초연어생

之際。放諸山澤。而超然於山澤之間。物不能累。人不能鑠。樂天知
命。身躓道亨者。古
지제 방져산택 이초연어산택지간 물불능루 인불능삭 락천지명 신지
도형자 고

者大人之行。而竊庶幾勉焉者。主人翁也。老氏所謂燕居超然者。其在
斯夫。
자대인지행 이절서기면언자 주인옹야 노씨소위연거초연자 기재사부

　고귀한 잠조簪組[벼슬]가 영화롭지만, 잠조에 얽매이지 아니하는 영
역 밖에서 초연하고, 세 가닥, 두 가닥 붉은 포승줄에 묶여 곤고困苦하
지만, 묶여 있는 가운데에서 초연하고, 사느냐, 죽느냐의 갈림길에서
두렵지만, 생사의 계제어서도 초연하다. 산과 못이 있는 초야에 풀려
났지만, 산택 사이에서도 얽매일 것 없으니 초연하다. 사물이 그를 얽
어 맬 수 없고, 사람이 그를 쇠부치를 녹이듯 녹일 수 없다. 천연天然 그
대로를 즐거워 함은 주어진 사명使命을 알기 때문이다. 몸은 걸려 넘어

져도 도^道는 걸림 없이 통함은, 옛날의 대인^{大人}의 행로였으니, 혼자 가
만히 생각하노라니 면려하는 데에 거의 가까워진 사람이 초연제^{超然齊}
주인 옹이다. 노자가 이른 바 한가롭게 집에 지내면 초연하다 했는데
그가 바로 여기에 있다.

조선 중기 상촌거사(象村居士) 신흠(申欽 1566년(명종21)~1628년(인조6))의 문집이다. 저자는 생전에 자신의 시문을 모아 편차해 '상촌고(象村稿)'라 이름하고 자서(自序)까지 지어 두었다. 이를 바탕으로 1629년에 아들 신익성(申翊聖)이 유고(遺稿)를 활자(活字)로 간행하였다. 본집은 연보, 원집 60권, 부록 3권 합 20책이다.

사신을 수행하여 북경에 가게 된 역관 이야기

我國事上國。必待譯。無譯則不可通也。譯多市井沽販。知利不知他。
而伊其爲人。則乃伶俐敏
아국사상국 필대역 무역즉불가통야 역다시정고판 지리부지타 이윤기
위인 즉내영리민

慧。解人意也者半其間。祖宗朝綱紀堂堂。居官者不敢踰方。肆譯之橫
者。亦知遵三尺憲令。遂
혜 해인의야자반기간 조종조강기당당 거관자불감유방 사역지횡자 역
지준삼척헌령 수

服役於使臣。猶皁隷。喘息莫得以舒也。自壬辰倭警。因勞陞秩一二品
者近數十。上大夫者無算
복역어사신 유조예 천식막득이서야 자임진왜란 인노승질일이품자근수
십 상대부자무산

也。因此驕恣日甚。使臣少地望者。則凌駕侮蔑。視之若無。少或拂其
意望。則還朝。得以訾毁
야 인차교자일심 사신소지망자 즉능가모멸 시지약무 소혹불기의망
즉환조 득이자훼

而中傷之。冠履之倒置極矣。
이중상지 관루지도차극의

　　우리 나라는 상국을 섬겨왔다. 반드시 통역하는 사람을 대동하였

다. 통역이 없으면 소통할 수가 없었다. 통역이 많이 시정에서 팔려나갔다. 통역사는 자기 이익만 알 뿐 남을 알지 못하였다. 저들은 사람됨이 영리하고 민첩하며 잔 꾀가 많았다. 타인의 뜻을 알아 채는 것이 문틈을 반은 열고 보는 듯하였다. 조정의 기강 법도는 당당해서 벼슬 지위에 있는 자는 감히 법을 넘지 못하였다. 통역을 방자히 하여 옆길로 빠지는 자도 삼척의 법령을 준수해야 하는 것을 알고 있었다. 사신을 따라 공역公役을 수행하는 것이 조예皁隷와 같았다. 말을 풀어내지 못하여 숨을 헐떡거리기도 하였다. 임진년부터 왜란의 경계에 대한 노역으로 인하여 그 지위가 일一, 이二 품을 오른 사람이 근 수십 명이나 되었다. 대부大夫에 오른 경우는 계산하지 않았지만, 이로 인하여 교만 방자함이 날로 심해졌다. 사신이 젊거나 지위를 엿보는 자는 상대를 제압하고 그 사신의 위에 올라 사신을 모멸하였다. 사람 보기를 아무도 없는 것처럼하고, 조금이라도 떨구어 내려는 뜻이 보이면, 곧 본국으로 돌아와서 이를 인하여 헐뜯고 욕하고 중상하였다. 관冠의 신발이 뒤바뀐 것이 극심한 것이었다.

譯多財。雖有辜犯必免。其有力者則足以噓吸霜露。今之奉使者亦難矣。己酉冬。余以奏請使入
역다재 수유고범필면 기유력자즉족이허흡상로 금지봉사자역난의 기유동 여이주청사입

朝。見譯與中朝人相親密。不啻兄弟。大國小國。承奉有體。內藩外藩。區域自別。親則狃。狃
조 견역여중조인상친밀 불시형제 대국소국 승봉유체 내번외번 구역자별 친즉뉴 뉴

則玩。玩則隙。隙則失。余於此深懼焉。朝廷之揀使臣必愼。處譯流有
制。窒旁蹊。以遏其私。

즉완 완즉극 극즉실 여어차심구언 조정지간사신필신 처역류유제 질
방혜 이알기사

止賞職。使安其分。乃可以無後虞。

지상직 사안기분 내가이무후우

<象村稿卷三十三>

통역들은 재물이 많아서 비록, 죄를 범하였더라도, 반드시 면죄되
었다. 그 힘 있는 자는 상로(서리와 이슬)를 내쉬고 들이쉬었다. 지금
도 사신을 봉행하는 자가 역시 사신을 어렵게 한다. 기유년^{己酉年} 겨울
에 내가 주청사^{奏請使}로 중국에 들어 갔는데, 통역사와 중국 조정의 사
람과 친밀한 모양을 보았다. 형제간의 친밀함에까지는 미치지 않았지
만, 대국과 소국은 서로의 뜻을 받들어 섬김에 예가 있는 것이며, 내
번^{內藩}, 외번^{外藩}은 구역이 다르므로 저절로 구별된다. 친절이 지나치면,
친압^{親押}[흉 허물 없이]하게 되고 친압^{親押}하면, 희롱[작란]하게 된다. 희
롱하게 되면 틈이 생기고, 틈이 생기면 잃게 된다. 내가 이것에 대하여
매우 우려하는 것이다. 조정에서 사신의 간택을 반드시 신중히 해야
한다. 통역사의 못된 유습에 제재가 있어야 한다. 지름길을 두루 막아
야 하고, 그 사사로움을 막아야 하며, 그 직에 대하여 상을 주는 것을
중지해서 그 분수에 편안하게 해야, 이에 뒷날에 근심이 없을 것이다.

조선 후기 설봉(雪峯) 강백년(姜栢年 1603년(선조36)~1681년(숙종7))의 문집이다.

저자는 내외(內外) 관직을 거칠 때마다 임소(任所)에서 지은 작품들을 모아 시권(詩卷)을 만들어 두었던 듯하며, 이러한 초고(草稿)를 바탕으로 저자의 아들 강선(姜銑), 강현(姜鋧) 등이 주관하여 1690년대에 목판으로 문집을 간행한 것으로 보인다. 본 문집은 30권 8책으로 이루어져 있다.

종자설(鍾字說) / 강백년(姜栢年)

종에 관한 이야기

余到鍾山已二載。而百病千愁。叢于余一身。人莫不爲余苦之。而余猶
以一箇鍾字。有所省發者
여도종산이이재 이백병천수 총우여일신 인막불위여고지 이여유이일개
종자 유소자성발자

多矣。何者。州之得是名也。以山之有似乎鍾之形也。則擧隅而推之。
其必有至理存焉。然則人
다의 하자 주지득시명아 이산지유사호종지형야 즉거우이추지 기필유
지리존언 연즉인

之到此地者。亦可不顧名思義。而有以交相贊也耶。夫鍾之爲物也。其
形圓。法乎乾者也。其體
지도차지자 역가불고명사의 이유이교상찬야야 부종지위물야 기형원
법호건자야 기체

重。法乎坤者也。其中虛。得離之象。而靜中舍動。猶有坎亨之義焉。
其聲大而遠。得震之用。
중 법호곤자야 기중허 득리지상 이정중사동 유유감형지의언 기성대
이원 득진지용

而不叩則不鳴。猶有巽順之德焉。置諸安處則安。法艮之止者也。而有
叩則卽鳴。其於感應之
이불고즉불명 유유손순지덕언 치져안처즉안 법간지지자야 이유고즉즉
명 기어감응지

158

際。亦有和兌之理存焉。
제 역유화태지리존언

　내가 종산鐘山에 온 지도 이미 이 년이 되었다. 그러나, 여러 가지 병환과 근심이 내 한 몸에 무성하다. 사람들이 내가 고생하는 것을 염려하지 않는 이가 없지만, 나는 오히려 한 개의 종鐘이라는 글자가 많이 나를 반성하게 하고 계발시키는 바가 있었다. 무엇이냐 하면, (우선) 이 고을 이름이 종鐘 자를 쓰는 것은 산의 모양이 종의 형상과 유사한 까닭인데, 한쪽 구석을 들어 추측하여(고을 이름을) 종 자鐘字로 한 것은 반드시 그 지극한 이치가 있을 것이다. 그런즉, 이곳을 찾아오는 사람들이 또한 지명을 보지 않고도 뜻을 생각하고 있었는지 모르지만, 말을 나누다보면 칭송이 자자함이 있었다.

　대저 종이라는 물건의 됨됨이는 그 형상이 둥근 것은 하늘을 본 뜬 것이며, 그 몸이 무거운 것은 땅을 본 뜬 것이며, 그 속이 비어 있는 것은 형상을 떠나 있음을 얻은 것이며, 고요한 중에 움직임을 그친 것은 험난을 누린다는[坎享]의 뜻을 지닌 것과 같다. 그 소리는 크고 멀며, 진동이 작용을 얻을 수 있을진대 때리지 않으면 소리를 내지 않는 것은 사양하여 물러나는 손순[巽順]의 덕이 있는 것과 같으며, 편안한 곳에 두면 편안한 것이 물러나지 아니하는[艮之止] 상을 본받은 것이다. 때리면 곧, 울리는것은 감응하는 계제에 곧바로 모든 일이 이루어지는 화태[和兌]의 이치가 있는 것이다.

余於是一物也。得包犧八卦之義焉。於是乎見其圓也則思所以完養吾本源。見其重也則思

여어시일물야 득포희팔괘지의언 어시호견기원야즉사소이완양오본원
견기중야즉사

所以凝定吾動止。見其虛也則勉吾之敬而心無留滯。聞其聲也則愼吾之
言而口無妄動。見其止也
소이응정오동지 견기처야즉면오지경이심무류체 문기성야즉신오지언이
구무망동 견기지야

則止吾之所當止而素位安行。果可謂非法象之物乎。且也其器大。非寸
筳所可鳴。其量洪。雖萬
즉지오지소당지이소위안행 과가위비법상지물호 차야기기대 비촌연소
가명 기량홍 수만

石猶可容。則人之器量。尤不當如是耶。況叩之以大者則大鳴。叩之以
小者則小鳴。悲而擊之則
석유가용 즉인지기량 우부당여시야 황고지이대자즉대명 고지소자자즉
소명 비이격지즉

哀。怒而擊之則武。其感通之理。有如是矣。
애 노이격지즉무 기감통지리 유여시의

　　내가 이 한 물건에서 복희씨의 팔괘의 뜻을 포섭할 수 있는데, 이제
야 그 둥근 것을 보고서는 나의 본원을 완양完養해야 하는 까닭을 생각
하게 되고, 그 무거운 것을 보고서는 내가 움직이고 멈춤을 응정凝定해
야 하는 까닭을 생각하게 되고, 그 비어 있는 것을 보고서는 내가 공경
하면서도 마음에 유체留滯가 없어야 함을 힘쓰게 되고, 그 소리를 듣고
서는 내가 말을 하되 입에 망동妄動이 없어야 하나니 신중히 하게 됨을
생각하게 되고, 그 멈춤을 보고서는 내가 마땅히 멈출 바를 멈추더라

도 지위에 만족하여 소임을 천천히 행할 것을 생각하게 되나니, 과연 상^象을 보뜬 것이 아니라고 말할 수 있겠는가. 그리하여 그 그릇이 크니 작은 꾸릿대가 가히 울릴 수 있는 바가 아니고 그 울리는 소리의 량^量이 넓어서 만석이 가히 용납할 수 있다 할지라도, 사람의 그릇의 크기는 더욱 이와 같음을 감당하지 못하리라. 하물며 큰 것으로 두드리면, 크게 울리고, 작은 것으로 두드리면 작게 울리고, 슬픈 마음으로 치면 슬프게 울리고, 성난 마음으로 치면 굳세게 울린다. 그 감정이 통하는 이치가 이와 같은 것이다.

故伊川先生與尹和靖論動靜之理。適聞鍾聲。喜曰鍾未撞時聲固在。猶心未感時理已存也。由是
고이천선생여윤화정론동정지리　적문종성　희왈종미당시성고재　유심미감시리이존야　유시

言之。一心涵養之方。其亦不在於是乎。朱晦菴之在同安也。獨坐而聞一聲。有所自警。杜工部
언지　일심함양지방　기역부재어시호　주회암지재동안야　독좌이문일성유소자경　두공부

之遊招提也。欲覺而聞其音。發其深省。皆可謂先獲我心者矣。噫。一箇鍾字。起余者多矣。余
지유초제야　욕각이문기음　발기심성　개가위선획아심자의　희　일개종자기여자다의　여

朝夕在此間。竊比於盤盂几杖之銘焉
조석재차간　절비어반우궤장지명언

<雪峯遺稿卷二十三>

옛날 이천伊川 선생이 윤화尹和와 동動과 정靜의 이치를 자세히 논하는데 마침 (울리는) 종소리를 들었다. 기쁜 듯 말하기를, 종은 때리지 않을 때에는 소리가 고정되어 있는 것은 사람의 마음에 아직 감응하지 않아도 理는 이미 들어 있는 것과 같다. 이를 연유하여 말하면, 한 마음을 적시어 차차 길러내는 방편도 그 또한 여기에 있지 않겠는가. 주회암朱晦菴이 동안同安에 있었는데, 혼자 앉아 있을때, 종이 울려오는 소리를 듣고는 스스로 경각警覺한 바가 있었고, 두공부杜工部부는 중들이 모여사는 초제招提에 노닐며 깨닫고자 하여 종소리를 듣고서 깊은 성찰의 마음을 냈다고 한다. 이 모두는 먼저 내 마음을 잡는 것이 우선임을 말해주는 것이다. 희라! 하나의 종鐘이라는 글자가 나를 일으켜 주는 것이 많다. 나는 아침에도 저녁에도 이 공간에 있으면서, 남몰래 소반, 사발, 방석, 지팡이에 색여 이웃하련다.

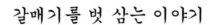

갈매기를 벗 삼는 이야기

德不孤。必有隣。故古之人。其取友必端。或友一鄕之善士。或友一國
之善士。或友天下之善
덕불고 필유린 고고지인 그취우필단 혹우일향지선사 혹우일국지선사
혹우천하지선

士。或以友天下之善士猶不足。而尙友於古之人。今鷗友翁之取友也。
不於一鄕。不於一國。不
사 혹이우천하지선사유부족 이상우어고지인 금구우옹지취우야 불어일
향 불어일국 불

於天下之善士。又不於古之人。而獨也以鷗爲友。而別自號曰鷗友翁
者。其意何居。況同聲相
어천하지선사 우불어고지인 이독야이구위우 이별자호왈구우옹자 그의
하거 황동성상

應。同氣相求。物與物遊。而物自有物之樂。人與人處。而人自有人之
樂也。故魚與魚相忘乎江
응 동기상구 물여물유 이물자유물지락 인여인처 이인자유인지락야
고어여어상망호강

湖。鳥與鳥相忘乎林藪。人與人相忘乎道術。今翁之不與人同其樂。而
獨與物樂其樂者。亦有說
호 조여조상망호림수 인여인상망호도술 금옹지불여인동기락 이독여물
락기락자 역유설

耶。
야。

"덕은 외롭지 않으니 반드시 이웃이 있다"하였으니 그러므로, 옛 사람은 벗을 취함에 반드시 바르게 하였다. 더러는 여항 향리의 선사善士를 벗하기도 하고, 더러는 일국의 선사善士를 벗하기도하고, 더러는 천하의 선사善士를 벗하기도 하고, 더러는 천하의 선사善士를 벗함도 오히려 부족하여 옛사람을 높여 벗하기도 하였다. 이제 구우옹鷗友翁이 벗을 취함에 한 향리에서도 아니요, 한 나라에서도 아니요, 천하의 선사도 아니요, 옛 사람에서도 아닌 오직 갈매기를 벗을 삼아서 별호別號를 구우옹鷗友翁이라 한 것은 그 뜻을 어디에 두었는가. 하물며, 같은 성가聲價에 서로 상응하고 같은 기맥氣脈을 서로 구하는 것이다. 미물과 미물이 서로 노닐어서 미물은 스스로 미물의 즐거움이 있고 사람은 사람과 더불어 처해서 사람은 스스로 사람의 즐거움이 있는 것이라. 그러므로, 물고기는 물고기와 더불어 서로 강과 호수를 잊고, 날새는 날새와 더불어 서로 숲을 잊고, 사람은 사람과 더불어 서로 도덕 학술을 잊는다. 이제 구우옹이 사람과 더불어 그 즐거움을 함께하지 아니하고 유독 미물과 더불어 즐기는 그 즐거움이란 역시 설명이 있어야 하리라.

噫。張橫渠有物吾與之說。杜少陵有吾友于之句。則鷗友翁之所以爲鷗友翁也。我知之矣。物與
희 장횡거유물오여지설 두소능유오우우지구 즉구우옹지소이위구우옹야 아지지의 물여

人竝生於天地之間。而俱得與造物者爲遊。此所以翁與鷗相親相近。而與之逍遙遊乎寂寞之濱者
인병생어천지지간 이구득여조물자위유 차소이옹여구상친상근 이여지소요유호적막지빈자

也。至於波恬鏡面。雲捲沙頭。獨倚蘭槳。四顧無人。非爾鷗。吾誰與洗吾之心。和風拂面。細

야 지어파념경면 운권사두 독의란장 사고무인 비이구 오수여세오지심 화풍불면 세

雨蕭騷。獨携孤筇。散步汀洲。非爾鷗。吾誰與得天之遊。至若桃花春浪。雪月寒汀。泠然容

우소소 독휴고공 산보정주 비이구 오수여득천지유 지약도화춘랑 설월한정 냉연용

與。幽興不淺。四時佳景。惟與爾共之。鷗固閑也。翁亦閑也。鷗無欲也。翁亦無欲也。鷗無求

여 유흥불천 사시가경 유여이공지 구고한야 옹역한야 구무욕야 옹역무욕야 구무구

於人也。翁亦無求於人也。鷗自樂其樂。而翁亦樂其樂也。則人猶物也。物猶人也。人無猜於

어인야 옹역무구어인야 구자락기락 이옹역락기락야 즉인유물야 물유인야 인무시어

物。物無猜於人。人與物淡然相忘。而不自知物我之有分也。其爲樂可勝計耶。

물 물무시어인 인여물담연상망 이부자지물아지유분야 기위락가승계야

<雪峰遺稿二十三>

희라!! 장횡거張橫渠의 "동물은 나와 더불어 있다"는 주장과 두杜少陵소릉의" 나의 벗이 있다"고 한 구절을 내가 알고 있다. 미물과 사람은 하늘과 땅, 그 안에 나란히 힘께 살고 있으면서 조물자의 자적自適을 함

께 누리고 있는 것이다. 이것이 옹翁과 구鷗가 서로 친하고 가까운 까닭이며, 구鷗와 더불어 적막한 물가에서 소요하며 자적하는 것이요, 밀려오는 물결에 이르러서는 편안한 수면이 거울이 되고, 구름이 걷히면 모래밭 머리에 난초와 상앗대에 의지하여, 사방을 돌아보아도 아무도 없으니, 갈매기 너 아니면 나는 누구와 더불어 내 마음을 씻을 것인가. 가는 비 쓸쓸히 내리는데 홀로 대지팡이 집고 물가 모래 언덕을 흩은 걸음 할 적에 구鷗야 너 아니면, 누구와 더불어 하늘이 준 자적을 누릴 것이냐. 복숭아꽃 피는 봄 물결과 눈속의 달빛, 추운 물가의 차가움도 더부는 그윽한 흥취가 얕지 않은데, 춘하추동 사시 가경을 오직 너와 더불어 함께 하련다. 구鷗 네가 한가하면, 옹翁 나도 또한 한가하고 구鷗 네가 욕심이 없으면, 옹翁 나도 욕심 없단다. 구는 사람에게 요구하는 것이 없고, 옹도 남에게 요구하는 것이 없다. 구는 스스로 즐거움을 즐거워하고 옹도 또한 즐거움을 즐거워한다. 곧, 사람은 미물과 같고, 미물은 사람과 같은 것이니, 사람은 미물을 미워함이 없고 미물도 사람을 미워함이 없으면, 사람과 미물이 담연하게 서로 잊어버려서 저절로 물아物我의 분별을 모르게 될 것이니, 그 즐거움 됨이 계산하는 것보다 수승한 것이다.

남이 나를 알아준다는 것에 대한 이야기

知我名者。謂之知己可乎。未可也。知我面者。謂之知己可乎。未可
也。知我心然後知己
지아명자 위지지기가호 미가야 지아면자 위지지기가호 미가야 지아
심연후지기

也。雖然出入無時。莫知其向者心也。以我之心。求知於人。不其難
乎。人之賢於我者。
야 수연출입무시 막여기향자심야 이아지심 구지어인 불기난호 인지
현어아자

固不屑知我。愚於我者。又不足知我。惟與我同方。我心知矣。然人心
之不同。如其面焉
고불설지아 우러아자 우부족지아 유여아동방 아심지의 연인심지부동
여기면언

내 이름을 아는 것을 나를 안다고 말 할 수 있는가. 아직 안다고 말
할 수 없다. 내 얼굴을 안다고 나를 안다고 말 할 수 있는가. 아직 안다
고 할 수 없다. 내 마음을 알고 난 연후에 나를 안다지만, 비록 그렇다
하더라도, 나고 듦이 때가 없고 그 향방을 알 수 없는 것이 마음인데,
그런 내 마음을 가지고 남을 알기를 바란다면 그것이 어려운 것이 아
니겠는가. 남이 나보다 어질다고 보는 것은 진실로 나를 얕잡는 것이
아니고, 남이 나보다 어리석다고 보는 것은 족히 나를 알지 못하는 것

이다. 오직 나와 더불어 뜻과 행동을 같이 해야 내 마음을 알게 될 것이지만. 그러나, 사람의 마음이 똑 같지 않은 것이 그 얼굴이 다른 것과 같다.

今立於通衢之中。日閱數千百人。求一同我面者。尙不可得矣。況同我心者乎。一心之微
금립어통구지중　일열수천백인　구일동아면자　상불가득의　황동아심자호
일심지미

而求同於四海億萬人之中。曾謂人心有若車軌然印板然耶。自古及今。嘐嘐稱知己者必管

이구동어사해억만인지중　증위인심유약거궤연인판연야　자고급금　교교
칭지기자필관

鮑焉。知音者必期牙焉。豈非以戰而知其敗之非怯也。彈而知其意之所在也歟。雖使管與

포언　지음자필기아언　기비이전이지기패지비겁야　탄이지기의지소재야
여　수사관여

牙自知。固無以有加於鮑與期矣。
아자지　고무이유가어포여기의

　　이제 사통팔달 네거리 가운데 나서서 보면, 하루에 수천 수백 사람들이 줄서 지나다니는 사람 중에 내 얼굴과 같은 사람을 찾자니, 가히 찾을 수 없을 것인데, 하물며 내 마음과 똑 같은 사람을 찾을 수 있겠

는가. 한 마음의 작은 기미라도 같은 마음을 사해 억만인 가운데 찾는 것을 일찍이 말하기를 사람 마음은 굴러가는 수레바퀴 귀적軌跡과 같고, 판에 따라 인쇄하는 인판印版과 같다고 하였다. 예부터 지금까지 크게 알려진, 나를 알아주는 교우관계 이야기에 꼭히 관중管仲과 포숙鮑淑을 일컫고, 내 마음을 알아주는 사람의 이야기로는 필히 백아伯牙와 종자기鍾子期를 일컫는다. 어찌, (관중과 포숙은) 서로 전쟁을 하면서 그 패배할 것을 알면서도 겁내지 아니함이 아니겠는가. 활을 쏜다고 그의 뜻이 있는 곳을 알겠는가. 비록 관중管仲과 백아伯牙로 하여금 자기 스스로를 알게 할지언정 진실로 포숙鮑叔과 종자기鍾子期에게 덧부칠 까닭은 없는 것이다.

然不戰不彈之前。彼亦未嘗知也。是何足知己道也。夫求人之知。莫若
我之自知。未發而
연부전불탄지전 피역미상지야 시하족지기도야 부구인지짖 막약아지자
지 미발이

中。不言而喩。戒愼乎所不睹。恐懼乎所不聞。人不及知。而己獨知
之。則人之知己。果
중 불언이유 계신호소부도 공구호소불문 인불급지 이기독지지 즉인
지지기 과

有如己之自知者乎。惟其不能自知。所以不能知夫人也。苟其自知。亦
何患乎人不知也。惠子
유여기지자지자호 유기불능자지 소이불능지부인야 구기자지 역하환호
인부지야 혜자

曰。子非魚。安知魚之樂乎。莊子曰。子非我。安知我之不知魚之樂也。吾亦曰人非我。安知我

왈 자비어 안지어지락호 장자왈 자비아 안지아지부지어지락야 오역 왈인비아 안지아

之心也。

지심야

그런데, (관중이 궁시弓矢로) 전쟁을 아니하고 (백아伯牙가) 거문고를 타지 아니한. 이전에는 저들은 일찍이 전쟁을 하거나, 거문고를 타게 될 줄을 알지 못하였을 것이다. 이것을 어찌 족히 나를 아는 도리라 하겠는가. 나를 알아주는 사람을 찾는 것은 내가 나를 아는 것만 못하다. 희, 노, 애, 락의 감정이 아직 일어나지 아니한 상태를 일러 중中이라 하였다. 말하지 못하지만, 밝게 안다. 그 보이지 않는 것을 경계하고 삼가할 것이며, 그 들리지 않는 것을 무서워하고 두려워 한다고 하였다. 사람들은 이런 앎에 미치지 못한다. 자기만의 독자적 경계를 남이 알아준다고 해서 과연 자기가 자기를 아는 것만한 것이 있겠는가. 생각하건대 능히 자기를 알지 못하는 것은 능히 남을 알지못하는 까닭이 되나니 진실로 자기를 안다면, 어찌 남이 나를 알아주지 못하는 것을 근심하리오.

혜자惠子가 말하기를
"그대가 물고기가 아닌데, 어찌 물고기의 즐거움을 알겠는가"하였고 장자莊子가 말하기를,
"그대가 내가 아닌데, 어찌, 내가 물고기의 즐거움을 아지 못함을

알겠는가"하였다.

나도 또한 말하리라.

" 남이 내가 아닌데 어찌 내 마음을 알겠는가."

운명을 미리 알지 못한다는 이야기

湖南李生。以談命來遊於京師。能道人禍福。有識者以爲李虛中之流。
嘗過余日涉園。叩余生之
호남이생 이담명래유어경사 능도인화복 유식자이위이허중지류 상과여
일섭원 고여생지

辰。余曰。子能禍福人歟。能中人之禍福歟。曰。吾安能禍福人也。但
推而中也。余笑曰。吾之
진 여왈 자능화복인여 능중인지화복여 왈 오안능화복인야 단추이중
야 여소왈 오지

命。必待子之言而福而禍。吾猶不子之求也。況吾所固有之禍福。子言
之。言之與不言。有何得
명 필대자지언이복이화 오유부자지구야 황오소고유지화복 자언지 언
지여불언 유하득

失也。余之生也。太歲庚戌。月建與時戊寅。日則歲之干而月之支也。
실야 여지생야 태세경술 월건여시무인 일즉세지간이월지지야

호남의 이생李生이 운명을 말해준다고 서울에 올라와서 노닐었다. 능
히, 사람의 화복禍福을 말해준다고 하였다. 그를 아는 사람들은 그를 이
허중李虛中(운명을 잘 맞추는 사람) 같은 사람이라고 여기고 있었다. 일
찍이 하루는 내가 동산을 거니는데 그가 지나가며 내 생, 년, 월, 일을
물었다. 내가 말하기를,

"그대가 능히 화복을 아는 사람인가? 능히 남의 화복을 맞출 수 있는가?"하고 물으니. 그가 말하기를,

"내가 어떻게 남의 화복을 알겠습니까. 다만 미루어서 맞추는 것입니다"하였다. 내가 웃으며 말하기를,

"나의 운명을 필히 그대의 말을 기다려서 받는 화^禍나 복^福은 오히려 그대가 구하는 그것이 아닐 것이고. 하물며, 내가 고유하게 가지고 있는 화복을 그대가 말한다니, 말하든, 말하지 않든 무슨 득실이 있겠소? 나의 생년은 태세로는 경술^{庚戌}이며, 월건^{月建} 과 시^時는 무인^{戊寅}인데 날은 태세의 천간이오, 달은 월건의 지지^{地支}일 것이외다

我生之初。一物不帶來。幼而懶於學。長而無所成。僦屋溪南。蕭然不
蔽風雨。然不喜與俗人
아생지초 일물부대래 유이뢰어학 장이무소성 초옥계남 소연불폐풍우
연불희여속인

交。踽踽凉凉。出門無所適。朝起梳頭。得數莖白髮焉。歲將不我延
矣。幸而生值太平。狂歌草
교 우우양 양 출문무소적 조기류두 득수경백발언 세장불아연의 행이
생치태평 광가초

澤。大兒樵次兒漁。幼者塗鴉。我抱男孫。老妻抱女孫。架上數卷書。
足以消遣世慮。平生我自
택 대아초차아어 유자도아 아포남손 노처포녀손 가상수권서 족이소
견세려 평생아자

知矣。子安能談吾命。如吾之詳也。且子謂吾不知命耶。惠迪吉從逆
凶。積善慶不善殃。生也

지의 자안능담오명 여오지상야 차자위오부지명야 혜적길종역흉 적선
경불선앙 생야

直。罔幸而免。此天之理也。吾所謂命也。若星相也祿命也。子平法
也。乃術士之巧於惑人也。
직 망행이면 차전지리야 오소위명야 약성상야록명야 자평법야 내술
사지공어혹인야

非吾所謂命也。不願聞也。生憮然而作曰。是泥於古。固於讀書者。不
可與語夫命也。拂衣而
비오소위명야 불고문야 생무연이작일 시니어고 고어독서자 불가여어
부명야 불의이

去。
거

　나는 태어나면서 한 물건도 가지고 온 것이 없오이다. 어려서는 배
움에 게을렀고, 장성하여서는 성취한 것이 없소이다. 남의 집을 빌려
남계^{南溪}에 사는데 쓸쓸한 모양이 비바람을 가리지 못하지만, 그러나,
속인과 사귀기를 좋아하지 않으며, 홀로 외로히 살아가며, 문을 나서
면 적합한 데가 없고, 아침에 일어나 빗질을 하노라면 여러 가닥 흰 머
리 터럭만 빠져나옵니다. 세월은 나를 위해 연장해주지 않지만, 요행
히 삶의 값나는 것은 태평일세, 잡초 우거진 못에서 노래에 미치고, 큰
아이는 땔 나무를 해오고 둘째는 물고기를 잡아오고, 어린 아이는 질
흙 땅에서 갈가마귀와 논다오. 나는 남아 손자를 안아주고, 늙은 아내
는 여아 손녀를 안아준다오. 서가 위에 몇 권의 책은 족히, 세상의 근
심을 떨구어 없애주니, 평생 나는 스스로 내 분수를 아는데, 그대가 어

떻게 나의 운명을 말할 수 있겠소? 내가 상술한 것과 같은데도 또, 그대는 내가 운명을 모른다고 말 할 수 있겠소? 혜적惠迪은 흉사凶事를 따름이 길하다 했다는데, 적선을 하면 경사가 따르고, 불선不善을 쌓으면 재앙이라 하더라도 삶이란 곧은 것이라, 망행罔幸을 면하게 되는 것, 이것이 하늘의 原理라 내가 말하는 바의 운명이외다. 성상星相[사주]이거나, 녹祿이거나 다 운명인 것이외다. 그대는 법을 공평히 하시구료. 이에, 역술사는 교묘히 사람을 미혹하게 하는구료. 내가 운명을 말한 것이 아니라고 한다면 (그대의 말을) 듣기를 원하지 않을 것이오"하니 이생은 멍한 모양으로 말하기를

"옛 글에 흠뻑젖어 책에 고착된 사람과는 더불어 운명을 말할 수 없소이다"하고는 옷자락를 떨치고 떠나갔다.

곧게 자라는 회檜나무 이야기

十五年夏六月戊戌。京師大雨。其夕太風。秋八月己亥。余之徽陵。陵
傍左右樹木之摧折者。盖
십오년하유월무술 경사대우 기석대풍 추팔월기해 여지휘릉 능방좌우
수목지최절자 개

無筭而檜之顚者。亦無數焉。余喟然嘆曰。嗟呼檜之顚也。當其風雨之
發。天地爲之震動。而他
무산이회지전자 역무수언 여위연탄왈 차호회지전야 당기풍우지발 천
지위지진동 이지

木之顚。特其枝葉焉爾。檜則幷與其根榦而蹶之。其故何也。盖檜之生
也直。直則無附麗。根柢
목지전 특기지엽언이 회즉정여기근간이궐지 기고하야 개회지생야직
직즉무부려 근저

無盤據。而挺然孤立。風雨萃而不能自持也。
무반거 이정연고립 풍우췌이불능자지야

　십오 년 여름 유월 무술戊戌에 서울에 큰 비가 내렸는데, 그날 저녁
에는 큰 바람이 불었다. 가을, 팔월 기해己亥에 나는 휘능徽陵에 갔었다.
능의 좌우 양쪽에 서있던 나무들이 너머지고 꺾여 있었다. 대개 노송
나무(전나무)가 쓰러진 수효가 셀 수 없이 많았다. 나는 한숨이 절로

나서, 탄식하며 말하였다.

"차호嗟乎라! 노송나무가 쓰러진 것은 당연히 풍우가 일었기 때문이다. 하늘과 땅이 진동하는 중에 다른 나무도 너머질 터인데, 다만 가지나 잎만 꺾이고 떨어졌을 뿐이다. 그런데, 노송나무는 뿌리까지 뽑혀 너머졌다. 그 까닭이 무엇인가. 대개, 노송나무의 생태는 곧은 것이다. 곧으면, 손잡이로 걸리게 함이 없고, 뿌리는 넓게 뻗어 버텨주는 근거가 약한데다 곧장 솟아 올라, 혼자 우뚝 섰으니, 비바람이 몰려오면, 능히 스스로 지탱하지 못하는 것이다.

世之無黨援之比。而直道孤行。嬰世之禍而莫之救者。奚以異也。或曰。然則直道不可以行歟。
세지무당원지비 이직도고행 영세지화이막지구자 해이이야 혹왈 연즉직도불가이행여

曰不可。不曰人之生也直乎。雖不見直於今。亦必見直於後。子不見夫壺谷學士之行乎。然君子
왈불가 불왈인지생야직호 수불견직어금 역필견직어후 자불견부호곡학사지행호 연군자

之行。亦曰全吾天而已矣。豈可以見直爲必哉。盖其理自如此云爾。作檜說。
지행 역왈전오천이이의 기가이견직위필재 개기리자여차운이 작회설
<立齋先生遺稿卷17>

세상 살이에도 함께하는 무리의 응원하는 도움이 없이 올곧은 정도正道를 홀로 행하는 중에 세상의 재화災禍를 만나면 구제하는 사람이 없

는 것이 어찌 이것과 다르랴. 어떤 이는 말하기를,

"그런즉, 정직한 길은 실행할 수 없는 것인가"하였는데,

말하기를

"옳지 않다, 옳지 않은 것이 사람의 생애는 정직한 것이다"라고 말하기도 한다.

비록, 지금은 정직함을 보지 못하는 세상이지만, 후에는 반드시 정직함을 보게 될 것이다. 그대는 호곡^{壺谷} 학사^{學士의} 행실을 보지 못하였는가. 그러나, 군자의 행실^{行實}은 "나의 하늘을 온전히 할 뿐"인 것이다. 어찌 가히 정직한 행실을 보았다고 필연, 행할 일이리오. 대개, 그 원리^{原理}는 이와 같다는 것이라."

회설^{檜說}을 짓다.

기설(驥說) / 김도수(金道洙)

천리마가 따로 있는 것이 아니라
사람이 천리마 대우를 하면 천리마가 된다는 이야기

馬一日能千里。人知其爲驥也。是馬也亦馬。無甚異乎馬者。然而獨能
千里。而凡馬不能望之
마일일능천리 인지기위기야 시마야역마 무심이호마자 연이독능천리
이범마불능망지

者。在人不在馬。古之相馬者。不相其相。而相無相。目無其馬。而但
見其神而神得焉。則馬亦
자 재인부재마 고지상마자 불상기상 이상무상 목무기마 이단견기신
이신득언 즉마역

知馬與人相知。馬乃自知其將千里焉。而乃一秣盡十馬秣。而一千里而
不中秣而不大驟。而馬有
지마여인상지 마내자지기장천리언 이내일말진십마말 이일천리이부중
말이불대취 이마유

餘足。日有餘光。數秣而數驟之。雖驥不能千里也。若人與馬不相知。
則馬烏能其千里乎。
　여족 일유여광 삭말이삭취지 수기불능천리야 약인여마불상지 즉마
오능기천리호

＜春州遺稿卷二＞

말이 하루에 능히 천 리를 달리면, 사람이 알아 보고 그를 기驥[천리마]라고 한다. 이런 말도 역시 말은 말이다. 보통의 말과 견주어 매우 특이한 것은 없지만, 홀로, 능히 천 리를 달리는데, 평범한 말에게는 기대할 수 없다고 하는 것은 사람에게 달린 것이지 말에게 (까닭이) 있는 것이 아니다. 옛적에 말의 상相[모양]을 봄에, 그 모양을 보지 아니하고, 모양이 없음을 보았으며, 눈에는 그 말이 없고, 다만, 그 정신을 보고, 그 정신이 알맞으면 말도 알게 되어, 말과 사람이 서로 알아보게 되는 것이다. 이에 말은 자기가 장차 천리를 달리게 되리라는 것을 안다. 한번의 꼴[말먹이]을 주는데, 열 마리의 꼴(먹이)을 다 먹여도 일 천리를 가는데는 충분하지 아니하여 크게 달리지 못한다. 말은 (천리를 달려도) 발의 힘이 남고 해의 남은 빛은 아직고 비춘다. 자주 먹이고 자주 달리게 해서는 비록 천리마라 하더라도 천리를 달릴 수 없다. 만약 사람과 말이 서로 알지 못한다면, 말이 어떻게 능히 천리를 달릴 수 있겠는가.

고상안高尚顔; 1553~1623본 문집의 저본은 후손 영[인명] 등이 가장초고
(家藏草稿)를 바탕으로 수집, 편차하여 1898년 간행한 초간본(初刊本)으
로, 5권 부록 1권 합3책(202판)의 목판본(木板本)이다.

자기 집을 태촌이라고 부른 이야기

錦水西雙岺下。古有一村。名之曰泰。乃提學先祖所粧點處。子孫仍世居之。
금수서쌍잠하 고유일촌 명지왈태 내제학선조소장점처 자손잉세거지

能保守門戶。不可謂不得其所也。且予於早年得大小科。乞數郡以榮養焉。有
능보수문호 불가위부득기소야 차여어조년득대소과 걸수군이영양언 유

不辰之歎。閱盡無限劫灰。尙保得舊日樣子。自幸之餘。吾廬適成。扁之曰
부진지탄 열진무한겁재 상보득구일양자 자행지여 오려적성 편지왈

泰。有客難之曰。泰義不一。抑羲易大來之泰歟。孔聖登泰之泰歟。魏公措安
태 유객탄지왈 태의불일 억희역대래지태여 공성등태지태여 위공조안

之泰歟。
지태여

　금수의 서쪽 쌍잠雙岺 아래에 예부터 한 촌락이 있는데 마을 이름은 태촌泰村이라 한다. 곧, 제학 벼슬하신 선조께서 좋은 땅을 골라 집을 지으면서부터 자손대대로 거주해오면서 능이 문호를 보전하고 수호해온 곳이라 마땅한 자리를 얻지 못하였다고 이를 수 없는 곳이다.

또, 내가 이른 나이에 대과^{大科}, 소과^{小科}에 들면서 여러 고을을 빌어 좋은 의식^{衣食}으로 부모를 효양하였지만 때 아닌 탄식할 상황을 맞아 수재, 화재, 풍재[劫災]라는 무한 재해가 닥쳐 몽땅 잃었었는데 이제 지난 날의 상태를 보장받게 된 것을 스스로 다행으로 여기게 된 나머지 내 집이 마침 낙성을 보게 되어서 편액을 써 달기를 "泰"라고하였다.

어떤 손이 보고 곤란하다고 말하기를,

"태^泰의 뜻은 한 가지가 아니오. 생각하건데, 복희씨의 주역에 크게 온다는 태^泰인가? 공자가 태산에 오른다고 한 그 태^泰인가? 위공^{魏公}이 태^泰에 편안함을 둔다고 한 그 태^泰인가?"하였다.

予曰。子所云泰。皆吾所不敢當。吾所謂泰。亦有三焉。世居此村。子姓繁
여왈 자소운태 개오소불감당 오소위태 역유삼언 세거차촌 자성번

衍。不至否塞。仍其舊名之泰也。仕不求進。投分農畝。到老優遊。吾志尙
연 부지비색 잉기구명지태야 사불구진 투분농묘 도노우유 오지상

泰也。家世貧寒。簞瓢屢空。晏如也。吾心亦泰矣。以吾三泰。褋以爲號。豈
태야 가세빈한 단표루공 안여야 오심역태의 이오삼태 접이위호 기

非自家之好着題耶。客笑而去。是爲說。
비자가지호착제야 객소이거 시위설

<태촌선생문집권삼>

내가 말하기를

"그대가 말하는 태泰는 무두 내가 감히 감당하지 못하는 태泰이네 내가 말하는 태泰는 또한 세 가지가 있네, 이 마을에서 세거世居하였으니, 자손이 번연하고 비색에 이르지 않음으로 인하여 그옛 이름인 태泰인 것이며, 벼슬은 승진을 바라지 이니하고 내 분수인 농사에 투신하여 늙도록 우유자적, 한가롭게 지내려는 나의 뜻을 존중하는 태泰이며, 집안 형편이 가난하여 가진 거란 표주박 외에 비었지만, 맑으니 내 마음 태평泰平하네, 나의 이 삼태三泰를 모아서 당호를 만들려하네, 어찌 자기 집에 좋은 당호를 다는 것이 아니겠나"하였더니, 손은 웃으면서 떠나기에 이에 설說을 지었다.

이지함(李之菡):(1517~1578) 조선의 학자. 자는 형중, 호는 토정, 본관은 한산이다. 목은 이 색의 후손이며 어려서 아버지를 여의고 형 이지번에게 배운 후 서경덕 문하에서 학문을 닦았다. 선조 때 뛰어난 행실로 벼슬에 올라 포천 현감을 거쳐 아산 현감을 지냈다. 재물에 욕심이 없어 평생 가난한 생활을 하였고, 의약·복서·천문·지리·음양 등에 통달하였으며 괴상한 행동과 예언 등의 일화가 많다. 이 이와 친하여 성리학을 배우라는 권고를 받았으나 욕심이 많아 배울 수 없다고 거절하였다고 한다. <토정비결>의 저자로 알려져 있다. 숙종 때 이조판서에 추증되었다.

대인이라야 능히 그럴 수 있다는 이야기

人有四願。內願靈强。外願富貴。貴莫貴於不爵。富莫富於不欲。强莫
强於不爭。靈莫靈於

인유사원 내원영강 외원부귀 귀막귀어부작 부막귀어불욕 강막강어부
쟁 령막령어

知。然而不知而不靈。昏愚者有之。不爭而不强。懦弱者有之。不欲而
不富。貧窮者有之。不爵

지 연이부지이불령 혼우자유지 부쟁이불강 유약자유지 불욕이불부
빈약자유지 부작

而不貴。微賤者有之。不知而能靈。不爭而能强。不欲而能富。不爵而
能貴。惟大人能之

이불귀 미천자유지 부지이능령 부쟁이능강 불욕이능부 부작이능귀
유대인능지

　사람은 네 가지의 소원을 지닌다. 속으로 원하는 것은 심령의 강함
이요, 밖에서 찾는 소원은 부귀인데, 귀貴는 벼슬하지 않는 것보다 더
귀한 것이 없고, 부富는 욕심 내지 아니하는 것보다 더 부유한 것이
없다. 강强함은 싸우지 않는 것보다 더 강强한 것이 없고, 신령함은 알
지 못하는 것보다 더 신령한 것이 없다. 그러나, 알지 못하면서도 신령
하지도 못한 까닭은 어둡고 어리석은 사람이기에 그렇고, 싸우지 않
는데도 강하지 못한 까닭은 나약한 사람이기에 그렇고, 욕심 내지 않

으면서도 부유하지 못한 까닭은 빈궁한 사람이기에 그렇다. 벼슬하지 않는데도 귀하지 못한 까닭은 빈천한 사람이기에 그런 것이다. 알지 못하는데도 능히 신령스러울 수 있고, 싸우지 않는데도 능히 강할 수 있고, 욕심 내지 않는데도 능히 부유할 수 있고, 벼슬하지 않는데도 능히 귀할 수 있는 것은 오직 대인만이 능히 그럴 수 있는 것이다.

마음을 허명虛明히 해야 한다는 이야기

孟子曰。養心。莫善於寡欲。寡者無之。始寡而又寡。至於無寡。則心
虛而靈。靈之照爲明。

맹자왈 양심 막선어과욕 과자무지 시과이우과 지어무과 즉심허이령
령지조위명

明之實爲誠。誠之道爲中。中之發爲和。中和者。公之父。生之母。肫
肫乎無內。浩浩乎無

명지실위성 성지도위중 중지발위화 중화자 공지부 생지모 순순호무
내 호호호무

外。有外者小之。始小而又小。梏於形氣則知有我而不知有人。知有人
而不知有道。物欲交

외 유외자소지 시소이우소 곡어형기즉지유아이부지유인 지유인이부지
유도 물욕교

蔽。戕賊者衆。欲寡不得。況望其無。孟子立言之旨。遠矣哉。

폐 장적자중 욕과부득 황망기무 맹자입언지지 원의재

<토정유고권상 >

맹자께서 말씀하시기를

"마음을 기르는데는 욕심 내지 않는 것보다 더 좋은 것이 없다. 과寡
란 없이 하는 것이다. 처음도 없이 하고 또 없이 하고, 없이 하여 없이

함도 없는데에 이르면 마음이 허해져서 신령하여지고, 신령함이 비추어서 밝아진다. 밝음은 실로 성誠이 되고, 성誠은 통하여 중中이 된다. 중中이 펴져서 화和가 되나니, 중화中和는 공변의 애비요, 상생의 어미다. 친절 공손하여 안이 없고, 넓고 커서 밖이 없다. 밖엣 것을 작게 하고, 또, 작게 해야 한다.

형기形氣[외물의 형색과 분위기]에 묶이면 내가 있는 줄은 알아도 남이 있는 줄은 모르고, 남이 있는 줄은 알아도 도道가 있는 줄은 모른다. 물질의 욕심이 번갈아 갈마들며 (밝은 마음을)가려 (남을) 죽이는 자 떼를 짓는다. 욕심을 적게 하지도 못하는데 하물며, 욕심없기를 바라겠는가"하셨다.

맹자께서 말씀을 세운 취지가 (이 현실에서) 멀기만 하도다.

강재항(姜再恒) ; 1689~1756 立齋先生遺稿본 문집의 저본은 저자의 아들 강택일(姜宅一)이 가장초고(家藏草稿)를 바탕으로 수집, 편찬하고 윤광안 (尹光顔)이 교정한 후, 6대손 강욱(姜煜) 등이 1912년 간행한 초간본. 권 1~6는 부·시, 권7~19는 문, 권20은 부록으로 자지명(自誌銘)·가장·묘 지명 등이며, 발이 실려 있음.

해바라기가 해를 향하듯이 사람은 도^道를 향한다는 이야기

縣庭左右。築小隝植雜卉。又種葵五本焉。以其向日也。盖天之生物。
雖有通塞之殊。其理則
현정좌우 축소오식잡훼 우종규오본언 이기향일야 개천지생물 수유통
색지수 기리즉

未嘗不同也。葵之向日。亦有得乎愛親忠君之心耶。交柯交讓之木。皆
是物也。至於禽獸。有
미상부동야 규지향일 역유득호애친충군지심야 교가교양지목 개시물야
지어금수 유

血氣知覺。而通乎理者尤多。虎狼之父子。蜂蟻之君臣。犬馬之戀主。
鴈鶩之序。睢鳩之
혈기지각 이통호리자우다 호랑지부자 봉의지군신 견마지연주 안목지
서 저구지

別。不可一二數矣。然則此理之在天地之間。播於人物者。豈不昭昭而
號爲萬物之靈哉。亦有
별 불가일이수의 연즉차리지재천지지간 파어인물자 기불소소이호위만
물지령재 역유

忘親背君而自陷於天下之大惡者。曾禽獸草木之不若矣。作葵說。
망친배군이자함어천하지대악자 증금수초목지불약의 작규설
<立齋先生遺稿卷十六>

현청^{縣廳} 마당 좌우에 작은 돈대를 쌓고 여러 가지 나무나 풀을 심고, 또, 해바라기 다섯 대를 심었다. 해바라기는 그것이 해를 향하는 성품이 있기 때문이다. 대개, 저절로 난 식물은 비록 통하고 막히는 것이 차이가 있더라도, 그 이치는 일찍이 동일하지 아니함이 없는 것이다. 해바라기가 해를 바라다 보는 것은 역시 어버이를 친애하고 임금에 충성하는 마음을 지녔음이라. 가지를 엇갈리게 하면서도, 서로 양보하는 나무도 이것이 모두 식물이다. 새나 짐승에 이르러서는 혈기^{血氣}나 지각^{知覺}이 있어서 도리^{道理}에 통하는 것이 더 많다. 호랑^{虎狼}의 애비와 째끼, 벌이나 개미의 군신^{君臣}[임금 신하의 관계], 개나 말의 연주^{戀主}[주인에 대한 충성], 오리와 외발 새의 질서^{秩序}, 물수리와 비둘기의 구별, 등 하나 둘이 아니라 다 셀 수가 없다. 그러니, 이 이치가 하늘과 땅 사이에 존재하므로, 이를 인간 세상에 적용하여 퍼뜨린다면, 어찌 밝고 밝아서 만물의 영장이라 부르지 않으리오. 또한, 어버이를 잊고, 임금을 등지고 스스로 천하의 대악^{大惡}을 범하는 자가 있는 것은 일찍이 금수, 초목만도 못한 것이다. 이에 규설^{葵說}을 짓노라.

배송설(培松說) / 이유원(李裕元)

솔이 제대로 자라나지 못하게 된 안타까운 심경의 이야기

山有古松。藤蘿縈纍老幹。如拘縛不能伸。葉葉受病。太半枯黃。剪伐
薧根。使露眞面。松久爲
산유고송 등라영루노간 여구박불능신 엽엽수병 태반고황 전벌루근
사로진면 송구위

外至之困。擁腫屈曲。無大夫高揖之象。噫嘻松之生。豈擁腫焉屈曲焉
乎。不得其地而然。若 處
외지지곤 옹종굴곡 무대부고읍지상 의희송지생 기옹종언굴곡언호 부
득기지이연 약처

于廣漠之野平易之坂。可立千尺。可延百間。胡爲乎以絶壑峭壁。做托
根之所。不知左右侵凌而
우광막지야평이지판 가입천척 가연백간 호위호이절학초벽 조탁근지소
부지좌우침능이

失帝靑之容哉。後幾日。松勃然昂大。枝葉垂地。余笑曰。松其無繫束
乎。其節則直。雖被藤蘿
실제청지용재 후기일 송발연앙대 지엽수지 여소왈 송기무계속호 기
절즉직 수피등라

之蔽。雪嶺歲寒。藤自萎而松自如耳。是以古之君子多命其名者。以其
有 傴僂之狀。一日坐松
지폐 설령세한 등자위이송자여이 시이고지군자다명기명자 이기유언건
지상 일일좌송

下。清風颼颼。欣欣然知己之若相感也。
하 청풍수류 흔흔연지기지약상감야

嘉梧稿略十一
가오고략십일

　산에 오래된 소나무가 서 있다. 등나무넝쿨이 나이 많은 소나무 줄기를 얼기설기 휘감고 있다. 마치, 밧줄로 결박해서 능히 몸을 펼 수 없게 하는 것 같다. 잎잎이 병이 든 듯 거의 태반이 말라서 노래졌다. 등넝쿨의 뿌리를 잘라 하여금 참 모습을 드러내게 할 것을, 소나무는 오래 동안 밖에서 침입한 곤고困苦에 시달렸던 것이다. 튀어나온 옹종, 혹 때문에 줄기가 휘어지고 굽어져, 덕 높은 대부의 읍양揖讓하는 점잖은 모습을 잃었다. 아! 소나무의 생애가 어찌, 옹종에 휘어지고 구부러지게 되고 말았는가. 그 처할 땅을 얻지 못해서 그리 된 것이다. 만약 아득히 넓고 평안한 산자락에 처하여 자리 잡았던들 가히 천길 높이 자랄 수 있었을 것오. 가히 가지는 백 칸이나 되게 널리 뻗을 수 있었을 것이다. 어찌하여 깊고 험한 계곡, 가파른 벽에 뿌리를 의탁하여 삶의 터전을 만들었단 말인가. 좌우로부터 침해당하고 능멸당하여 제왕다운 청청한 용모를 잃을 줄을 몰랐단 말인가. 이후 가까운 날에 힘찬 모양으로 일어나 높고 크게 자라나 가지와 잎을 땅에 드리우려므나. 내가 웃으며 말하기를,
　"소나무는 덩쿨에 얽어 매임이 없었도다. 그 절개는 곧바르다. 비록 등나무 넝쿨에 감겨 덮여있더라도, 눈 내리는 산마루의 한해의 추위에 등넝쿨은 시들지만, 소나무는 스스로 변함 없이 여여하도다. 이렇기 때문에, 옛 군자가 많이들 그를 (고절孤節)이라 명명命名하였던 것은

솔이 이렇듯 뽐내고 거만한 자태를 보이기 때문이었다."

어느 하루 소나무 아래에 앉았노라니, 맑은 바람이 솔솔 불어오는 데, 서로 나를 알아주는 기쁨을 감응하는 듯하였다."

이유원(李裕元) ; 1814~1888조선 말기 귤산(橘山) 이유원(李裕元 1814(순조14)~1888(고종25))의 문집이다. 저자는 임오군란(壬午軍亂)으로 인한 일본과의 협상에 조선 측 전권대사(全權大使)로 임명되어 제물포 조약을 체결하였으며, 만년에는 양주(楊州) 천마산(天摩山) 아래 가오곡(嘉梧谷)에서 지내며 《임하필기(林下筆記)》를 완성하는 등, 관직 생활과 저술 활동에 힘썼다.

양마설(養馬說) / 이유원(李裕元)

말의 천성을 구속하는데 대한 안타까운 이야기

天駟散而爲馬。善者爲駿。不善者爲駘。共逐牧場。不覊不勒。自往自
來。臥者立者。無非任
천사산이위마 선자위준 불선자위태 공축목장 불기불륵 자왕자래 와
자입자 무비임

其性而已。一朝牧人驅入於一谷之口。擇而取之。縶之維之。獻于天
廐。是馬也猝然貴之轡
기성이이 일조목인구입어일곡지구 택이취지 집지유지 헌우천구 시마
야 졸연귀지천

鞚。周流御溝。全忘轅槽之拘束。但戀豆菽之馴飼。身逸而足重。則投
地而臥。垂首而眠。斗
공 주류어구 전망원조지구속 단련두추지훈사 신일이족중 즉투지이와
중수이면 두

然起想於長河之濱芳草之堤。一聲長嘶。絶轡高驤。前高後低。容旋無
由。校人鞭之曰狂。玉
연기상어장하지빈방초지제 일성장사 절비고양 전고후저 용선무유 교
인편지왈광 옥

磬子曰嗟乎。馬之長於野者好野。長於人者習人。雖欲拘野獸而服人。
豈可得乎。馬之八尺曰
경자왈차호 마지장어야자호야 장어인자습인 수욕구야수이복인 기가득
호 마지팔척왈

駿。安有拘之於閑闌之中。使不得展乎千里者哉。錦韉寶鞚。爲馬之厄
也。悲夫。
준 안유구지어한동지중 사부득전호천리자재 금천보공 위마지액야 비
부

嘉梧稿略十一
가오고략십일

　천사天駟[별이름]가 흩어져서 말이 되었다 한다. 훌륭한 것을 준마駿馬
라 하고. 안 좋은 것을 태마駘馬라 한다. 공히 목장에 보내서는 굴레도
재갈도 풀어주어, 스스로 가고 옴을 제멋대로 하게 한다. 누어 있거나
서 있거나 그 성품에 맡겨 두는 것이다.

　하루아침에 목인牧人이 말들을 막달은 골 안으로 몰아 넣어서 한 놈
을 가려내어 고삐와 바를 매어 왕궁의 마구간에 헌납하면, 이 말은 졸
지에 귀한 존재가 된다. 비단으로 된 언치에, 보물로 만든 재갈에, 대
궐 안의 개천물이 두루 흐르듯, 자유로운 처지가 된다. 무거운 짐을 실
은 끌채도 없고, 구유 앞에 잡혀 있던 구속을 온전히 잊어버리게 된
다. 다만 콩이나 꼴풀을 얻어 먹으며 길들여지던 일이 그립기는 하지
만, 이제는 몸이 편하여진 대신 발이 무거워져서 땅에 몸을 던져 누어
버리고, 머리를 떨구고 잠이나 청한다. 문득 길게 흐르는 강가의 꽃다
운 풀 향기 가득한 강언덕에 대한 그리움이 절실해진다. 한 소리 길게
내지르고. 고삐를 끊어버리고 머리를 높이 처들면, 앞이 높고,뒤를 낮
추는 용태容態를 바꾸는 것이 걸림이 없다. 교인校人이 채찍을 하며 말하
기를 "미쳤느냐!" 할 것이다.

옥경자玉磬子가 말하기를

"차호라! 말이 들에서 자란 것은 들을 좋아하고, 사람 손에 자란 것은 사람에 익숙하다. 비록 들짐승을 잡아 길들이려 한들 사람에게 순복順服하는 것이 어찌 가능하겠는가" 하였다.

말이 팔척인 것을 준마駿馬라고 한다. 어찌 구속해서 가로막아 두고서, 천리의 힘을 펴지 못하게 하는가? 비단으로 꾸민 안장과 구슬로 된 재갈은 말의 재액災厄이다. 슬픈지고,,,!

명리설(名利說) / 최규서(崔奎瑞)

명성과 이욕에 관한 이야기

衆人。貿貿以利忘生。烈士。矯矯以死易名。所趨雖殊。其所
중인 무무이리망생 열사 교교이사역명 소추수수 기소

以忘身殉物。一也。魚遊江湖而死於釣者。利其餌也。
이망신순물 일야 어유강호이사어조자 리기이야

獸處山林而死於穽者。利其肉也。孔雀生於南海。鸚鵡出於隴
수처산림이사어정자 리기육야 공작생어남해 앵무출어농

西中國之人得以飾之器用畜之樊籠者。豈非以言語毛羽之名而然乎。嗟
乎。名與利。
서중국지인득이식지기용휵지번롱자 기비이언어모우지명이연호 차호 명
여리

其可近之乎哉雖然竊怪夫今世之人。非徒以利爲利。方且以名爲利。外
矯虛名而內規
기가근지호재수연절괴부금세지인 비도이리위리 방차이명위리 외교허
명이내규

實利。汨汨焉終日夜以悴。惟恐名之不售而利之不得專也。嗟乎。及其
名之無利。
실리 골골언종일야이췌 유공명지불수이리지부득전야 차호 급기명지무리

亦肯忘其身以殉乎哉。此與以死易名者比又遠矣。
역긍망기신이순호재 차여이사역명자비우원의

<간재집권7 >

200

범인凡人은 이욕利慾에 눈이 어두워 목숨을 잃고, 열사는 사지死地에서도 정의를 행하여 이름을 새롭게 한다. 쫓는 영역이 비록 다르지만, 자기 몸을 잊는, 열정은 동일하다.

물고기는 강과 호수에 노닐면서도 낚시에 걸려 죽는 것은 그 낚싯밥에 대한 이욕 때문이요. 들짐승이 산에 살면서도, 함정에 빠지는 것은 미끼로 둔 살코기에 대한 이욕 때문이다.

공작 새는 남해에서 살고, 앵무새는 농서에서 나는데, 중국 사람들이 이를 잡아다가 기물器物을 장식하는데 사용하고, 우리를 두르고 그 안에 놓아 기르는 까닭은 앵무새는 말을 하고 공작은 깃털이 이름답기에 그리하는 것이 아니겠는가? 아! 참으로, 명성名聲과 이욕利慾을 가히 가까이 할 수 있는 것이겠는가? 비록 그런데도, 조용히 생각해보자니, 괴이하게도, 지금 세상사람들은 다만 리利로써 리利를 삼을 뿐만 아니라, 바야흐로 또, 명성名聲으로써 리利를 삼으려 하는 것이다.

겉으로는 정인군자인양 하는 것이 명성에 헛된 것이라 하여 속으로는 실속있는 이익利益을 노리면서, 명성과 이욕 이 두 가지에 온종일 밤늦도록, 몸이 초췌해지도록 빠져든들,이름은 팔리지 않으며 이익은 전일하지 못하게 되는 것이 걱정되는 것이다. 아! 참으로, 그 명성에도 이로움이 없는데까지 이르렀는데, 또한 그 자신이 몸을 잊어버리고 어떤 일을 따르느라 목숨을 버릴 수 있겠는가? 이는 죽음으로써 이름을 새롭게 하는 것과 견주어 또, 먼 것이다.

최규서(崔奎瑞);효종 1년(1650)~영조 11년(1735) 자는 文叔요, 호는 艮
齋, 시호는 忠貞이다. 艮齋集, 본 문집의 저본은 전사경위가 불분명한 사
본으로, 15권 7책(582판)이다. 권1은 시(詩), 권2~1는 문(文)이다.

관심설(觀心說) / 최규서(崔奎瑞)

마음의 움직임을 관찰한다는 데 대한 이야기

釋氏有以心觀心之說。吾儒以兩心譏之。然吾身親驗之矣。乙卯。吾嘗
有幽憂之疾。其善
석씨유이심관심지설 오유이양심기지 연오신친험지의 을묘 오상유유우
지질 기선

驚易怒。不安不固。胡思亂想。還然無端者。爲一心也。其間一念熒然
矣而明知此心之爲胡亂
경이노 불안불고 호사란상 환연무단자 위일심야 기간일념형연의이명
지차심지위호란

者。亦爲一心也。或以此鎭彼而安。或此不勝而彼愈熾。如是者數矣。
遂以釋氏之說爲信然。其
자 역위일심야 혹이차진피이안 혹차불승이피유치 여시자삭의 수이석
씨지설위신연 기

後九月而病少瘳。瘳則無是矣。更思之。其善驚易怒。胡思亂想者。外
邪也。其熒然矣而知此心
후구월이병소추 추즉무시의 갱사지 기선경이노 호사란상자 외사야
기형연의이지차심

之爲胡亂者。本心也
지위호란자 본심야

석씨釋氏 [부처]가 마음으로써 마음을 본다는 설법을 한 것이 있다. 내가 유학儒學을 하는 사람으로, 불가佛家에서 가르치는, 마음(일어나는 마음과 그것을 보는 마음)에 대하여 언급하는 것을 나무라는 이도 있겠지만, 그러나, 나 자신이 친히 체험한 것이다. 을묘乙卯에 내가 일찍이 남모르게 마음 속으로 (무엇인가를) 근심하는 병이 있었다. 그것은 내가 잘 놀래고 쉽게 성을 내며 안정이 안 되고, 이것 저것 쓸데 없는 생각이 꼬리를 물고 이어지는 것이었다. 놀라서 살펴보니, (일어나는 생각들이 각각) 단서端緒가 없는 것들이었다. 생각이 일어나는 중간에 일념一念(한 마음)이 밝아서 분명하게 그 꼬리 물고 일어나는 생각들을 볼 수 있었다. 역시 한 마음이다. 더러 이(한 마음)로써 저것(꼬리 무는 생각)을 보면 진정되어서 편안해지기도 하였다. 더러는 이것(한 마음)이 잡념을 이겨내지 못해서 저것(꼬리무는 생각)이 더욱 치성해지기도 하였다. 이와 같은 상황이 잦다 보니, 마침내 석씨釋氏의 설법이 믿을 만한 것이라 여겨졌다. 그 후 구월에 병이 조금 좋아졌다. 병이 완전히 치유된 것이라면, 이것(잡념)이 일지 말아야 될텐데, 또다시 잡념이 일어났다. 잘 놀래고, 쉽게 화를 내며, 이것 저것 쓸데없는 잡념이 일어나는 것은 밖에서 오는 가짜 거짓된 것이다. 그 환하게 밝아서 이 마음에 여러가지 잡념이 일어나는 것을 알고 보는 마음이 본심, 곧, 본마음인 것이다.

嗟乎。善驚易怒。胡思亂想者。是豈其心哉。乃欲以此爲心。而與天所賦本然之心。爲之
차호 선경이노 호사란상자 시기기심재 내욕이차위심 이여천소부본연지심 위지

敵焉。而謂之以心觀心者。豈不愈病矣乎。且世或有子而不孝。臣而不
忠。小人而蹈 君
적 언 이위지이심관심자 기불유병의호 차세혹유자이불효 신이불충 소
인이도 군

子。聲而溺。色而荒者。此其人亦有一念。知其不善矣而尙不能自抑者
乎。亦能將此心而
자 성이익 색이황자 차기인역유일념 지기불선의이상불능자억자호 역
능장차심이

觀彼心矣乎。其有得焉者乎。吾以爲人之如此者。實未嘗明知其本體而
然也。苟或知之。自當無
관피심의호 기유득언자호 오이위인지여차자 실미상명지기본체이연야
구혹지지 자당무

是物利蹈溺。遂至以彼爲心。而失其所以觀心者心。則雖釋氏。亦將奈
何哉。故君子貴格物而致
시물리도익 수지이피위심 이실기소이관심자심 즉수석씨 역장내하재
고군자귀격물이치

其知。
기지

<艮齋集卷之七>

　차호라! 잘 놀래고, 쉬 성내며 잡념이 꼬리무는 것은 이것이 어찌
그 마음(본심, 한마음)이겠는가. 그런데 이것(잡념)으로써 본마음을
삼으려 하여서는 하늘이 부여한 바, 본마음이 도리어 적敵(원수)이 되
는 것이다. 그러니, 이르기를 마음으로써 마음을 관찰한다 함이, 어찌
더욱 큰병이 되지 않겠는가? 또한, 세상에는 혹 불효하는 자식이 있

고, 신하로서 불충한 자가 있고, 소인으로서 군자를 짓밟고, 명성에 탐닉하고, 미색에 황음하고 하는 것들, 이것도 역시 그 사람이 그런 생각[一念]에서 나오는 것이다. 그것이 불선^{不善}인줄 알면서도, 아직, 능히 스스로 억제하지 못하는 것이니, 능히 이 마음[不善인줄 아는 마음]을 도와서 저 마음[잡념 망상]을 관찰할 수 있으면, 그것은 바른 얻음이 있게 된 것이다.

나는 사람이 이와 같은 단계에 이르렀더라도, 실로 아직 그 본체를 밝게 알지 못해서 그런 것이니, 진실로 혹 이를[본체 본마음]을 알게 된다면, 저절로 당연히 물리^{物利}와 도인^{蹈人}과 탐닉^{耽溺}의 마음은 없어질 것이지만, 마침내 저것[利, 蹈, 溺]을 본마음으로 삼아서, 그 마음을 보는 마음을 잃게 되는 이유가 된다면, 비록 석씨^{釋氏}[부처]라 하더라도 장차 어찌하리오. 그러므로, 군자는 사물을 궁구해서 앎을 지극히 함을 귀히 여기는 것이다.

사람은 저절로 이^{理}와 기^{氣}를 부여받은 존재라는 설^{説}

天命者。非天諄諄然命之。只是氣以成形而理亦賦焉。猶命令也。所謂
天命
천명자 비천순순연명지 지시기이성형이리역부언 유명령야 소위천명

者。非別有他意。只是性。自其稟於天者則謂之命。故子思子曰。天命
之謂
자 비별유타의 지시성 자기품어천자즉위지명 고자사자왈 천명지의

性。
성

<경암선생문집권삼>

천명 이란 하늘이 받으라고 사람을 타일러서 가지게 한 것이 아니라, 다만 기^{氣}로써 형색을 이루게 하고, 또, 여기에 이^{理}가 부여된 것이다. 이렇듯 명령한 것과 같으므로, 이른바 천명^{天命}이라고 한 것이지 별다른 뜻이 있는 것은 아니다. 다만 이 성^{性}을 저절로 하늘에서 받은 것이므로 말하기를 이것을 명^{命}이라 하는 것이다. 그러므로 옛날 자사^{子思}가 말하기를,

"천명^{天命}을 일러 성^{性}이라라고 한다"고 한 것이다.

註 : 중용〈中庸〉에 天命之謂性 率性之謂道(천명지위성 솔성지위도). 천명을 일러 성이라하고 성을 따르는 것을 일러 도라고 한다.

조선 후기 경암(敬菴) 노경임(盧景任 1569년(선조2)~1620년(광해군12))
의 문집이다. 저자의 유문은 남인 계열인 후손들이 영락을 거듭하면서 수
습되지 못하다가 증손 노명전(盧命全) 때에 와서 수집되어 편질을 이루게
되었고, 그 후 1784년에 와서야 7권 3책의 목판으로 간행되었다.

천성설(天性說) / 노경임(盧景任)

천성이란 하늘이 부여해준 성품이라는 설[說]

天性者。是天與之性。仁義禮智是也。天性。純善無惡者也。是謂本然
之性。
천성자 시천여지성 인의예지시야 천성 순선무악자야 시위본연지성

天與人只是一箇性。所謂天性者。只是對氣質之性而言也。當初本無天
字加性
천여인지시일개성 소위천성자 지시대기질지성이언야 당초본무천자가성

上。以其天與人本無他箇性。充天性則便與天地相似。
상 이기천여인본무타개성 충천성즉변여천지상사

<경암선생문집권삼>

천성이란 하늘이 부여해준 성품이다. 인[仁], 의[義], 예[禮], 지[智]가 그것이
다. 천성은 순수한 선[善]이며, 악[惡]이 없는 것이다. 이것을 일러 본연의
성품이라고 한다.

하늘이 사람에게 다만 이 한 개의 성품을 부여했기에 천성이라고
말한다. 다만 이것은 기질[氣質]에 상대적으로 말하는 것일뿐, 애당초 본
래는 성[性]이라는 글자 앞에 천[天]이라는 글자를 더할 필요가 없는 것이
다. 그 천[天]과 인[人]은 본래는 개별적으로 딴 성품이 없기 때문이다.

천성이 충족되면, 문득 천지와 더불어 서로 같은 것이다.

金宗直(1337년~1392년) : 조선의 성리학자이다. 자는 계온(季溫)·효관(孝盥), 호는 점필재(佔畢齋), 시호는 문충(文忠), 본관은 선산(善山). 벼슬이 형조판서·지중추부사에 이러렀다.

영남학파의 우두머리로 일찍이 〈조의제문〉을 지은 바 있는데 이로 인해 무오사화가 일어났다. 그의 학문 경향은 효제충신을 주안으로 하는 실제 방면에 치중하였다.

낙마駱馬[낙타]를 판 이야기

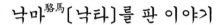

昔。莊周感木鴈之事。而語其弟子曰。周將處夫材與不材之間。噫。周
之欲處其身。類吾駱也。
석 장주감목안지사 이어기제자왈 주장처부재여부재지간 희 주지욕처
기신 류오락야

余家畜一駱馬。三年于玆。人遠而視之也。其體厖然甚大。引其蹄占地
甚闊。倍駑馬三四步。鳴
여가휵일락마 삼년우자 인원이시지야 기체방연심대 인기제점지심활
배노마삼사보 명

則竦首長嘶。是則其材也。及其迫視也。骨節表露。飼之日夜。而其腹
不果。馳則臆脊異運。而
즉송수장사 시즉기재야 급기박시야 골절표로 사지일야 이기복불과
치즉의척이운 이

左傾右側。使乘者。撼四支而沸五內。不堪其勞憊。性又善驚。恒若恐
怛。雖雀鼠過之。而吹鼻
좌경우측 사승자 감사지이불오내 불감기노비 성우선경 항약공달 수
작서과지 이취비

歷阜。僕夫誤落軮軔。必驀坡注澗。驚定而後已。是則其不材也。
역조 복부오락앙인 필맥파주간 경정이후이 시즉기부재야

　옛날 장주莊周[莊子]가 목안木鴈의 일에 느낌이 있어 그의 제자에게 말
하기를, "주周[莊周]는 장차 재材와 부재不材의 중간에 처하겠다."고 하

였으니, 희라! 장주가 자기 몸을 처하고자 한 것이 마치 내가 나의 낙마騦馬를 대하는 것과 유사하다.

내가 집에서 낙마 한 마리를 기른 지가 지금 삼 년이다. 사람이 멀리서 그놈을 보면 그 몸집이 매우 크고 발굽을 옮기는 거리가 매우 넓어서 노마駑馬의 삼 보, 사 보步에 해당하고, 울 적에는 머리를 높이 쳐들고 길게 소리를 지르니, 이것은 그의 재材다. 사람이 다가와 가까이 보면 뼈마디[骨節]가 드러나 있고, 밤낮으로 먹어도 배가 불어나지 않으며, 달릴 적에는 가슴과 등성이가 따로 움직이어 좌우로 늘 뒤뚱거려서, 말을 탄 사람으로 하여금 사지四肢가 흔들리고 오장五臟이 움직여서 피곤하게 하며, 성질은 또 잘 놀라며, 늘 마치 겁먹은 듯, 참새나 쥐가 지나가도 구유통에 콧김을 마구 불어대고, 마부가 실수로 가슴걸이를 놓치면 그때마다 달라나서 언덕을 뛰어넘고 계곡을 치닫다가 놀란 마음이 진정된 다음에야 그치니, 이것이 그의 부재不材다.

余家貧。歲又大歉。妻孥不厭
여가빈 세우대겸 처노불염

糟糠。而催糴之吏。朝暮到門。嘆唔僇辱。余無以應之。命老奚。持斯馬。鬻諸遠方。旬有餘
조강 이최적지이 조모도문 획책륙욕 여무이응지 명노해 지사마 륙저원방 순유여

日。而得半價以還。余不以半價罪奴。而盡歸之大倉。因默誦之曰。斯馬也。不終始見畜於余
일 이득반가이환 여불이반가죄노 이진귀지대창 인묵송지왈 사마야 부종시견휵어여

者。以其骨節之表露也。以其乘人之勞憊也。以其性之善驚也。而其易
售者。以其尨大也。以其
자 이기골절지표로야 이기승인지노비야 이기성지선경야 이기이수자
이기방대야 이기

闊步也。以其善鳴也。向若去其所謂不材者。而益其所謂材者。則余雖
賤。喜騎者也。芻豆未
활보야 이기선명야 향약거기소위부재자 이익기소위재자 즉여수천 희
기자야 추두미

給。而當與余俱飢飽焉。余何遠之有。
급 이당여여구기포언 여하원지유

　나의 집은 가난한데다 해마저 큰 흉년이 들어 처자식들이 기울 지
게미도 없어서 못 먹는 지경인데, 세공^{稅貢}을 재촉하는 아전은 아침, 저
녁으로 찾아와서 지껄이는 것이 모욕스러웠으나, 나는 그에 대응할
수가 없었다. 늙은 종에게 명하여 이 말을 끌고 먼 곳에 가서 팔아 오
라고 하였다, 십여 일이 지나서야 낙마를 팔아 절반 값을 받아가지고
돌아왔다. 그러나 나는 절반 값이라 하여 종을 나무라지 않고 이 돈을
모조리 관창^{官倉}으로 올려보냈다. 그리고 인하여 속으로 다음과 같이
중얼거렸다.
　"이 말이 끝까지 나에게서 길러지지 못한 것은 그 뼈마디가 겉으로
드러났기 때문이며, 그 탄 사람을 피곤하게 하기 때문이며, 그 성질이
잘 놀라기 때문이다. 그리고, 쉽게 팔린 것은 그 몸집이 크기 때문이
며, 그 보폭이 넓기 때문이며, 그 울기를 잘하기 때문이다. 그러니 이
전에 만일 그 이른바 '부재'라는 것을 버리고 그 이른바 '재'라는 것을
더하였다면 내가 비록 미천하지만 말타기를 좋아하는 사람이니, 꼴과

콩이 넉넉하지는 못하더라도 의당 굶거나 먹는 것을 나와 함께하였을 것이다. 내가 어찌 저를 멀리할 리가 있었겠는가." 하였다.

且使牽而過之千戶之里門。日售月衒。而無顧之者。則吾
차사견이과지천호지리문 일수월현 이무고지자 즉오

將付屠肆少年。鞹其皮。弓其筋。縱其尾而已。欲爲臃腫之木。能鳴之
鴈。冀全其天年。不可得
장부도사소년 확기피 궁기근 종기미이이 욕위옹종지목 능명지안 전
기천년 불가득

也。決矣。吾以謂不材而棄之。人以爲材而牧之。果可謂材耶。雖然。
吾有所感焉。物之離合。
야 결의 오이위부재이기지 인이위재이수지 과가위재야 수연 오유소
감언 물지이합

物之常也。是馬始雖見棄於余。而卒歸富人之家。又能輸其價。以償其
舊主。謂之材。未也。而
물지상야 시마시수현기어여 이졸귀부인지가 우능수기가 이상기구주
위지재 미야 이

謂之不材。亦未也。吾故曰。周之欲處其身。類吾駱也。
위지부재 역미야 오고왈 주지욕처기신 류오락야
<佔畢齊集卷二>

또, 설령 그놈을 끌고 천호千戶의 이문里門에 이르러 날마다 달마다 팔려고 하여도 돌아보는 자가 없을 적에는 내가 장차 푸줏간의 소년에게 당부하여 잡아서 그 가죽으로는 신을 만들고, 그 힘줄로는 활을 만

들며, 그 꼬리로는 체[篩]를 만들었을 것이니 울퉁불퉁하여 쓸모 없는 나무나 잘 우는 오리가 되어 제 생명을 온전히 지키려고 해도 될 수 없었을 것은 분명한 일이다. 그렇다면 나는 '부재'라고 여겨서 버린 것을 남은 '재'라고 여겨서 길렀으니 이것을 과연 '재'라고 할 수 있겠는가.

비록 그러하나 나는 느낀 바가 있다. 물物이 떠나고 만남은 사물 물의 항상하는 도리다. 이 말이 처음에는 비록 나에게 버림을 받았으나 끝내는 부잣집으로 팔려갔고, 또 그 값을 받아서 옛 주인에게 보상하였으니, '재'라고 할 수는 없지만 '부재'라고 할 수도 없는 일이다. 내가 이 때문에 말하기를 "장주가 자기 몸을 처하고자" 한 것이 마치 나의 낙마와 같은 것이다."고 한 것이다.

<점필재집 문집 제2권>

장주(莊周)가……처하겠다 : 장자(莊子)에 나오는 이야기
나무는 쓸모 없어서 [不材]라 벌목을 면했는데, 집오리는 울지 못해서[不材]라 목숨을 잃었다.

金正喜 1786(정조 10년)-1856년(철종 7년)

1819년 문과(文科)에 급제하여 벼슬은 이조참판(吏曹參判)에 이르렀다. 조선시대 후기의 문신이며 문인, 금석학자(金石學者), 서화가. 자는 원춘(元春), 호는 완당(阮堂), 추사(秋史), 예당(禮堂), 시암(詩庵), 과파(果坡), 노과(老果), 본관은 경주(慶州)이며 충청남도 예산에서 출생했다. 추사체(秋史體)를 대성하였다 산수도(山水圖)>와 개인 소장의 <묵란도(墨蘭圖)> <세한도(歲寒圖)> 외 다수.

인재설(人才說) / 김정희(金正喜)

인재에 관한 이야기

天之降才。初無南北貴賤之異。其所以有成不成者何也。凡人兒時多慧
裁識書名。父師迷之以傳
천지강재 초무남북귀천지이 기소이유성불성자하야 범인아시다혜재식
서명 부사미지이전

注帖括。不得見古人縱橫浩緲之書。一食其塵。不復可鮮。一也。乃幸
爲諸生。困未敏達。蹭蹬
주첩괄 부득견고인종횡호묘지서 일식기진 불복가선 일야 내행위제생
인미민달 층등

出沒於較試之塲久之氣色微落。何暇議尺幅之外哉。二也。人雖有才。
亦視其所生。生于隱屛寂
출몰어교시지장구지기색미락 하가의척폭지외재 이야 인수유재 역시기
소생 생우은병적

寞之濱。山川人物。居室遊御。鴻顯高壯。幽奇怵俠之事。未有覩焉。
神明無所練濯。胷腹無所
막지빈 산천인물 거실유어 홍현고장 유기괴협지사 미유도언 신명무
소련탁 흉복무소

厭餘。耳目旣吝。手足必蹇三也。
염여 이목기인 수족필건삼야

하늘이 인재를 내는 데는 애당초 남북南北이나 귀천貴賤의 차이가 없는데, 누구는 이루고 누구는 이루지 못하는 까닭은 무엇인가? 모든 사람이 아이 적에는 흔히 총명한데, 겨우 책 이름을 식별할만하면 스승이 어두어서, 참고서에 불과한 전주*, 첩괄*만 익히게 하므로 종횡무진하고 끝없이 광대한 고인들의 서적을 얻어보지 못한다. 그 티끌 몬지[전주,첩괄]를 한 번 먹으면 다시는 신선해 질수 없다. 이것이 첫째 요인이요, 다행이 제생諸生이 되었더라도 어려운 상황에다 민달敏達하지 못하여 아무런 보람도 없이 과장科場을 드나들다가, 한참 나중에는 기색氣色조차 쇠락해져 버리니, 어느 겨를에 좁은 테두리[전주,첩괄] 밖의 넓고, 깊은 영역을 의논할 수 있겠는가. 이것이 둘째 요인이다.

사람이 비록 재주는 있다 하더라도 또한 그의 생장生長한 곳이 궁벽하고 적막한 곳이라면, 산천山川, 인물人物)과 거실居室, 유어遊御 등에서 크게 드러나서 높고 웅장함과, 그윽하고, 특이하고, 괴이하고, 호협한 일들을 직접 목도하고 치루어보지 못하였을 터이라, 정신과 안목이 트이고, 씻긴 것이 없고, 흉금에 쌓여 넘치는 것이 없어서 이목耳目이 이미 인색해져서, 수족手足을 반드시 절둑걸리게 되는 것이다. 이것이 그 셋째 요인이다.

此三者使人才力頓盡。可爲悲傷者。往往如是也。故拘儒老
차삼자사인재력돈진 가위비상자 왕왕여시야 고구유노

生。不可無文。耳多未聞。目多未見。而出其鄙委牽拘之識。相天下之
文。寧復有文乎。文之妙
생 불가무문 이다미문 목다미견 이출기비위견구지식 상천하지문 영
부유문호 문지묘

不在步趨形似之間。自然靈氣。恍忽而來。不思而至。恠恠奇奇。莫可
名狀。
부재보치형사지간 자연령기 황홀이래 불사이지 괴괴기기 막가명상

　　이 세 가지가 사람으로 하여금 그 재능과 역량을 단번에 소진시켜
서 비감 상심하게 하는 것이 왕왕 이와 같다. 그러므로 나이 많은 고루
한 유생^{儒生}도 글을 꼭, 써야 할 경우가 없지 않은데, 귀로는 많이 듣지
못였고 눈으로는 많이 보지 못하였기 때문에, 촌스럽고 고루한 지식
만을 내놓게 된다. 천하의 광대한 문장^文을 보면서 그런 훌륭한 문장에
견주어 지금에 어찌 글다운 글이 있다고 하겠는가? 문장의 묘미^{妙味}는
남의 것을 따라 흉내 내는 데에 있는 것이 아니고, 저절로 영기^{靈氣}가
황홀하게 찾아오고 생각하지 않아도 이르러 와서 그 괴괴하고 기기함
을 어떻게 이름하여 형용할 수 없는 것이다.

전주(傳注) ; 모든 경서^{經書}를 주석해 놓은 것.
첩괄帖括) : 과거 응시생을 위하여 경서의 난어구를 모아 암기하기 편하게 시부^{詩賦}형식으로
역어 놓은 것

윤휴尹鑴(1617년~1680년) : 조선 후기의 문신 및 학자이며, 교육자, 정치인, 작가, 서예가, 사상가이다. 당색은 북인이었으나 후에 남인으로 전향, 제1차 예송 논쟁 당시 자의대비의 복제가 문제가 되자 윤선도, 허목과 함께 효종이 왕통을 계승했으니 장자로 보고 3년설을 주장하였다. 이후 제2차 예송 논쟁 때에도 인선왕후가 맏며느리라 주장하며 1년복 설을 주장하였다. 성리학에 대한 독자적인 견해를 내세웠다가 사문난적으로 몰리게 된다. 본관은 남원(南原)으로, 자(字)는 두괴(斗魁), 희중(希仲), 호는 백호(白湖), 하헌(夏軒)이다.

말은 간략히 하는 것이 옳다는 데 대한 이야기

古之道。言貴乎簡。言所以宣意也。奚取乎簡哉。言其所可言。不言其
所不可言而已。矜己之
고지도 언귀호간 언소이선의야 해취호간재 언기소가언 불언기소불가
언이이 긍기지

言。不可言。敗人之言。不可言。無實之言。不可言。非法之言。不可
言。言能戒是四者。則
언 불가언 패인지언 불가언 무실지언 불가언 비법지언 불가언 언능
계시사자 즉

言不期簡而簡矣。故曰。君子之言。不得已而後言。又曰。古人之辭
寡。不得已而後言。言所
언불기간이간의 고왈 군자지언 부득이이후언 우왈 고인지사과 부득
이이후언 언소

以寡也。余誦是也久矣。而恒有媿乎是。遂書以自志。
이과야 여송시야구의 이항유괴호시 수서이자지
<白湖全書第二十三卷 雜著>

　　예부터 말하는 바른 도리는 말을 간략하게 하는 것을 귀하게 여겼
다. 말이란 자신의 뜻을 표현하는 것인데, 무엇 때문에 간략을 취하는
것인가. 말할 만한 것을 말하고 말해서는 안 되는 것을 말하지 않을 뿐
이다. 따라서, 자신을 과시하는 말은 말하지 아니하고, 남을 헐뜯는

말은 말하지 아니하며, 진실이 아닌 말은 말하지 아니하고 , 바르지 아니한 말은 말하지 않는 것이다. 말을 하는 데 있어 이 네 가지를 경계한다면 말을 적게 하려고 기필하지 않아도 저절로 적게 되는 것이다. 그렇기 때문에 옛 사람이 말하기를,

"군자(君子)의 말은 부득이한 경우에만 말한다."고 하였고, 또 이르기를, "선한 사람의 말은 적다."고 하였는데, 부득이한 경우에 말하는 것이 말을 적게 하게 되는 이유이다. 나는 이 말을 외운 지 오래인데도 늘 이에 부끄러운 점이 있기에 이 설을 써서 스스로 뜻에 두어 유념하려는 것이다.

길을 잘못 들인 고양이 기르기는 어렵더라는 이야기

山僧喜畜猫。朝夕飼之。猫不離禪床。忽下山。無何復來。僧畜之如
前。一日生二子。乳
산승희흄묘 조석사지 묘불리선상 홀하산 무하복래 승휵지여전 일일
생이자 유

哺甚若。及稍長能行走。携置之屋角上。自投地招呼不已。子俯瞰仰
視。無以應。猫呼之
포심약 급초장능행주 휴치지옥각상 자투지초호불이 자부감앙시 무이
응 묘호지

愈繁。子巡簷哀鳴。若起若伏。如是者屢。而漫不知救。一向呼之急。
子竟乃跳下。不憚
유긴 자순첨애명 약기약복 여시장루 이만부지구 일향호지급 자경내
도지 불탄

十丈之高。自是之後技習成。緣壁附墻。超枝攀柯。往來如平地。
십장지고 자시지후기습성 연벽부장 초지반가 왕래여평지

　　산사의 스님이 고양이 기르기를 좋아해서, 아침 저녁으로 먹이를
주니, 고양이는 법당의 선상禪床을 떠나지 않았는데, 돌연이 산을 내려
갔지만, 왜 돌아오지 않겠는가? (고양이가 돌아오자), 스님은 여전히
먹이를 주어 기르는 것이었다. 하루는 새끼 두 마리를 낳아서 젖을 먹
이기를 매우 열심히 하였다. 새끼가 점차 성장하여 능히 다니고 달릴

수 있게 되자 어미 고양이가 새끼들을 지붕의 모서리에 끌어다 놓고 위에서 땅으로 뛰어 내려와서는 새끼 부르기를 그치지 않았다. 새끼들은 위에서 업드려 내려다보거나 위를 쳐다보는 등 어찌할 바를 몰라 하자, 어미 고양이는 새끼 부르기를 더욱 긴급히 하는 것이었다. 새끼들은 처마 위에서 이리저리 맴돌면서 애달픈 듯 울어대며, 처마끝에서 안절부절 섰다간 업드리기를 거듭하였다. 어미도 기운이 풀렸는지 새끼 찾는 것을 잊고 있는 듯하다가, 한결같이 부르는 소리를 다급히 하자. 새끼들은 필경 아래로 뛰어내렸다. 열 길이나 되는 높이인데도 꺼리지 않았다. 이런 일이 있은 후 새끼 고양이는 뛰어오르고 내리는 기능이 익숙해져서 숙달되었다. 벽을 타고 오르거나, 담장에 붙어 댕기기도 하였다. 나무에 올라 이 가지에서 저 가지로 건너 뛰기도 하고 나무를 타고 오르내리며 가고 오는 것을 평지에서처럼 하였다.

供佛之需。齋僧之物。莫不偸竊而啗之。小闍梨欲杖之。輕跟趫猾。東閃西忽。莫之禁
공물지수 재승지물 막불투절이담지 소암리욕장지 경량교활 동섬서홀 막지금

止。僧歎曰。猫陰類也。非吉羊之比。而鼠善害苗。故畜而欲去其害。今猫之害復如是
지 승탄왈 묘음류야 비길양지비 이서선해묘 고축이욕거기해 금묘지 해부여시

夫。更不畜猫。君子曰。性之初也。莫不仁。而知覺橫決。入於不義之科。固可悲也。或
부 갱불휵묘 군자왈 성지초야 막불인 이지각횡결 입어불선지과 고가 비야 혹

導率非道。 若敎猱以升木。 則此奚特畜猫者歎耶。 噫。
도솔비도 약교노 이승목 즉차해특휵묘자탄야 희

<嘉梧藁略十一>

　고양이는 부처님께 공양 올린 제수이거나, 스님이 재를 올리는 음식물이거나 훔쳐먹지 않는 것이 없었다. 닫아 놓은 문틈도 기어이 들어가 먹을 것을 찾으려 하니 작대기로 문을 바쳐 놓았지만, 가볍게 뛰고 재빠르고 민활하여, 동에 번쩍하고 홀연 서쪽에 나타나는 것을 막을 수 가 없었다. 스님이 탄식해서 말하기를,

　"고양이는 음흉한 유속^{類屬}입니다. 길조^{吉兆}인 양 같은 무리가 아닙니다. 쥐가 농작물의 싹을 해치므로 기르려 해도 그 피해를 없애지 못하였는데, 이제는 고양이의 피해가 다시 이와 같으니, 다시는 고양이를 기르지 않을 것입니다"하였다.

　군자가 말하기를,

　"성품이 처음에는 어질지 않은 것이 없습니다. 그러나 지각^{知覺}이 횡^橫으로 못되게 결정된 다음에는 불의^{不義}의 웅덩이에 떨어지는 것이 진실로 서글픈 일입니다. 더러는 정도^{正道}가 아닌 것을 따르도록 유도하고, 원숭이가 나무에 오르는 것을 가르치는 것과 같이 한다면, 이것이 어찌 다만, 고양이를 기르는 것만 가지고 한탄할 일이겠습니까"하였다. 희라!!

조선 후기 고산(孤山) 윤선도(尹善道 1587년(선조20)~1671년(현종12))의
문집이다. 저자의 시문은 1678년 6권의 정고본(定稿本)이 만들어져 목판
으로 간행되었으나, 이 초간본은 전해지지 않는다. 《한국문집총간(韓國文
集叢刊)》의 저본은 1796년 3월에 초간본을 보각(補刻)한 후쇄본이다.

말이 달리다가 개를 밟아 죽게 한 이야기

有馬逸而疾奔。適遇一犬。躪斃蹄下。道傍觀者。莫不惡馬之暴而哀犬之不知避也。
유마일이질분 적우일견 란폐제하 도방관자 막불오마지폭이애견지부지피야

有華顚丈人笑而言曰。畜物何誅焉。仁者唯麟而智者唯龜。馬固不可責麟。犬可比於
유화전장인소이언왈 휵물하주언 인자유린이지자유귀 마고불가책린 견가비어

龜乎。最靈者或有如此。是可怪也。吾見多矣。且咎在操轡靮者不能謹也。倘或傷人
귀호 최령자혹유여차 시가괴야 오견다의 차구재조기적자불능근야 당혹상인

則誰其任之。嗟乎。苟能反隅。奚獨此事。吾黨小子。
즉수기임지 차호 구능반우 해독차사 오당소자

<孤山遺稿 卷之五 下>

어떤 말이 함부로 마구 빨리 달리다가 때마침 만난 개 한 마리가 말굽 아래 짓밟혀 죽었다. 길가에서 보고 있던 사람들은 난폭한 말이 못됐다 하고, 개가 피할 줄을 모르고 밟혀 죽은 것을 애석하게 여기지 않는 이가 없었다. 어떤 머리가 허연 큰 어른이 웃으면서 이르기를,

"집에서 기르는 동물이 죽은 것이 예사 일인데, 어떠랴.(동물 중에) 어진 것은 오직 기린이고 동물 중에 지혜로운 것은 오직 거북이오. 말에게 진실로 기린되기를 요구할 수 없고 개를 가히 거북에게 비견할 수 있겠는가" 하였다.

가장 령명靈明하다는 자 중에도 더러 이와 같은 자가 있으니, 이는 가히 괴이 하다 할만하다. 나는 (이와 같은 사람들을) 많이 보아왔다.

그런데, 잘못은 말의 재갈과 고삐를 조종하는 자가 능히 조심하지 못한 데 있는 것이다. 혹, 사람이 다쳤다면 누가 이 책임을 지겠는가. 탄식하기를, 능히 구석으로 제처 놓을 수 있는 일이겠는가. 어찌 다만, (지금 세상에) 이런 일뿐만이랴. 우리들은 모두 (힘 없는) 어린 아이다.

조선 후기 동계(東谿) 조구명(趙龜命 1693년(숙종19)~1737년(영조13))의 문집이다. 저자 사후 유문을 편찬하고 간행한 이는 종조형(從祖兄)이자 지기(知己)인 조현명(趙顯命)이다. 그는 1741년 12권 6책을 교서관인서체자로 간행하였다. 시(詩)보다 산문의 비중이 높다.

대지팡이도 걸리적거리는 것들 중 하나라는 이야기

華谷居士。又自號一竹翁。竹者。竹筇也。夫人所榮者爵位。所食者田
土。所依賴者妻
화곡거사 우자호일죽옹 죽자 죽공야 부인소영자작위 소식자전토 소
의뢰자처

子。而居士無爵位無田土無妻子。其所有者。惟一竹筇而已。居士之
身。不亦無累乎。余
자 이거사무작위무전토무처자 기소유자 유일죽공이이 거사지신 불역
무루호 여

曰。不然。人之累不惟外物爲然。卽其一身。而顧不勝其累焉。目別妍
醜。耳識淸濁。鼻
왈 불연 인지루불유외물위연 즉기일신 이고불승기루언 목별연추 이
식청탁 비

分香臭。口辨甘苦。手能執持。足任行步。而吾之心日夜應之於內。無
一息之暫休。居士
분향취 구변감고 수능집지 족임행보 이오지심일야응지어내 무일식지
잠휴 거사

方繭然。應其一身之累之不暇。而乃又以竹筇加之。何其累之多也。且
居士有大累焉而不
방이연 응기일신지루지불가 이내우이죽공가지 하기루지다야 차거사유
대루언이불

自知也。居士腹腸中。藏古人文章千萬言。自所得者。亦千萬言。其得
而未出者。如佛氏
자지야 거사보장중 장고인문장천만어 자소득자 역천만언 기득이미출
자 여불씨

所謂恒河沙數。堆積涵演。磊砢鬱崒。將日出而不窮。是殆夫人所未有
之累。而是筇也。
소위항하사수 퇴적함연 뢰라울률 장일출이불궁 시태부인소미유지루
이시공야

輒復以山川樓觀風雲魚鳥之變。貢其藏而助之富。其視一瓢之累箕山。
又何如也。居士莞
첩부이산천루관풍운어조지변 공기장이조지부 기시일표지루기산 우하
여야 거사완

爾而笑。撫筇而歌曰。以爲累一身猶重。不以爲累。千駟萬鍾。亦浮雲
於太空。而況一竹
이이소 무공이가왈 이위루일신유중 불이위루 천사만종 역부운어태공
이황일죽

筇乎。放筇而去。浩浩乎南北西東。
공호 방공이거 호호호남북서동

<東谿集券五>

　화곡거사는 또 스스로 자기의 호를 일죽옹이라 하였다. 죽(竹)은 대나
무 지팡이다. 대저, 사람이 영화롭게 여기는 것은 벼슬하는 것이요 먹
는 것은 밭이나 토지일 것이며, 의지하는 것은 처자식일 것인데도, 거
사는 작위도 없으며, 밭이나, 토지도 없고, 처자식도 없다. 가진 것이
라고는 오직, 한 개의 지팡이뿐이었다. (그가 나에게 물기를) 거사도

또한 몸이 억매이지 않습니까? 내가 말하기를 "그렇지 아니합니다. 사람이 얽매이는 것은 다만 외물이 그렇게 하는 것뿐만 아닙니다. 곧, 그한 몸이라 하더라도 돌아보면, 눈은 곱고 추한 것을 분별하고, 귀는 맑고 탁한 것을 의식하고, 코는 향과 구린내를 분별하고, 입은 감언과 고언을 판별하고, 손은 능히(사물을) 잡을 수 있고, 발은 행보를 담당해서 우리들의 마음은 밤낮으로 안(마음으로)에서 그것들에 대응하자니, 한 순간 잠시도 쉬지 못합니다. 거사님에게 (얽매게 하는 것들이) 바야흐로 꽃이 번성하게 피는 것 같은 상황에 그 한 몸에 얽매게 하는 것들에 대응하기에도 겨를이 없을 터인데 이에 또 대나무 지팡이를 더하였으니,어찌 그리 걸리는 것들을 많게 하십니까? 또한 거사님께 크게 걸리적거리게 하는 것인데도 스스로 알지 못하십니다. 거사님의 뱃속 장기 안에는 고인의 문장 천 언 만 어와 스스로 공부하여 얻은 천만 어가 또한 저장되어 있을 터인데 아직 내어보이지 못함은 부처님이 이르신 바 항하사 수만큼 많이 싸이고 잠겨서 큰 무더기로 막혀 장차 날마다 끄집어내도 다하지 못할 터인데 이것이 거의 사람에게 걸림이 있게 하지 않을는지요. 그리고 이 대나무 지팡이도 그런 것입니다. 문득, 다시 산천, 누관, 풍운, 어조의 변화를 (속에) 저장된 것에 공여하여 그 풍부함을 더 풍부하게 돕고. 한 바가지의 물로 기산箕山을 걸리적거리게 함을 보임이 또한 어떻겠습니까" 하니 거사가 빙그레 웃으면서 대지팡이를 어루만지며 노래하기를,

　" 한 몸이 거리낌도 오히려 무거운데,

　(그런 것으로) 거리낌이 되지 않는다네.

　천사만종이 또한 저 허공의 뜬구름인데

　하물며 황차 한 개의 대지팡이리오

　하고는 대지팡이를 버려두고 떠나버렸다. 넓고 넓도다 남북 서동!

멈춘다는 뜻인 간^艮에 대한 이야기

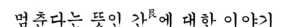

艮止也。惡乎止。止其所也。曷謂止其所。止乎所當止之地也。鳥止於
林。魚止於淵。人獨無所
간지야 오호지 지기소야 갈위지기소 지호소당지지지야 조지어림 어
지어연 인독무소

當止之地乎。萬理洞然。從心所欲不踰矩。聖人之止也。知止有定。思
不出其位。君子之止也。
당지지지호 만리통연 종심소욕불유구 성인지지야 지지유정 사불출기
위 군자지지야

苟不明乎所當止之地。雖欲止安所止乎。陽之生也。起於震通於坎。然
後成於艮。彼崒然而高大
구불명호소당지지지 수욕지안소지호 양지생야 기어진통어감 연후성어
간 피취연이고대

者。豈一朝一夕之故哉。止之爲道。未易言也。雖然與其動而有悔。不
若止而無咎。忿而思難則
자 기일조일석지고재 지지위도 미이연야 수연여기동이유회 불약지이
무구 분이사난즉

止。得而思義則止。外慕忘想思其無益則斯止矣。
지 득이사의즉지 외모망상사기무익즉사지의

　　간^艮은 멈춤이다. 어떻게 멈추는가. 그 처소에서 멈추는 것이다.

무엇을 그 처소에 그친다고 말하는가? 응당히 멈추어야 할 처지에서 멈추는 것이다. 새는 숲속에서 멈추고, 물고기는 못에서 멈춘다. 사람만 홀로 응당 멈추어야 할 바 처지가 없겠는가. 만 가지 이치가 환히 트여 환하다. <마음에 하고자 하는 바를 따르되 법도를 넘지 않는다.> 이것이 성인의 멈춤이다. 멈출 곳을 알면 안정이 있다. 생각도 그 자리를 떠나지 않는다. 군자의 멈춤은 진실로, 마땅히 멈춰야 할 처지인 바에 밝지 못하다. 비록 멈추려 하여도, 어디에 멈추겠는가. 양^{陽}이 생겨 남은 震^{진}[괘 이름]이 감^{坎}[괘 이름]에 통하여 생긴다. 그런 연후에 간^{艮}[괘 이름]에서 완성되나니, 저 험한 모양이 높고 큰 것인지라, 어찌, 하루 아침 하룻저녁에 되는 일이겠는가. 멈춤은 도^{道}다. 쉽게 말하지 못한다. 비록 그렇더라도 행동해서 후회를 남기는 것보다 멈추어서 허물 없는 것이 낫다. 분심^{憤心}은 곤란이 있을 것을 사량^{思量}하여 멈추고, 얻음은 의^{義}를 사량하여 멈춘다. 밖으로 일어나는 그리움 등 망상^{妄想}은 무익한 것임을 사량하여, 이것을 멈춰야 하는 것이다.

縱不明乎所當止之地。苟一念之能止。則其於爲人也思過半矣。此艮巖之所以自號也歟。聳眉凝
종불명호소당지지지 구일념지능지 즉기어위인야사과반의 차간암지소이자호야여 용미응

眸。骨格淸峭者。艮巖之容也。安分守拙。不營營於外者。艮巖之心也。硏羲文之易。究物象之
모 골격청초자 간암지용야 안분수졸 불영영어외자 간암지심야 연희문지역 구물상지

所止者。艮巖之所從事也。勿滯於先入。勿安於小成。虛心觀理。如止

水之鑑物者。艮巖之所當
소지자 간암지소종사야 물체어선입 물안어소성 허심관리 여지수지감
물자 간암지소당

勉也。艮巖爲誰。咸陽朴壽一也。述之者誰。瀛海逐客申箕善也。
면야 간암위수 함양박수일야 술지자수 영해축객신기선야

야원유집 권십일

방종하여 무엇을 제멋대로 하면 마땅이 멈추어야 할 바에 어두워지나니, 진실로 한 생각에서 멈출 수 있다면, 그 사람 됨에 있어서 반을 넘어선 것이다. 이것이 간암艮巖이 자기의 호號를 간암艮巖이라고 한 까닭이다. 눈섭이 솓고 눈동자는 응집되고, 골격은 맑고 산뜻함이 간암艮巖의 용모다. 분수에 편안하고, 꾸밈 없음을 지켜, 역외의 경영을 영위하지 아니함이 간암의 마음이다.

복희씨伏羲氏와 문왕文王의 주역周易을 연구하고, 사물, 사상事象의 멈추는 바를 궁구하는 것이 간암이 종사하는 일이다. 먼저 들어감에 지체하지 말 것이며, 작은 성취에 펴안해 하지 말 것이며, 마음을 비워 이치를 심찰審察함에 흐르는 물을 멈추게 하는 것과 같이 사물을 비추어 보는 것이 간암이 응당 면려勉勵하는 바인 것이다. 간암은 누구인가. 함양咸陽 박수일朴壽一이다. 글 쓴이는 누구인가.영해瀛海에 쫓겨난 나그네 신기선申箕善이다.

조선 후기 간옹(艮翁) 이헌경(李獻慶 1719년(숙종45)~1791년(정조15))의 문집으로, 24권 12책의 목판본이다. 저자가 졸한 지 몇 개월도 채 지나지 않아 문집이 편찬된 것으로 보아 저자가 스스로 편집한 원고가 그대로 문집에 반영된 것으로 보인다. 저자가 어려서부터 시를 지어 신동이란 이름이 났고, 시 공부에 전심하여 시 작품이 가장 많은 부분을 차지하고 있다.

이검설(二劍說) / 이헌경(李獻慶)

두 개의 칼을 가지고 유랑한 이야기

余儒者。自幼好讀書。未嘗學劍。力又不任劍。獨甚愛劍。見人帶劍。
輒喜動色。以爲此丈夫之
여유자 자유호독서 미상학검 력우불임검 독심애검 견인대검 첩희동
색 이위차장부지

服。頃年余在鍾城塞上。得善冶劍者李東平。又得日本國良鐵於古軍
器。命造二劍。一長一短。
복 경년여재종성새상 득선야검자이동평 우득일본국량철어고군기 명조
이검 일장일검

短者形如月始生。故刻名其上曰秋胐。
단자형여월시생 고각명기상왈추비

　　나는 유학하는 선비였다. 어려서부터 글 읽기를 좋아하였다. 일찍
이 검술을 배우지 아니하였고 힘써 검에 임하려 하지 않았지만, 혼자
속으로는 검에 대하여 대단한 애착심이 있었다. 어떤 사람이 검을 차
고 있는 것을 보면, 문득 반가워서 그 형색形色에 감동하고, 이것이야
말로 대장부에 걸맞은 것이라고 여겼다. 얼마전에 내가 종성이라는
변두리 국경지대에 있을 때, 검을 잘 만드는 이동평李東平이라는 사람을
만나게 되었다. 또 군기軍器에서 일본국日本國의 좋은 쇠[鐵]를 얻게 되어
서, 두 개의 칼을 만들라고 명하였다. (만든) 칼이 하나는 길고 하나는
짧았는데, 짧은 칼은 그 모양이 초승달과 같았다. 그러므로 그 칼에
이름을 주어 추비秋胐[가을 초승달]라고 새겼다.

既而余騎匹馬獨行豆滿河上。東過赤池。登烏碣泛瑟海。北瞰後春。蕃
胡之窟黑龍之源。明年南

기이여구필마독행두만하상 동과적지 등오게범슬해 북감후춘 번호지굴
흑룡지원 명년남

歸。過長白歷鬼門。蹈大漠之墟涉重關之險。蹕數千餘里。集幽荒乘駭
懼。爲汗漫之遊。以二劍

귀 과장백역귀문 도대막지허섭중관지험 초수천여리 집유황승해구 위
한만지유 이이검

自隨。卒陸無虎兕魍魅之驚。水無蛟龍鯨鼉之患。若得神物之助。而恾
獰惡毒懾伏避之。

자수 졸륙무호시리매지경 수무교룡경민지환 약득신물지조 이괴녕악독
섭복피지

　　이미 마음 먹은대로 나는 한 필의 말을 타고 두만강을 따라 올라갔
다. 동으로 적지를 지나, 오게를 오르고, 슬해를 건너, 북쪽으로 가서
후춘과, 미개한 호^胡의 소굴과 흑룡강의 근원에까지 가게 되었다. 이듬
해에 남쪽으로 돌아오며, 장백의 귀문을 두루 지나고 아득하고 막막
하며 겹겹이 막힌 험한 길을 밟으며, 수천 리를 달렸다. 황막한 땅에
갇혀 머물며 놀랍고 두려운 생각이 치승했지만 아득히 넓은 땅의 방
랑에 두 개의 칼이 저절로 따라주었기 때문에 마침내, 육지에서는 호
랑이나 산도깨비의 두려움이 없었고, 물에서는 교룡이나 경별의 근심
이 없었다. 만약 신물^{神物}[두 개의 劍]의 도움이 없었다면, 해괴하고 사
나납고 악독한 것들에 데한 공포에 떨며 엎어진 채 재난을 피하지 못
했을 것이다.

數歲以來。淹宦京師。逐薦紳大夫學治文墨事。不復與二劍相狎。今忽
見之。已沒沒蛛塵間。追
수세이래 엄환경사 축천신대부학치문묵사 불부여이검상압 금홀견지
이몰몰주진간 추

憶曩遊。惘然若前生事。枳大功之遺負。惜良器之沈鬱而已。然凡物之
材。必遇其主。不遇主者
억낭유 망연약전생사 난대공지유부 석량기지침울이이 연범물지재 필
우기주 불우주자

命也。遇主而不遇用者時也。奚獨劍哉。遂歎嗟而書之。
명야 우주이불우용자시야 해독검재 수탄차이서지
<간옹 선생(艮翁先生) 문집 23권>

   그 뒤 여러해 동안 경사^{京師}에서 벼슬에 매어 지체 높은 지위에서 대
신으로서 학치와 문묵의 일을 수행하노라니 다시는 그 두 개의 칼과
는 서로 가까이 하지 못하였다.

   이제 홀연 이것을 다시 보게 되어 보아하니 거미줄과 몸지 속에 파
묻혀 있구나. 지난 날의 유랑에 대한 추억을 더듬노라니, 망연함이 전
생의 일과 같도다. 큰 공을 힘입었건만 (돌보지 못해서) 면구스러워
얼굴이 붉어진다. 훌륭한 기물이 제구실을 못하고 이제 구석에 처박
힌 모양이 애석할 뿐이다.

   그런데, 무릇 인물도 반드시 그 주인을 만나야 하지만, 만나지 못함
은 운명이다. 주인을 만났으나, 쓰임을 만나지 못하는 것은 시운이다.
어찌 다만 칼뿐이겠는가. 마침내 탄식한 나머지 (이렇게) 적었노라.

조선 후기 만정당(晩靜堂) 서종태(徐宗泰 1652년(효종3)~1719년(숙종 45))의 문집이다.

저자는 생전에 자신의 시문(詩文)을 기록, 수집해 두는 데 힘썼으며, 유고 (遺稿)는 영조(英祖), 후기(後期)에 손자 서지수(徐志修) 등이 운각 활자 (芸閣活字)를 써서 18권 9책 분량으로 간행된 것으로 보인다.

수졸설(守拙說) / 서종태(徐宗泰)

세련된 것보다 소박 졸열한 것을 지키겠다는 이야기

余質不至甚椎。而才性迂拙。手藝尤蹇滯。每當甚易事。猶且茫然不
解。徒勞斤斤屢問。而終必
여질부지심추 이재성우졸 수예우건체 매당심이사 유차망연불해 도로
근근루문 이종필

不償則錯。是以見者多鄙笑之。不曾任以事。必曰是非爾所能也。余亦
悶焉。而深恥之。竊自奮
불분즉착 시이견자다비소지 부증임이사 필왈시비이소능야 여역민언
이심치지 절자분

曰。鳩不能爲巢。言拙必稱鳩。然彼猶自構其室。則其拙豈不愈於我
乎。於是余亦以拙自棄而不
왈 구불능위소 언졸필칭구 연피유자구기실 즉기졸기불유어아호 어시
여역이졸자기이불

强焉。嘗讀蒙莊書。得巧者勞。智者憂之說。已而。又得機事機心語。
益脫然自喜。遂心解之
강언 상독몽장서 득교자노 지자우지설 이이 우득기사기심어 익탈연
자희 수심해지

曰。余之拙其善哉。余之拙。豈嘗不爲余利哉。余之拙甚矣。而言訥也
而不至吃。則可以讀聖賢
왈 여지졸기선재 여지졸 기상불위여리재 여지졸심의 이언눌야이부지
흘 즉가이독성현

書矣。身鈍也而不至孿。則可以服父母勞矣。手足雖不能開利。何妨守
吾廬而糊余口。知鑑雖不
서의 신둔야이부지련 즉가이복부모노의 수족수불능개리 하방수오려이
호여구 지감수하

能敏悟。何害育吾妻而養吾子乎。則余之拙其善哉。
능민오 하해육오처이양오자호 즉여지졸기선재

　나의 소질이 심추^{甚椎}[매우 옹골짐]에 이르지 못해서 재주와 성품
이 어둡고 옹졸하며, 손재주는 더욱 우둔하고 막혀버린다 늘 매우 쉬
운 일을 당하여서도 오히려 어리둥절 해결하지 못해서 헛수고만하다
가 겨우 여러번 거듭 물어보지만, 끝내는 낭패하지 않으면 착오를 범
한다. 이렇기 때문에 보는 사람들이 많이들 낮추보고 웃는다. 일찍이,
일을 담당해보지 못하였는데, 필연이라 하며, 이르기를 이는 네가 할
수있는 바가 아니라 하였다. 나도 역시 고민이 되었고 이것이 매우 수
치스러웠다. 조용히 생각하고 스스로 분발심을 내어 이르기를 "비둘
기는 제 둥지를 만들지 못하니 졸열함이 꼭 비둘기에 걸맞다고 하지
만, 그러나 그도 오히려 저의 집을 얽는다면 곧, 그의 졸열함이 어찌
나보다 낫지 않겠는가. 이에 나도 또한 졸열하다고 자포자기하고 스
스로 힘을 내지 아니 해서야 되겠는가.

　일찍이 장자^{莊子}의 책을 읽었다. "교묘히 잔재주를 부리는 자는 수고
롭다 지혜로운 자는 이를 우려한다는 설명 그뿐이었지만, 또, 기사^{機事},
기심^{機心}[비밀스럽게 꾸미는 일, 간교하게 속이는 마음]의 대목에서 그
말 뜻을 해득하고서는 무거운 짐을 내려놓은듯 상쾌하고 기뻤다. 드
디어 마음이 풀려 이르기를" 내가 서툴은 것, 이것이 좋은 것이로다.

나의 졸열이 어찌 일찍이 나의 이익이 되지 않았으리오. 나의 졸열이 심한 것이지만, 그러나 과묵하여 말을 경솔이 하지않을 망정 말을 떠듬거리는데 이르지는 않아서, 가히 성현의 책은 읽을 수 있고, 몸이 둔하지만 그러나 연생자攣生子가 아니니, 부모의 수고로움에 감복할 수 있고, 수족이 비록 이득을 열지 못하지만, 어찌 나의 집을 지키고 호구지책에 방해가 되며, 지인지감이 흐려 비록 능히 민첩히 알지 못하지만, 어찌 나의 처자식을 양육하는데 손패가 되었으랴. 그런즉, 나의 졸열함이 좋은 것이로다.

噫。世固有摽撥華采。組繡其舌頰。以取妍于時者。是巧於文者。幅巾博帶。游談道德。粉飾樞
희 세고유표철화채 조수기설협 이취연우시자 시교어문자 폭건박대 유담도덕 분식치

蠟之色澤者。是巧於行者。柔聲媚色。乘機而鑽刺。鬼神或不能盡察其形。則是以仕宦而巧者。
랍지색택자 시교어행자 유성미색 승기이찬자 귀신혹불능진찰기형 즉시이사환이교자

相時徇物。嗇出而利入。猶恐錙銖之或遺而儳焉。無終日之寧。則是以經營而巧者。巧者沛然行
상시순물 장출이리입 유공치주지혹유이재언 무종일지녕 즉시이경영이교자 교지패연행

之。自以爲得計。若果拙者雖欲勉彊爲之。得乎。噫嘻。余之拙。豈嘗不爲余利哉。昔蘇長公欲
지 자이위득계 약과졸자수욕면강위지 득호 희희 여지졸 기상불위여리재 석소장공욕

劓形去智。而且以愚魯望其子。柳子厚欲乞巧。誠智者。何必强而泯
之。誠拙者。雖乞奚補乎。
고 형거지 이차이우로망기자 유자후욕걸교 성지자 하필강이민지 성졸
자 수걸해보호

此雖涉世變而有激而云。皆不免有意於矯拂而爲之。則無亦太勞乎。余
則異乎是。蓋因其素性而
차수섭세변이유격이운 개불면유의어교불이위지 즉무역태노호 여즉이
호시 개인기소성이

守之而已。逐爲說以見志
수지이이 수위설이현지

<晚靜堂第十二권>

　희라! 세상에는 진실로 화려한 색채를 손짓하여 부르기도 하고, 줍
기도 하여 수를 놓듯이 양볼을 치장해서 때맞추어 고운 것을 취한다.
이는 문채를 냄에 교묘한 것이다. 복건과 넓은 혁대를 하고 도덕을 유
세하고 분을 발라 꾸미고, 치자와 밀랍으로 색을 윤택하게 하는 것은
행동을 함에 교묘하게 하는 것이다. 부드러운 음성과 고운 안색이 기
미를 타서 뚫고 찌르는 것을 귀신도 더러 그 형색을 다 살필 수 없다.
이러하기에 관리가 되어 종사하며 교묘한 것은 항상 때맞추어 자기의
뜻을 강하게 주장하는 인물은 문 밖에 나가면, 이득이 들어와야 하니
오히려 혹 조금이라도 유실되어 어긋날까 두려워 해야 한다. 하루 종
일 편안하지 못하다. 이러하기에 경영하는데 교묘한 것은 교묘한 것
이 성대하게 행해져야 스스로 계략대로 되는 것이다. 만약 과연 졸열
한 자가 비록 부지런히 힘을 쓴다고 해서 가능한 것이겠는가. 아! 내가
졸열하여도 어찌 일찍이 나의 이익을 위하지 않았겠는가. 옛적에 소

장공은 형체를 갈라서 지혜를 버리고자 하였고, 그리고 또 바보인 듯 자식에게 부끄러워하였다. 유자후는 기교를 빌고자 하였는데, 진실로 지혜로운 사람이 하필 어찌 그것을 억지로 없애려 하였는가. 진실로 졸열한 자가 비록 빌더라도 어찌 보태어지랴. 이는 세상을 겪어 지내는 동안 변해서 격심함이 있다 할 것이니, 모두 바로잡고 떨어버리겠다는 데에 뜻 둠을 면치 못해서 하려고만 한다면 또한 큰 힘이 들겠는가.

　나는 이와는 달리　그 소질과 성품을 인해서 천성을 지키는것 뿐임이 왜 아니겠는가 마침 설을 지어 뜻을 밝혔노라.

조경(趙絅)1586~1669 본 문집의 저본은 저자의 손자 구원(九畹)이 1703년 간행한 초간본을 수정·보각하여 간행한 후쇄본이다. 권 1~5는 시, 권 6~23은 문이며, 부록은 없다.
23권 9책(861판)의 목판본이다.

병자난(丙子難) 온양교생구모설(溫陽校生救母說) / 조경(趙絅)

병자 호란 중에 온양의 교생이
포로로 끌려가는 어머니를 살린 이야기

丙子難。溫陽有校生年可十七歲者。與其母爲賊所虜。生乞哀於胡。母
老不能行路。願舍母。我
병자난 온양유교생년가십칠세자 여기모위적소로 생걸애어호 모노불능
행로 원사모 아

則從行惟謹。胡不聽。催驅而行。生審視之。我國人被虜者無慮數百。
而間一百餘胡騎僅一。邐
즉종행유근 호불청 최구이행 생심시지 아국인피로자무려수백 이간일
백여호기근일 리

迤而行。先者與後語。聲不相聞。生卽奮杖擊所領一胡。墜馬輒斃。我
國人卽高聲我人殺胡。仍
이이행 선자여후어 성불상문 생즉분장격소령일호 추마첩폐 아국인즉
고성아인살호 잉

有欲殺生者。生諭之曰。我欲活吾老母而殺賊。爾等其忍殺我乎。我自
此逝矣。爾等獨無意逃去
유욕살생자 생유지왈 아욕활오노모이살적 이등기인살아호 아자차서의
이등독무의도거

乎。衆乃止。時會暮。生與母投林藪而免。
호 중내지 시회모 생여모투림수이면

병자호란이 있을 때에, 온양溫陽에 나이 십칠 세 되는 향교의 심부름하는 아이, 교생校生이 있었다. 그 어미와 함께 적의 포로가 되에 잡혀가는 중에 교생校生이 호병胡兵에게 어머니가 늙어서 능히 길을 갈 수 없으니 원하건대 어미를 놓아주기를 애걸하면서 (풀어주지 않으면) 나는 끝까지 따라갈 뿐이라고 하였으나, 호병胡兵은 들어주지 않으면서 말을 재촉하여 몰아 가는 것이었다. 교생이 가만이 살펴보자니, 우리 나라 사람이 포로로 잡혀가는 수효가 무려 수백 명이나 되는데 일백여 명이나 되는 사람 사이에 말탄 호병胡兵은 겨우 한 사람뿐이었다. 줄지어 가는데, 앞서 가는 자가 뒤에 오는 자에게 말하여도, 소리가 서로 들리지 않았다. 교생校生은 즉시 거느리고가는 그 호병胡兵 한 놈을 몽둥이를 들어 힘껏 내리쳤다. 말에서 떨어져 문득 죽었는데, 우리나라 사람들이 즉시 큰 소리로 "우리 사람이 호병을 죽였다"하고 인하여 "살생하려는 자가 있다"고 소리쳤다. 교생이 달래어 말하기를 "나는 내 늙은 어머니를 살리려고, 적을 죽인 것이오. 당신들은 차마 나를 죽일 작정이오? 나는 여기서 떠날 것이오 당신들은 도망갈 뜻이 없오?"하고 말하자 사람들이 조용해졌다 때마침 저녁 어스름이라, 교생과 그 어미는 깊은 숲 속으로 들어가 숨어서 잡혀가는 것을 면하게 되었다.

其後事定。郡選壯。里父老以生應。生入郡庭言曰。當時母子俱罹虎
口。朝夕且死。故出萬死
기후사정 군선장 리부노이생응 생입군정언왈 당시모자구리호구 조석
차사 고출만사

計。白手殺胡。非有一毫勇力也。若以是應募。則不幾於冒虛而倖名
乎。郡守然其言而退生。惜
계 백수살호 비유일호용력야 약이시응모 즉불기어모허이행명호 군수

연기언이퇴생 석

乎郡守但知有勇力者擊胡。而不知義烈激于中而爲勇力也。彼被虜數百
人中。勇力百倍生者何
호군수단지유용력자격호 이부지의열격우중이위용력야 피피로수백인중
용력백배생자하

限。知有母而不知有身。孝也。寧一死而不忍汚賊。烈也。夫如是。宜
其一着而母子俱全也。爲
한 지유모이부지유신 효야 영일사이불인오적 열야 부여시 의기일착
이모자구전야 위

有司者已索生於勇力之內。而不求生於勇力之外。小哉。
유사자이색생어용력지내 이불구생어용력지외 소재

<용주선생유고 권십이>

그후, 사태가 진정 되자, 군郡에서 장사壯士를 모집하는데, 마을 부노
父老가 교생校生을 응모應募시켰다. 생이 군정郡庭에 들어가서 말하기를,

"당시에 어머니와 자식이 함께 호구虎口에 걸렸었습니다. 목숨이 조
석에 달렸던 까닭에, 만 번 죽어도 좋다는 계책이었습니다. 서툰 손길
로 호병을 죽였지만 터럭만큼도 용력勇力이 있었던 것이 아닙니다. 만
약 이것으로써 선장選壯에 응모한다면 얼마 안가서 거짓을 범해서 요
행히 이름을 냈다고 할 것입니다"하고 아뢰자, 군수가 그렇겠다, 하고
생을 물러가게 하였다.

애석하도다 ! 군수는 단지 용력 있는 자라야 호병을 칠 수 있는 것만
알았지, 의열義烈이 격렬하여 용력勇力이 된 줄을 알지 못하였구나. 저

포로로 잡힌 수백인 가운데, 용력을 백 갑절 내는 자가 얼마나 될꼬. 어머니만 있고 내 몸은 있는 줄 알지 못하는 것이 효^{孝}다. 차라리 한 번 죽어도 차마 적에게 더럽힐 수 없다고 하는 것이 열^{烈}이다.

대저, 이와같이 의당 그 한 번의 착수^{着手}로 해서 모자가 함께 목숨을 보전한 것이다. 관에 몸담은 자는 용력을 안에서 내는 자를 찾을 것이지 용력을 밖에서 내는 자를 찾지 말 것이다, 작도다.

친구의 병환을 위문한 이야기

龍洲趙子與金齊休游。齊休病。趙子問曰。子惡之乎。曰然。曰。何
惡。齊休頻蹙曰。眠食失其
용주조자여김제휴유 제휴병 조자문왈 자오지호 왈연 왈 하오 제휴빈
축왈 면식실기

節。坐臥不得寧。心慴慴若有失。吾何得不惡。趙子笑而言曰。子知天
地日月星辰草木乎。曰。
절 좌와부득녕 심민민약유실 오하득불오 조자소이언왈 자지천지일월
성신초목호 왈

知之。曰。子知天地日月星辰草木亦有病乎。曰。不知。曰。天有時
崩。地有時坼。日月相食。
지지 왈 자지천지일월성신초목역유병호 왈 부지 왈 천유시붕 지유시
탁 일월상식

星辰失躔。草有螟螣之蟲。木有癰腫之形。此將非天地日月星辰草木之
病乎。而況人受天地之
성신실전 초유명등지충 목유옹종지형 차장비천지일월성신초목지병호
이황인수천지지

氣。以血肉身處兩間。齒裸蟲者。其得無風雨霜露之感。陰陽之賊乎。
疾病之來也。雖仁聖賢人
기 이혈육신처양간 치라충자 기득무풍우상로지감 음양지적호 질병지
래야 수인성현인

君子亦不得免焉。
군자역부득면언

용주龍州 조자趙子는 김제휴(金齊休)와 교유하는 중에 제휴가 병이 났다, 조자가 물어 말하기를, "그대가 몸이 편치 않은가?" 물으니, 제휴가 대답하였다.

　"그렇다네" 또 묻기를, "어떻게 안좋은가?" 묻는 말에, 제휴는 얼굴을 찡그리며 말하기를, "잠자고, 먹는 것이 절도를 잃었으며, 앉아도 누워도 편치 않으며, 마음이 흐리멍텅하여 무엇을 잃은 듯하니, 내가 어찌하면 좋아지겠는가?" 하였다. 조자가 웃으면서 말하기를,

　"그대는 하늘과 땅, 해와 달과 별, 풀과 나무를 아는가? 묻자,

　"알고 있네."

　"그러면 하늘과 땅, 해와 달과 별과 초목도 병이 난다는 것을 아는가?"

　"그건 알지 못 하이."

　"하늘도 때가 되면 무너지고 땅도 때가 되면 갈라지고, 해와 달도 때때로 서로 먹어서 이지러지고 별도 때에 따라 갈길(궤도)을 잃으며, 풀은 마디를 파먹는 명충 애벌레에 걸리고, 나무는 혹이 돋아나 형색이 변하는 병에 걸리네. 이것이 어찌 천지 일월 성신, 초목의 병이 아니겠는가. 하물며 사람이 하늘의 기운을 받아서 혈육으로 된 몸이 천지간에 처하여 비견하면 털이나 깃이나 비늘이 없는 벌거숭이 애벌레 같은 존재인데 풍우風雨와 상로霜露에 감염 됨이 없었으면 하고 바라지만 (그렇게 함은) 음양의 도적인지라 질병은 오게 되는 것이라네, 비록, 어진 성현이나 군자라도 역시 능히 병을 면할 수 없는 것이지."

於傳有之。武王遘癘虐疾。子路爲夫子禱。周茂叔有暴卒更蘇之病。朱
紫陽有終身重足之痛。其
어전유지　무왕구려학질　자로위부자도　주무숙유폭졸갱소지병　주자양유
종신중족지통　기

他劉楨之臥漳濱。張良之素多病。公孫弘之感霜露。杜甫之三年瘧疾。張文昌之腦脂。柳子厚之

타유정지와장빈 장량지소다병 공손홍지감상로 두보지삼년학질 장문창지뇌지 유자후지

病痞。何可殫論也。然二聖二賢。順其遭而已。有何惡乎。不惟聖賢爲然。雖諸君子。亦何惡

병비 하가탄론야 연이성이현 순기조이이 유하오호 불유성현위연 수제군자 역하오

乎。聖賢君子雖不得免焉。而病非聖賢君子之所惡。則病果有傷於聖賢君子之身乎。天有崩地有

호 성현군자수부득면언 이병비성현군자지소오 즉병과유상어성현군자지신호 천유붕지유

坼。而古今天地也。日月食旣而復。星辰離而復躔。古今日月星辰也。螟螣者反茂。癰腫者天

탁 이고금천지야 일월식기이복 성신리이복전 고금일월성신야 명등자반무 옹종자천

年。武王，孔子，濂溪，晦菴俱享遐齡。子房諸人亦未聞以其病致斃也。病果無傷於天地日月星

년 무왕 공자 염계 회암구형하령 자방제인역미문이기병치폐야 병과무상어천지일월성

辰曁仁聖賢人也。天地日月星辰有不得免焉之病。仁聖賢人有不得免焉之病。何獨至於子而疑

신 기인성현인야 천지일월성신유부득면언지병 인성현인유부득면언지병 하독지어자이의

之。有不得免者存。則推於彼而置之可也。安於心而順之可也。有何生心惡之乎。

지 유부득면자존 즉추어피이치지가야 안어심이순지가야 유하생심오지호

기록에 전해지는 것이 있는데, 무왕武王은 돌림 병에 걸리고 학질을 앓았으며, 자로子路는 공자를 위하여 치유되시기를 기도하였고, 주나라 무숙茂叔은 갑자기 죽었다가 다시 깨어나는 병이 있었으며, 주자양朱紫陽은 종신토록 무거운 다리의 통증을 앓았지. 기타 유정劉楨은 강가에 누었으며, 장량張良은 평소에 병이 많았고, 공손홍公孫弘은 서리 이슬에 감염 되었으며, 두보杜甫는 삼 년 동안 학질을 앓았고 장문창張文昌은 비대 증이었고 유자후柳子厚는 몸이 저린 병이 있었다네. 어찌 가히 일일이 다 말하겠는가. 그러나, 두 분 성인과 두 분 현인은 순순히 병을 맞이하고 따랐으니, 병이 무슨 안 좋은 것이겠는가. 비록 성인만이 그리 한 것이겠는가. 비록 성인이 아닌, 여러 군자君子일지라도 또한 병은 그리 안 좋은 것이 아니었다네. 성현 군자가 비록 병을 면할 수는 없을지라도, 병 자체는 싫어하지 아니하였는데, 병病이 과연 성현군자의 몸을 상해傷害하였겠는가. 하늘도 무너짐이 있고 땅도 갈라짐이 있었을지라도 그러나 예나 이제나 그 하늘 그 땅인 것은 일월이 서로 먹어 이즈러져도 복구되고 별이 자리를 떠나도 궤도를 회복하기에 (아직도) 예나 지금이나 그 일월 성신이라네. 마디를 파먹는 명등 벌레에도 불고하고 풀은 더 무성해지고, 나무는 돋는 혹 옹종에도 수명이 천년이라네, 무왕, 공자, 염계, 회암은 모두 나이를 더 길게 늘려 누렸었고, 자방子房을 비롯, 여러 사람들이 역시 그 병환으로써 죽었다는 이야기를 듣지 못하였네. 병환이 과연 천, 지, 일, 월, 성, 신 및 성현聖賢을 상해함이 없었고, 천지일월 성신이 병환을 면하지 못하였고, 성현聖賢도 병환을 면하지 못하였네. 어찌 홀로 자네가 의심하는가. 병을 면하지 못하였지만 아직 생존 하였은즉, 이런 이야기에 비추어 그냥 놓아두는 것이 옳고, 마음에 편안함을 두어 수순隨順하는 것이 옳은데, 어찌 안 좋은 것에 마음을 내서야 되겠는가.

曲僂發背。句贅指天。猶曰其心閒而無事。矧子之病。耳目無變於前。肌肉無變於初。匕著尚

곡루발배 구췌자천 유왈기심한이무사 신자지병 이목무변어전 기육무변어초 비저상

甘。行步尚健。非知而見之者。皆以子爲佯。子何惡乎。惡而不已。則將爲惑爲狂。優然一風漢

감 행보상건 비지이견지자 개이자위양 자하오호 오이불이 즉장위혹위광 언연일풍한

也。不然明矣。吳質以長愁養病。有客以杯弩以致病。此非惑歟。十年抱病。羸瘁骨立。或竭睡

야 불연명의 오질이장수양병 유객이배노이치병 차비혹여 십년포병 영췌골립 혹갈수

而待朝。或木強而難俯。穀暗口呿。若不支朝夕者。吾嘗折肱而尚且爲人於世。而今除疾也。子

이대조 혹목강이난부 곡암구거 약부지조석자 오상절굉이상차위인어세 이금제질야 자

何惡而患焉。人之有德慧術智者。恒存乎疹疾。乃孟子之言也。子雖素稱好古者。而所不足者術

하오이환언 인지유덕혜술지자 항존호진질 내맹자지언야 자수소칭호고자 이소부족자술

智也。無乃天欲長子之不足者而有是疾乎。齊休於是笑而起。更無惡病色

지야 무내천욕장자지부족자이유시질호 제휴어시소이기 갱무오병색

<龍州先生遺稿卷十二>

  굽어진 몸이 등을 솟게 하고, 걸리적거리는 혹이 하늘을 가려도, 오히려 이르기를 마음은 한가로워 일이 없다고 하였는데, 하물며 그대

의 병환이랴, 귀와 눈은 이전과 변함이 없고, 기육^{肌肉}, 살갗도 처음과
변함이 없고, 음식이 아직도 맛이 있고 행보가 아직도 씩씩한데, (제
대로) 알고 보는 것이 아닌 것은 모두 그대의 거짓됨이라. 그대는 어
찌 안좋다고만 하는가. 어찌 그런 생각을 그치지 아니하는가. 장차 미
혹되어 광인이 되려는가? 한수^{漢水}에 부는 한 줄기 바람 누운 채 쏘여
도 될만한 상황인데, 자네는 그렇지 않다는 하는구료. 오^吳나라의 볼모
가 긴 근심으로 병환을 길렀고, 어떤 손이 배노^{杯弩}로써 병을 덧쳤다 하
는데, 이것이 미혹된 것이 아닌가. 십 년 동안 병을 안고 사는 동안, 여
월대로 여위어서 뼈만 남았고, 혹, 잠을 자지 못한 채 아침을 맞고, 혹,
몸이 뻣뻣한 나무처럼 경직되어서 업드리지도 못하거나, 목구멍에 무
엇을 넘기지도 못하면서 입을 벌리기만 하거나, 만약 조석을 지탱하
지 못하는 상태라면 몰라도 내가 일찍이 다리를 부러뜨리고서도 오
히려 세상에 나서서 이제 병을 떨쳤는데 그대는 어찌 안 좋다고만 근
심하는 것인가? 사람이 도덕과 지혜와 학술과 지모가 있는 자라도 항
상 병고가 따른다고 맹자는 말하였다네. 그대는 비록 평소에 일컫기
를 옛 사람을 좋아한다고 한 것은 학술과 지모가 부족한 때문이라 하
였지? 하늘이 그대의 부족을 길러주고자 하였을 뿐, 이런 질환을 갖게
하려 하지는 않은 것이네" 하였더니,

제휴^{齊休}는 금방 웃으며 일어났으며, 다시는 병을 싫어하지 않았다.

열매가 안 열리는 대추나무,
열매 열리게 하는 방법에 관한 이야기

余嘗閱西堂集。其隣家棗樹不結實。得秘方於湖中。云人持斧若將斫樹者。一人從傍問子何爲

여상열서당집 기린가조수불결실 득비방어호중 운인지부약장작수자 일인종방문자하위

欲斫。持斧者答云此樹不結實。留之無益故伐也。問者曰今當結實。幸無伐。持斧者唯唯而

욕작 지부자답운차수불결실 유지무익고벌야 문자왈금당결실 행무벌 지부자유유이

止。如是便結實。試之良驗。樹有知歟則何獨於棗也。樹無知歟則何畏於斧也。凡物之靈知莫

지 여시변결실 시지양험 수유지여즉하독어조야 수무지여즉하외어부야 범물지령지막

過乎人。故其畏死而圖生。巧爲之方者。物亦莫及也。然知畏之而不能避之。知避之而不能蹈

과호인 고기외사이도생 교위지방자 물역막급야 연지외지이불능피지 지피지이불능도

之。知蹈之而不能濟者何也。欲蔽之也。欲則迷。迷則罔。罔則雖欲濟而反挑之。然則人之有

지 지도지이불능제자하야 욕폐지야 욕즉미 미즉망 망즉수욕제이반도지 연즉인지유

欲者。所以畏死而圖生。反不如草木之微者也。且夫栗打而後繁。柿折
而後盛。桑伐而後茂。
욕자 소이외사이도생 반불여초목지미자야 차부율타이후번 시절이후성
상벌이후무

彼待損而逐其性者何也。勞者蓄其氣。困者奮其志。損者益其勢。凡有
得於己者。必先乎此三
피대손이수기성자하야 노자축기기 곤자분기지 손자익기세 범유득어기
자 필선호차삼

者而已。觀於種樹。又可以得之。
자이이 관어종수 우가이득지

<연경제전집권십사>

　네가 일찍이 서당집西堂集을 열람하였다. (이야기인즉)

　그 이웃집 대추나무에 대추 열매가 열리지 않아서 열매를 열리게
하는 비방을 湖中호중에서 얻었는데 이르기를 "사람이 도끼를 가지고
장차 나무를 베어버릴 것같이 하면, 한 사람이 따라가다가 나무 옆에
서 묻기를 " 당신은 어째서 나무를 베어버리려고 하십니까" 하고 묻는
다. 도끼를 들고 있는 자가 대답하여 이르기를 "이 나무는 열매를 맺지
못하니 그냥 놓아 두자니 이로울 것이 없으므로 베어버리려고 하는
것입니다. "하거든 묻는 사람이 이르기를 "지금 당장 열매를 맺을 것
입니다. 다행스럽게 여겨서 베어버리지 마십시오", 하거든 도끼 가진
자는 예, 대답하고 나무 베는 것을 중지한다. 이와같이 하면, 문득 열
매를 맺을 것이니, 시험해보면 좋은 징험이 될 것이라는 것이었다.

　나무도 지각이 있는가? 있다면 어찌 홀로 대추나무만이 그렇겠는

가. 나무는 지각이 없는 것인가 없다면, 어찌 도끼를 두려워하겠는가. 무릇, 동물이든 식물이든 그것들의 영지靈知는 사람을 지나지 못한다. 그러므로, 죽임을 두려워하게 하거나 삶을 도모하게 하는 교묘한 인위적인 방법은 식물에게는 적용될 수 없는 것이다.

그런데, 두려움을 알면서도 능히 피할 수 없고, 피해야 할 줄을 알면서도 능히 달아나지 못하고, 달아나야 할 줄을 알면서도 능히 건널 수 없다면 어찌 하던 숨으려고 할 것이다. 하려고 하면, 어두워서, 시비판단을 못하고, 어두우면 걸리고, 걸리면, 비록 건너가려고 하더라도 그러나 도리어 휘어진다.

그런 즉, 사람이 의욕을 가지는 것은 죽음이 두려워서 삶을 의도하는 까닭이라. 반대로 초목 같은 미물만도 못한 것이다. 또한, 대저 무서워 떨게 하고 후려 친 뒤에 많아지고, 밤나무는 부러진 뒤에 왕성하게 되고, 뽕나무는 벌채한 뒤에 무성하게 된다. 저들이 저렇듯 손상을 입고 난 뒤에야 많아지고, 왕성하고,무성하게 되는 성품은 무엇인가. 노역勞役으로 수고하는 자는 그 기氣를 축적하고, 곤고困苦한 자는 그 뜻을 분발하고 손상된 자는 더욱 기세를 올린다. 무릇 어떤 고비에 무엇인가 얻음이 있는 자는 반드시 먼저 위의 세 가지 경우일 뿐이다. 나무를 심는 것을 보고, 이를 해득할 수 있었다.

하늘과 사람이 서로 이긴다고 하는 이야기

劉子曰。人衆者勝天。天定亦能勝人。予早服斯言久矣。今益信之也。
何者。予嘗掌記完
유자왈 인중자승천 천정역능승인 여조복사언구의 금익신지야 하자
여상장기완

山。爲同寮者所讒見罷。及到京師。其人亦常在要會。簧其舌而鼓之。
故凡九年莫見
산 위동료자소참현파 내도경사 기인역상재요회 황기설이고지 고범구
년막견

調。此乃人勝天也。豈天哉。及其人已斃。然後卽其年入補翰林。因累
涉淸要。遄登高
조 차내인승천야 기천재 급기인이폐 연후즉기년입보한림 인루섭청요
천등고

位。則此乃天勝人也。人豈可終妨哉。
위 즉차내천승인야 인기가종방재

유자^{劉子}가 말하기를,

"사람이 많으면 하늘을 이기고, 하늘이 정해지면 또한 사람을 이긴
다."

하였다. 나는 이 말에 감복한 지 이미 오래였는데, 지금 와서는 더
욱 이를 믿게 되었다.

왜냐하면, 내가 일찍이 완산完山의 서기書記로 있었다가 동료에게 중상을 입어 파면을 당하였다. 내가 서울에 온 뒤로도 그 사람은 여전히 중요한 자리에 앉아서 교묘한 말로 사람을 현혹시키고 있었다. 그래서 9년 동안을 관계에 진출하지 못하였으니, 이것은 곧 사람이 하늘을 이긴 것이다. 어찌 하늘의 뜻이라고 할 수가 있겠는가?

그 사람이 죽고 난 뒤에는 곧 그 해에 한림翰林에 보직을 받았고 따라서 여러 요직을 거쳐서 빠르게 높은 지위에 올랐으니, 이것은 바로 하늘이 사람을 이긴 것이다. 사람이 어찌 끝내 방해할 수가 있겠는가?

或難之曰。太公八十遇文王。朱賈臣五十而貴。此寧有人讒之而晚遇耶。實命數使然也。
혹난지왈 태공팔십우문왕 주매신오십이귀 차영유인참지이만우야 실명수사연야

予曰。二公之晚遇者。如子所言命數也。算予命。雖於其時不至大蹇。有凶人乘之而鍛成
여왈 이공지만우자 여자소언명수야 산여명 수어기시부지대건 유흉인승지이단성

其大故也。或又曰。命未大屯。而凶人乘而助之。亦命也。何謂是哉。予曰。我於其時。
기대고야 혹우왈 명미대둔 이흉인승이조지 역명야 하위시재 여왈 아어기시

若小忍之而不與之爲隙。則必無是也。以予所自召而致之也。則1)何關乎命哉。或者服之
약소인지이불여지위극 즉필무시야 이여소자소이치지야 즉 하관호명재 혹자복지

曰。子之悔過也如此。宜乎遠到也。
왈 자지회과야여차 의호원도야

　어떤 사람이 이 말에 대하여 힐난하기를,

　"태공太公은 팔십 세에 문왕文王을 만났고, 주매신朱買臣은 오십 세에 귀하게 되었는데 이는 어찌 사람들이 그를 중상하여 출세가 늦은 것이겠는가? 실은 운명이 그렇게 만든 것이다."

　하기에, 나는 말하기를,

　"두 분의 출세가 늦은 것은 그대의 말처럼 운명이다. 그러나 나의 운명으로 본다면 그때에도 크게 나쁘지 않았다. 다만 나쁜 사람이 기회를 타서 사건을 조성했기 때문이다."

　하니, 어떤 사람은 또 말하기를,

　"운명은 크게 나쁘지 않다 하더라도 나쁜 사람이 기회를 타서 그렇게 만든 것도 운명인데 어찌 그렇게 말하는가?"

　하였다. 내가 말하기를,

　"내가 그때에 만일 조금만 참고 그와 사이가 나쁘게 되지 않았더라면 반드시 이런 일은 없었을 것이다. 내가 자초해서 이렇게 만든 결과가 되었는데, 어찌 운명에 관계된 것이겠는가?"

　하니, 그 사람은 감복하여 말하기를,

　"그대가 이렇게 잘못을 뉘우치니, 높은 자리에 오름이 마땅하도다." 하였다.

조선 중기 덕양(德陽) 기준(奇遵 1492년(성종23)~1521년(중종16))의 문집
이다. 저자의 시문집은1606년 저자의 증손 기자헌(奇自獻)이 《덕양유고
(德陽遺稿)》라고 제명(題名)하여 목판본 3권 2책으로 간행하였다. 시(詩)
에는 관직 생활 중에 지은 응제시(應製詩) 1제(題)를 비롯하여 송별시와
유람시가 많다

노루를 집에서 기른 이야기

予囚于氊城。不得與人物相通。人有以畜獐遺者。憐其孑處。資爲寂寞
之友。非玩好之珍

여수우전성 부득여인물상통 인유이휵장유자 린기혈처 자위적막지우
비완호지진

也。不辭焉。巉然其角出也。巍然其容高也。牙而不知齧。角而不解
觸。信毛蟲之無害

야 불사언 참연기각출야 외연기용고야 아이부지설 각이불해촉 신모
충지무해

者。始也不甚親。與之粟。摩手撫之。稍稍自馴。日以相近。起居必
伺。履鳥以隨。似戀

자 시야불심친 여지속 마수무지 초초자순 일이상근 기거필사 이석이
수 사련

其所主者也。然猶煙朝月夕。風悲氣悽。徘徊躑躅。哀然戀其鳴。若慕
其群也。戚乎其

기소주자야 연유연조월석 풍비기처 뱌회척촉 애연련기명 약모기군야
척호기

色。若思其嘉山秀水也。予不忍山野之性爲人所縶。欲放諸林藪以遂其
心。則犴人已久。

색 약사기가산수수야 여불인산야지성위인소집 욕방져림수이수기심 즉
압인이구

懼爲虞獵所得。留而飼之。形貌憔悴。意思怵迫。漸不見超距踶逸之狀
矣。
구위우렵 소득 류이사지 헝모호췌 의사출박 점불건초기제일지상의

　나는 전성에서 갇혀 지냈다. 사람과 통하지 못하였다. 짐승 노루를
준 사람 있었는데, 외로운 처지에 적막한 가운데 벗을 삼으라는 것이
었다. 완호의 진귀한 것은 아니지만 사양하지 않았다. 높은 모양으로
뿔이 솟아 있고 높은 모양이 용모도 헌칠하였다. 어금니가 있으나, 물
줄도 모르고 뿔이 있어도 물거나 받지도 않았다. 실로 털 기생충도 해
로움이 없는 것이었다. 처음에는 매우 친해지지 않았다 조를 주고 손
으로 쓰다듬고 애무해주었더니 차차로 조금씩 순치가 되어 날로 서로
가까워졌다. 주인의 기거를 엿보고 신발을 밟으면서 따라다녔다.

　자기의 주인인 것을 사모하는 것 같았다. 그러나 연월조석 세월이
지나가니, 풍기를 슬퍼하고 구슬퍼하는 듯 주위를 맴돌거나 안절부절
하였다. 슬픈듯 그리운듯 울었다.

　제 무리를 잊지 못하는 것 같았다. 그 기색에 슬픔이 가득했다. 제
가 살던 아름답고 수려한 산수山水를 생각하는 것 같았다. 나는 그 산
야지성[야성]을 사람이 잡고 있는 것을 차마 못할 짓이라 여기고 저놈
을 숲에 놓아주어서 그의 뜻을 이루게 해주려 하였다. 그러나, 사람과
친해진 지 오래라 獵人렵인에게 잡혀가게 될 일이 두려웠다. 놓아보내
는 것을 보류하고 그냥 기르는데, 점점 용모가 초췌해졌다. 마음이 두
렵고 다급해진 듯하였다. 신바람을 내어 멀리 가까이 뛰어다니거나
발길질하는 것을 보지 못하게 됐다.

時與犬畜戲。犬亦不爲訝。故與之較智角材。互爲勝負以相嬉。如是者數。一夕。遇隣

시여견축희 견역불위아 고여지교지각재 호위승부이상희 여시자수 일석 우린

犬。試戲如家犬。乃駭。悚然而立。睨然而視。躇恐誤攫而齧之。折其股乃斃。夫犬之

견 시희여가견 내해 송연이립 예연이시 저공오확이설지 절기고내폐 부견지

性。本能搏噬。而狐兔麋鹿是喜。其所戲者非力不制。非牙不利。而獐也屢觸而不知危。

성 본능박서 이호토균록시희 기소희자비력부제 비아불리 이장야루촉 이부지위

隣之犬非家之習。而獐也不審而犯。卒以害生。其愚之不亦甚乎。嗚呼。世之君子。不愼

린지견비가지습 이장야불심이범 졸이해생 기우지불역심호 오호 세지 군자 불신

所與。而出肺肝相視。竟爲其所陷者滔滔。是雖人物之殊。而智則同也。故識之。

소여 이출폐간상시 경위기소함자도도 시수인물지수 이지즉동야 고식 지

<德陽遺稿 卷三>

이때에 집에서 기르는 개와 히롱하며 놀았으나, 개 역시 잘 맞지 않는 모양이라 지혜를 견줘보려고 네모나게 자른 나무토막을 주어보았다. 서로 승부를 겨루며 즐거워하였다. 이렇게 자주 놀았는데 어느날

저녁에 이웃집 개를 만났기에 집의 개하고 놀 듯이 노는지 시험해 보았다. 그런데 이상한 듯이 두려운 모양으로 꼼짝 못하고 서서 흘겨보고 있었다. 머뭇거리는 중에 두려워한 것이 잘못되었던지 이웃집 개가 덤벼들어 움켜잡고는 물어버리렸다. 발이 부어지고는 곧 죽고말았다. 저 개의 성품이 본래 치고 무는 것이어서 여우가 큰사슴의 처지를 면한 것을 기뻐했다고 한다. 그 장난 놀이하는 것도 힘이 아니고서는 제어하지 못한다. 어금니가 아니면 불리하다. 그런데 노루는 집에 있는 개와 여러번 접촉하여서 위험한 줄을 알지 못하였다. 이웃 개는 집의 개처럼 습관을 들인 것이 아니어서 노루를 살피지도 않고 덤벼든 것이다. 졸지에 생명을 해쳤으니, 그 어리석음이 심하지 아니한가. 세상의 군자들이여, 주는 바를 신중히 하지 못해서 속에 있는 폐, 간을 드러내어 서로 보게 하면 필경 그 함정에 빠지는 자가 물이 넘치듯 할 것이다.

이는 비록 인물은 다르지만 지혜는 같은 것이다.

그러므로 이렇게 적었노라.

<順菴先生文集>

조선 후기 순암(順菴) 안정복(安鼎福 1712년(숙종38)~1791년(정조15))의
문집이다. 저자는 성호(星湖) 이익(李瀷)의 뒤를 이어 경세치용학(經世致
用學)과 역사학에 많은 업적을 남겼다. 1900년 저자의 5대손 안종엽(安鍾
曄)이 원집 27권과 연보 부록 등 합 15책을 활자로 인행해 반포하였다.

사물은 모두 분수를 넘지 못한다는 이야기

天地生人。有清濁厚薄淳漓之不同。而貧富貴賤壽夭之異。稟於是而分之名起焉。分者限
천지생인 유청탁후박순리지부동 이빈부귀천수요지이 품어시이분지명기언 준자한

量之稱。譬之分土。西入一步則秦。東入一步則齊。一步之地。或思踰焉。則是濫也非分
량지칭 비여분토 서입일보즉진 동입일보즉제 일보지지 혹사유언 즉시람야비분

也。譬之列爵。進而一位則公。上而一位則王。一位之地。或思過焉。則是僭也非分也。
야 비지열작 진이일위즉공 상이일위즉왕 일위지지 혹사과언 즉시참야비분야

人之心。誰不欲富欲貴欲壽。而不能人人而然者。分定故也。人之心。誰不惡貧惡賤惡
인지심 수불욕부욕귀욕수 이불능인인이연자 분정고야 인지심 수불오빈오천오

夭。而不能人人而免者。分定故也。
요 이불능인인이면자 분정고야

천지가 사람을 낳는 데는 청탁^{清濁}·후박^{厚薄}, 순리^{淳漓}의 차이와 빈부^貧

富귀, 천貴賤, 수요壽夭의 다름이 있다. 그래서 분수[分]라는 이름이 생겨나게 되었다. 분수란 한량限量을 일컬음이니, 땅을 나누어 주는 데에 비유하자면, 서쪽으로 한 걸음만 나가면 진(秦)이요, 동쪽으로 한 걸음만 들어가면 제齊니, 한 걸음의 땅이라도 넘을 생각을 한다면 이는 넘치는 짓이요, 분수가 아니다. 여러 관작으로 비유를 하자면, 한 자리만 나아가면 공公이요, 한 자리만 올라가면 왕이니. 하나의 지위에서 혹시라도 넘을 생각을 한다면 이것은 참람이요, 분수가 아니다. 사람의 마음에 누가 부자가 되고 싶지 않고, 귀해지고 싶지 않고, 장수하고 싶지 않으리오마는, 사람마다 그렇게 안 되는 것은 분수가 정해져 있기 때문이다.

子曰。富與貴。是人之所欲也。不以其道得之。不處也。貧與賤。是人之所惡也。不以其
자왈 부여귀 시인지소욕야 불이기도득지 불처야 빈여천 시인지소오야 불이기

道得之。不去也。孟子曰。夭壽不貳。脩身而俟之。所以立命也。此安分之說也。易兼山
기도지 불거야 맹자왈 요수불이 수신이사지 소이입명야 차안분지설야 역겸산

之大象曰。君子以。思不出其位。中庸曰。君子素位而行。位者分之所在也。不安其分而
지대상왈 군자이 사불출기위 중용왈 군자소위이행 위자분지소재야 불안기분이

欲有所爲。逆天也悖道也。必不可成之事也。故君子順之而吉。小人違之而凶。夫千金之
욕유소위 역천야패도야 필불가성지사야 고군자순지이길 소인위지이흉 부천금지

욕유소위 역천야패도야 필불가성지사야 고군자순지이길 소인위지이흉
부천금지

財。不謀而來。貪夫瞿焉。夜光之璧。無因而至。匹士按劍。非分故
也。間有巧智之人。
재 불모이래 탐부구언 야광지벽 무인이지 필사안검 비분고야 간유교
지지인

或能違道而有成。是所謂罔之生也。幸而免。君子不爲也。齊梁之君。
位非不尊也。財非
혹능위도이유성 시소위망지생야 행이면 군자불위야 제양지군 위비부
존야 재비

不足也。爭地而戰。殺人盈野。爭城而戰。殺人盈城。終焉國破而身僇
者。不安其分故
부족야 쟁지이전 살인영야 쟁성이전 살인영성 종언국파이신륙자 불
안기분고

也。況以匹夫之微白手之家。而經營計較。惟利是趨。則安知無侮辱之
來侵。患害之橫加
야 황이필부지미백수지가 이경영계교 유리시추 즉안지무모욕지래침
환해지횡가

乎。
호

　공자께서 말씀하시기를,

　"부귀富貴는 사람이 얻고 싶어 하는 것이지만, 바른 도리로써 얻은 것
이 아니면, 부귀를 누리지 아니하며, 빈천貧賤은 사람이 싫어하는 것이

지만, 바른 도리로써 얻은 것이라도 버리지 말 것이다"하였고. 맹자 말씀하시기를,

"수요^{壽夭}를 두 가지로 보지 아니하고, 몸을 닦아 기다리는 것은 천명을 확립하는 까닭이다"하였다. 이것은 분수에 편안하게 하라는 말씀이다.

<주역>의 겸산^{兼山} 간괘^{艮卦}의 대상^{大象}에, "군자가 이를 보고 생각을 그 지위에서 벗어나지 않게 한다." 하였고, <중용>에는, "군자는 현재 처해 있는 지위에 따라 행한다." 하였으니, 지위란 분수가 있는 곳이다. 그 분수를 편히 여기지 않고 일을 하려 한다면 이는 하늘을 거역함이요, 도리를 거스름이니 반드시 이루지 못할 것이다. 그러므로 군자는 순하여 길하고 소인은 어긋나서 흉한 것이다.

대저 천금의 재화를 가지려 도모하지도 않았는데 내 몫으로 왔다면 탐욕 많은 사나이도 두려워하고, 밤에도 밝은 빛을 내는 귀한 구슬이 까닭없이 왔다면, 필부^{匹夫}는 칼을 잡게 된다. 분수가 아니기 때문이다.

간간이 공교한 지모를 쓰는 사람이 더러 정당한 도리를 어기고서 성공하는 일이 있는데, 이는 이른바 그물 속의 인생이라. 요행히 잠깐 화를 면한 것일 뿐이다. 이런 짓은 군자가 행하지 않는다. 제나라 양나라의 임금이 지위가 높지 않은 것이 아니었고, 재물이 부족하지도 않았건만, 땅을 차지하려고 전쟁을 벌려 죽인 사람이 들에 가득 차고, 성을 차지하려고 싸워서 죽인 사람이 성안에 가득 찼었다.

끝내 나라는 깨져 망하고, 자기의 몸까지 죽인 것은 자기의 분수에 편안하지 못했기 때문이었다. 하물며 필부^{匹夫}의 미천함과 백수^{白手}의 집으로서 온갖 방법을 동원하여 오직 이익만을 추구한다면, 모욕이 쳐들어오고 손패의 우환이 가로질러 앞을 막을지 어찌 알겠는가.

盈坎之水。增之而溢。坎爲水之分也。滿彀之弓。引之而折。彀爲弓之
分也。分之於人。
영감지수 증지이일 감위수지분야 만구지궁 인지이절 구위궁지분야
분지어인

已有素定。稍涉私意。菑害幷至。邵子曰。安分身無辱。旨哉言乎。
噫。王公貴人之分。
이유소정 초섭사의 재해병지 소자왈 안분신무욕 지재언호 희 왕공귀
인지분

吾不敢言之。至如吾人之分。則亦嘗知之矣。簞瓢樂道。顔子之分也。
忍飢讀書。蔡氏之
호불감언지 지여오인지분 즉역상지지의 단표락도 안자지분야 홀기독
서 채씨지

分也。道與書。固士之有。而樂而讀之。卽其分也。古人曰。希驥之
馬。亦驥之馬也。希
분야 도여서 고사지유 이락이독지 즉기분야 고인왈 희기지마 역기지
마야 희

顔之人。亦顔之人也。苟能爲之。今人可爲古人矣。余以虛名窃祿京
師。嘗有分外之憂。
안지인 역안지인야 구능위지 금인가위고인의 여이허명절록경사 상유
분외지우

書以自警。從弟祜之歸。輒相示之。亦愛莫助之之意也。
서이자경 종제호지귀 첩상시지 역애막조지지의야
<순암선생문집 제19권>

273

가득찬 구덩이에 물을 더 부으면 넘치는 것은 구덩이가 물의 분수이기 때문이요, 한껏 당겨진 활을 더 당기면 부러지는 것은 당기는 한도가 활의 분수이기 때문이다. 분수란 사람에게 본래부터 이미 정해져 있는 것이어서 조금이라도 사의私意가 개입되면 천재天災와 인해人害가 아울러 이르는 것이다. 소자邵子 송 나라 학자 소옹邵雍이 말하기를, "분수를 편히 여기면 몸에 욕됨이 없다." 하였는데, 이는 참으로 깊은 뜻이 있는 말이다.

아, 왕공王公 귀인貴人의 분수는 내가 감히 말하지 못하겠지만, 나 같은 사람의 분수는 일찍부터 알고 있었다. 대바구니의 밥과 바가지의 물을 마시며 도를 즐긴 것은 안자(顔子)의 분수요, 굶주림을 참고 글을 읽은 것은 채씨蔡氏 주자(朱子의 문인 채원정蔡元定)의 분수다. 도道와 서書는 진실로 선비가 가지고 있는 바이거니와, 이를 즐기고 읽는 것은 바로 그 분수다. 옛사람이 말하기를, "기驥와 같이 되기를 바라는 말은 또한 기와 같은 말이요, 안자顔子와 같이 되기를 바라는 사람은 또한 안자와 같은 사람이다." 하였으니, 진실로 능히 하기만 한다면 지금 사람도 옛사람 같이 될 수 있다는 것이다.

내가 헛된 이름으로 서울에서 녹을 먹다보니 항상 분수에 벗어나는 것에 대한 근심이 있어서 이를 써서 자신을 깨우쳤었다. 종제從弟 호祜가 돌아갈 때에 이를 보여주나니, 또한 "사랑하지만 달리 도울 길이 없다."는 뜻인 것이다.

存齋 集 ; 조선후기 존재(存齋) 박윤묵(朴允默 1771년(조선 영조47)~1849년(헌종15))의 문집이다. 저자는 시와 글씨로 이름난 여항시인(閭巷詩人)으로, 오랫동안 규장각(奎章閣)에서 서리(書吏)로 봉직하면서 많은 서적의 간행에 참여하였으며, 같은 여항 시인인 왕태(王太)와 함께 정조(正祖)의 지우(知遇)를 받았다. 만년에는 평신진(平薪鎭) 첨사(僉使)로 있으면서 백성들의 편에 서서 선정(善政)을 베풀었고, 백성들의 생활을 그린 사실적인 시들을 남겼다.

마당에 사람의 발길이 닿지 않으면 풀이 우거진다는 이야기

余嘗觀一庭之內。人踏之則草不生。人不踏之則草生。數畝之地。一般
承天之氣。而生於此不生
여상관일정지내 인답지즉초불생 인부답지즉초생 수무지지 일반승천지
기 이생어차불생

於彼。有若楚越之逈異。以草之生。謂地之性可乎。以草之不生。謂地
之性可乎。天地以生物爲
어피 유약초월지형이 이초지생 위지지성가호 이초지불생 위지지성가
호 천지이생물위

心。則以草之不生。不可謂地之性。而其不生者。適由於人迹之所及。
反又究之。若然則人心之
심 즉이초지불생 불가위지지성 이기불생자 적유어인적지소급 반우구
지 약연즉인심지

不可無欲。亦猶地之不可無草。欲固七情之一而根於心者。然若或拂其
理而得其偏則是亦惡而已
불가무욕 역유지지불가무초 욕고칠정지일이근어심자 연약혹불기리이
득기편즉시역악이이

矣。
의

내가 일찍이 뜰마당을 관찰해 보았는데, 사람이 밟고 다닌 곳에는 풀이 나지 않고, 사람이 밟지 않은 곳에는 풀이 자라났다. 여러 무畝의 넓은 땅이 한가지로, 하늘의 기운을 받는데도, 이쪽은 풀이 나고, 저쪽은 풀이 나지 못하니, 초나라와 월나라처럼 멀리 차이가 있었다. 풀을 자라나게 하는 것을 일러 땅의 성품이라 하여도 좋은가? 풀이 자라나지 못하게 하는 것을 일러 땅의 성품이라 하여도 좋은가. 하늘과 땅은 만물을 생장시려는 마음이니, 풀이 나지 않는다고 그것을 땅의 성품이라고 말할 수 없다. 그 자라나지 못한 것은 마침 사람의 발자취가 미치는 바에 말미암은 것이다.

돌이켜, 또 궁구해건대. 그런즉, 사람의 마음은 욕심이 없을 수 없는 것이다. 역시 땅에 풀이 없을 수 없는 것과 같다. 욕심은 진실로, 칠정七情[喜, 怒, 哀, 樂, 愛, 惡, 慾]의 하나지만 마음에 뿌리를 두고 있는 것인데, 만약 혹, 그 이치를 무시하고 한쪽으로 치우치게 된다면, 이것 또한 몹쓸 것일 뿐이다.

栗谷心圖。欲有自心而直出者。欲有自心而橫出者。所謂直出者。從心正這裏出來。所謂橫出
율곡심도 욕유자심이직출자 욕유자심이횡출자 소위직출자 종심정 저리출래 소위횡출

者。從心不正這裏走去。毫厘之差。便成千里。人固知這箇道理。以其禮義制其橫走。使合於
자 종심부정저리주거 호리지차 변성천리 인고지저개도리 이기예의제기횡주 사합어

道。朝暮以省察。則不必萌動。如草之踏也。不敢發生。雖然人跡差間
則這草旋生。横侵正路。
도 조모이성찰 즉불필맹동 요초지답야 불감발생 수연인답차간즉저초
선생 횡침정로

省察稍懈則這欲漸熾。耗害義理。大抵人所以不得爲人者。盖以諸般欲
火交蔽方寸。喪其本然之
성찰초해즉저욕점치 모해의리 대저인소이부득위인자 개이제반욕화교
폐방촌 상기본연지

心。墜於万丈之塹。是故孟子所云遏欲。爲七篇之大綱領。若使人人
者。存心之工夫。克其私
심 추어만장지참 시고맹자소운 알욕 위칠편지대강령 약사인인자 존심
지공부 극기사

欲。復其天理。則可以爲堯舜。此非余言。卽孟子之言也。
욕 부기천리 즉가이위요순 차비여언 즉맹자지언야

<存齋 集卷二十四>

　율곡[李珥]의 '심도^{心圖}'에 욕심이 마음으로부터 곧바로 나오는 것이
있고, 욕심이 마음으로부터 횡으로 비켜 나오는 것이 있다고 하였다.
이른바 곧바로 나오는 것은 마음이 똑바름을 따라 이 속에서 나오는
것이며, 이른바 비켜 나오는 것은 마음이 똑바르지 못함을 따라 이 속
에서 내닫는 것이다. 터럭 같은 작은 차이가 문득 천리의 큰 차이를 이
루는 것이다. 사람이 진실로, 이 개개의 도리를 알아서 그 예^禮와 의^義
가 그 횡주^{横走}(비켜 내달음)를 제어^{制御}하는 까닭에 도^道에 합당하게 되
는 것이다. 아침 저녁으로, 반성하고 내찰^{內察}하면, 반드시 싹이 터서
자라나지 못할 것이니, 풀이 밟혀 죽는 것과 같아서, 감히 피어나지 못

할 것이다. 비록 그러하나, 사람의 발길이 (풀 밭에) 차차 사이를 두고 드물어지면 이 풀이 다시 살아날 것이어서, 바른 길을 함부로 **빼앗기**게 되는 것이다. 자기 성찰^{省察}을 조금이라도 게을리하였다가는 이 욕심이 점점 치성해져서 의리^{義理}는 솜모^{損耗}되어 없어지는 해^{害}를 입을 것이다. 이는 사람을 가로막아 사람 되지 못하게 하는 까닭이 되는 것이다. 대개, 여러가지 욕심의 불길은 서로 번갈아 방촌^{方寸}[마음]을 덮어 그 본래의 심성을 잃게 하고, 만 길이나 되는 구덩이에 떨어뜨린다.

이러므로, 맹자^{孟子}께서 이르시되 "욕심을 막으라"는 것이 맹자^{孟子} 칠편^{七篇}의 큰 줄거리인 것이다. 만약, 사람 사람으로 하여금 마음을 보존하는 공부를 하게 하는데에, 그 사욕^{私慾}을 극복하게 하고, 그 천리^{天理}를 회복하게 한다면, 가히 요순^{堯舜}도 될 수 있을 것이다. 이것은 내가 하는 말이 아니고, 곧 맹자^{孟子}의 말씀이다.

<順菴先生文集>

홍성민(洪聖民)1536~1594본 문집의 저본은 저자의 아들 서익(瑞翼)이 편집한 정고본(定稿本)을 손자 명구(命耈)가 1631년에 초간한 것을 1633년 명구가 경상도 관찰사로 부임하면서 보판한 후쇄본으로, 10권 4책(313판)의 목판본이다.

촉견폐일설(蜀犬吠日說) / 홍성민(洪聖民)

촉나라 개는 해를 보고 짖는다는 이야기

世傳庸蜀之南。恒多雨。犬見日則吠。非敢吠日也。吠其異於常也。兹
犬生之蜀長之
세전용촉지남 항다우 견견일즉페 비감페일야 페기이어상야 자페생지
촉장지

蜀。只見蜀中天。不見蜀外天。只知蜀中恒有雨。不知蜀外恒有日。雨
則常。日則不
촉 지견촉중천 불견촉외천 지지촉중항유우 부지촉외항유일 우즉상
일즉불

常。不常則異之。異之則吠之也宜。何者。仰觀乎天。淋淋者常矣。晦
冥者常矣。常
상 불상즉이지 이지즉페지의야 하자 앙관호천 림림자상의 회명자상
의 상

之則目慣而習熟。心自恬焉。及其陰翳稍開。日輪闊轉。過目曾罕。較
習則非。心自
지즉목관이습숙 심자념언 급기음예초개 일륜활전 과목증한 교습즉비
심자

驚焉。驚之則安得不吠。夫陽宗之騰。在天道爲常。在天下之人之目。
亦爲常。而在
경언 경지즉안득불페 부양종지등 재천도위상 재천하지인지목 역위상
이재

蜀犬則非常也。陰雨之作。在天道非常。在天下之人之目。亦非常。而
在蜀犬則常
촉견즉비상야 음우지작 재천도비상 재천하지인지목 역비상 이
재촉견즉상

촉견즉비상야 음우지작 재천도비상 재천하지인지목 역비상 이재촉폐
즉상

也。
야

　세상에 전해 오기를, 보통 촉蜀나라 남쪽에는 항상 비가 많이 내린다
고 한다. 개가 해를 보면 짖는다 하니, 감히 해를 보고 짖는 것이 아니
라, 그 항상과 달라졌으니 짖는 것이다. 이 개는 촉에서 생겨서 촉에서
자랐다. 다만 촉나라 하늘만 보아왔지, 촉나라 밖의 하늘은 보지 못하
였다. 다만 촉나라 안에 항상 내리는 비만 알았지 촉나라 밖에 항상 해
가 밝은 것을 모른다. 비가 내리는 것이 항상이요, 해가 뜨는 것은 항
상이 아니다. 항상이 아니면, 이상한 것이라, 이상하다 하여 개가 짖
는 것이 마땅한 것이다. 왜냐? 하늘을 쳐다보면 빗낱이 떨어지는 것이
항상이고, 날씨가 어둑한 것이 항상이다. 항상 그러니 보는 버릇이 되
고 거듭하다 익어버니, 마음이 절로 편안하게 안정 되었는데, 급기야,
음침하게 가린 구름이 조금씩 걷히다가 해가 드러나 널리 환해지니,
지난 날에 일찍이 보지 못한 것이라. 그동안 법식으로 익힌 것인즉 잘
못되었으니, 마음에 깜짝 놀라게 된다. 개가 놀라고도 어찌, 짖지 않
겠는가. 대저, 해가 하늘에 올라 쪼여주는 자리에 있는 것이 항상 함이
오, 천하 사람이 보는 자리에 있는 것이 항상함이다. 그런데, 초나라
개에게는 이것이 항상함이 아니다. 음산한 비가 내리는 것은 자연의
섭리상 항상함이 아니고. 천하의 사람들이 보기에도, 역시 항상함이
아닌데, 그러나, 촉나라 개에 있어서는 이것이 항상함인 것이다.

常其蜀中之雨而恬之。不常其天下之日而異之。異天下之日。而吠天下
之日。此犬之

상기촉중지우이념지 불상기천하지일이이지 이천하지일 이페천하지일
차견지

性。實非異於天下之犬。以其生之於蜀。而所習熟者使之然也。夫吠異
者。犬之性
성 실비이어천하지견 이기생지어촉 이신습숙자사지연야 부페이자 견
지성

也。桀犬吠堯。桀之惡。惡之大者也。堯之聖聖之至者也。而不吠桀而
吠堯者。不吠
야 걸견페요 걸지악 악지대자야 요지성성지지자야 이불페걸이페요자
불페

其所常見。而吠其所不常見也。何獨犬爲然。人爲甚。有善而無惡。人
心本然之天
기소상견 이페기소불상견야 하독견위연 인위심 유선이무악 인지본연
지천

也。人之方寸。自有一天。本心之靈。白日如也。而氣稟之拘。物欲之
蔽。有同雲霧
야 인지방촌 자유일천 본심지령 백일여야 이기품지구 물욕지페 유동
운무

之翳太虛。明者晦。靈者蝕。全其天者小。晦其天者多。纏以舊染。繞
以俗見。展轉
지예태허 명자회 령자식 전기천자소 회기천자다 전이구염 요이속견
전전

相仍。習與性成。環一世擧入於昏冥之域。一有或保其一團本然之天。
而直言正色。
상잉 습여성성 환일세거입어혼명지역 일유혹보기일단본연지천 이직언
정색

白日於其間。則在譏異排中者。始焉異之。中焉駭之。終焉排之。羣譏

隊吶。嘵嘵啁
백일어기간 즉재기이배중자 시언이지 중언해지 종언배지 군기대휴
요요즉

啁。吠之噬之。使不容於斯世而後已。
즉 폐지서지 사불용어사세이후이

   항상하는 그 촉나라의 비인데도 평안히 여기고, 항상하지 아니하는 천하의 해를 이상히 여기면, 천하의 해가 이상한 것이 되어서 천하의 해를 보고 짖게 된다. 이것이 개의 성품이다. 실지로는 천하의 개와 다른 것이 아닌데, 촉나라에 살았기 때문에 익은 버릇이 그로하여금 짖게 한 것이다. 대저, 이상한 것을 보고 짖는 것은 개의 성품이다. 걸왕桀王의 개는 요왕堯王을 보고 짖는다. 걸왕桀王의 악정은 악惡 중에서도 큰 것이다. 요堯 의 성인 됨은 성인 중에서도 지극한 것인데도, 걸桀을 보고는 짖지 않고, 요堯를 보고 짖는다. 그 항상 대하는 것을 보고는 짖지 않고, 항상 대하지 못한 것을 보고는 짖는 것이다. 어찌, 유독 개만 그러하겠는가. 사람이 더 심하다. 선善이 있고, 악惡이 없는 것이 사람 본연의 천성인 것이다. 사람의 방촌方寸[심장, 마음]에는 저절로 하나의 하늘[천성]을 지니고 있다. 본심의 신령스러움은 백일白日과 같은 것인데, 기품氣稟에 구애되고, 물욕에 덮힌 것이 마치 구름과 안개가. 하늘을 가린 것과 같음이 있다. 밝은 것은 어두어지고, 신령스러움은 침식 당해서, 그 천성을 온전히 한 자는 적고, 그 천성을 어둡게 한 자는 많다. 오래 물든 것에 묶이고, 저속한 견해에 감겨 붙었다간 떨어졌다 하기를 인하여 버릇과 성품을 이루어. 둘러쳐서 한 세대가 몽땅 혼명昏冥한 구역區域에 들고 말았다. 한번 혹, 그 한 개의 덩어리, 본연의 천성을 보전함이 있어서, 곧은 말과 바른 안색이 그 가운데에서 밝은 햇빛이

된다면, 이상異常을 꾸짖고 중상中傷을 배격함이 있을 것인데, 이에 대하여 사람들은 처음에는 이상히 여길 것이오, 중간에는 놀랄 것이며, 끝에 가서는 배격할 것이다. 무리지어 꾸짖고, 떼로 일어나 떠들다가, 두려워서 두런거리고, 짖어대고 물어 댈 것이다. 하여금 이번 세대에는 용납되지 못하지만, 후에는 그칠 것이다.

一世之昏穢。甚於蜀南之恒雨。而世人之擁邪吠正。甚於蜀犬之吠日。此無他。世之

일세지혼예 심어촉남지항우 이세인지옹사페정 심어촉견지페일 차무타 세지

人只習於邪。未知其正。邪者。在人性爲逆。在天理爲不常。而在世人則常也。正

인지습어사 미지기정 사자 재인성위역 재천리위불상 이재세인즉상야 정

者。在人性爲順。在天理爲常。而在世人則不常也。以爲不常則必異之。異之則必

자 재인성위순 재천리위상 이재세인즉불상야 이위불상즉필이지 이지즉필페

之。甚矣。習俗之誤此人也。蜀犬之吠日。只自吠之而已。未得病其日。人之吠正。

지 심의 습속지오차인야 촉견지페일 지자페지이이 미득병기일 인지페정

不但吠之。必至病其人。最靈者反有齰於偏嗇。重可嘆也。雖然。犬也人也。渠自吠

부단페지 필지병기인 취령자반유장어편장 중가탄야 수연 견야인야 거자페

其異。其於白日之明。正人之道。猶自若也。庸何傷乎。噫。天反常爲
異。人反常爲
기이 기어백일지명 정인지도 유자약야 용하상호 희 천반상위이 인반
상위

惡。正者常也。非正者不常也。
악 정자상야 비정자불상야

　한 세대가 혼탁한 것이 촉나라 남쪽의 항상 내리는 비보다 심해서,세
상 사람들이 사악邪惡을 옹호하고, 정도正道를 보고 짖으니, 촉나라 개가
해를 보고 짖는 것보다 심하다. 이는 다름이 아니라, 세상 사람들이 사
악邪惡에 습관이 되어서 그 진정眞正을 알지 못함이다. 사악邪惡은 인성人性
에 거스림을 만든다. 바른 도리에 항상하지 못한것을 만든다. 그러나,
세상에 존재하는 사람은 항상함이니, 정도正道란 사람이 성품에 수순隨順
하는데 있고, 천리天理가 항상함에 있는 것인데, 사람이 세상에 있는 것
이 항상지 못하다면, 그 항상하지못함은 곧, 필히 이상한 것이 되나니,
이상한 것이 되면, 필히 개가 짖는 대상이 되는 것이니, 심한 것이다.
　버릇과 풍속이 사람을 그릇 되게 한다. 촉나라 개가 해를 보고 짖는
것은 다만 자기가 짖을 뿐인 것이어서 그 해[태양]를 병들게 할 수없지
만, 사람이 정도正道를 보고 짖으면, 다만 짖을 뿐만 아니라, 필히 그 사
람을 아프게 하는데 이르게 한다. 가장 영민한 자는 탐욕에 치우치는
것보다 탐욕을 내는 것을 도리킨다. 겹친데 겹치니, 가히 탄식이 절로
나온다. 비록 그러나, 개나 사람이 어찌 스스로 짖는 것이 다른가? 해
의 밝음에 대하여 바른 사람의 길은 오히려 저절로 그와 같으니 어찌
아프리오, 희噫라! 하늘이 도리어 이상異常이 되고, 사람은 도리어 사악
邪惡이 되는 것이라!! 정도正道는 항상 합이오, 정도正道 아닌 것은 항상하
지 아니하는 것이로다.

蜀天之恒雨非常。而蜀犬常之。世人之爲惡非常。而世人常之。常其反
常之恒雨。其
촉천지항우비상 이촉견상지 세인지위악비상 이세인상지 상기반상지항
우 기

反常也不祥。常其反常之爲惡。其反常也亦不祥。使蜀天而其雨不恒。
則犬不吠日。
반상야불상 상기반상지위악 기반상야역불상 사촉천이기우불항 즉견불
페일

而反吠其雨。使世人而爲惡不恒。則人不吠善。而反吠其惡。臣之所大
悶者。雨之
이반페기우 사세인이위악불항 즉인불페선 이반페기악 신지소대민자
우지

恒。爲惡之恒耳。庸蜀之天。小紓陰霾之氣。俾雨不恒。把握一世之
天。廓掃妖穢之
항 위악지항이 용촉지천 소서음매지기 비우불항 파악일세지천 확소
요예지

氣。俾惡不恒。則吠日吠正之患。俱絶矣。嗚呼。吠日之犬在蜀天。非
人力所可及。
기 비악불항 즉페일정지환 구절의 오호 페일지견재촉천 비인력소
가급

吠正之習。在君上一轉移之間耳。臣之爲此說者。欲使中天之日。不爲
陰霾傷。而吠
페정지습 재군상일전이지간이 신지위차설자 욕사중천지일 불위음매상
이페

正之聲。永絶於斯世云。
정지성 영절어사세운

<拙翁集 卷六>

촉나라에서 항상 내리는 비는 항상함이 아닌데, 촉나라의 개는 항상함이라 한다. 세상 사람들이 악惡을 행함은 항상함이 아닌 것인데도, 세상 사람들은 그것을 항상함이라 한다. 항상함에 대하여 도리어 촉의 항우恒雨를 항상함이라 한다면, 도리어 상常이 상서롭지 못한 것이 된다. 상常이 도리어 항상하는 악이 되나니, 도리어 항상함이 역시 상서롭지 못한 것이다. 蜀촉나라의 하늘로 하여금 그 비를 항상치 못하게 하면, 개는 해를 보고 짖지 않을 것이요, 도리어 비 내리는 것을 짖을 것이다. 세인으로 하여금 악을 항상하지 못하게 하면 사람은 선善을 보고 짖지 않을 것이며, 도리어 악을 보고 짖을 것이다. 내가 크게 민망해 하는 것은 비 내림이 항상함이라 한다면 악을 항상하게 할 뿐이다. 보통 촉나라의 하늘이 조금 느슨해져서 안개의 기운만 끼게 해서 , 비를 항상 내리지 못하게 하고, 서로 손을 맞주 잡은 세상 천하에서 요사, 사악한 기운을 모조리 깨끗히 쓸어내어 악으로 하여금 항상하지 못하게 하면, 해를 보고 짖는 것, 正道를 보고 짖는 우환이 한꺼번에 끊어질 것이다. 오호嗚呼라!

해를 보고 짖는 개는 촉나라에 있기에, 인력이 미치는 바가 아니지만,`정의正道를 보고 짖는 버릇은 군상君上이 한번 돌려 옮겨놓는 사이에 있을 따름이니, 내가[신臣] 설문說文을 쓰는 것은 중천에 뜬 해로 하여금 음으로 끼는 흙비에 상하지 않게 하고, 정의正道를 보고 짖는 소리를 이 세대에서 영원히 절단시키기 위함이다.

○